KB004790

바람의
기록자

Comédia Infantil

musintree
뮤진트리

▪ 일러두기

- 이 책은 Henning Mankell의 《Comédia Infantil》(Ordfront, 1995)의 독일어판 《Der Chronist der Winde》(Paul Zsolnay, 2000)를 우리말로 옮긴 것이다.
- 옮긴이의 주는 본문에 괄호를 넣어 표기했다.

차례

"영혼의 눈은 두 개다.
한 눈은 시간을 보고 다른 한 눈은 영원을 바라본다."

– 앙겔루스 실레지우스

"이것이 모든 세상 중 가장 좋은 세상이라면,
대체 다른 세상의 모습은 어떻단 말인가?"

– 볼테르, 《캉디드》

"깊은 바다가 생기기 전에,
샘에서 물이 솟기도 전에 나는 이미 태어났다."

– 잠언, 8장 24절

조제 안토니우 마리아 바스

나, 조제 안토니우 마리아 바스는 어느 후덥지근한 밤, 햇볕에 그을려 붉은빛을 띤 진흙으로 된 건물의 지붕 위에 서서 지구의 종말을 기다리고 있다. 내 몸은 더럽고 열에 들떠 있으며, 내가 걸치고 있는 옷은 마치 내 말라빠진 몸뚱이로부터 급히 도망이라도 치고 있는 것처럼 갈가리 찢어져 있다. 가방 속에 들어있는 밀가루는 내게 금보다 귀하다. 일 년 전까지만 해도 나는 제빵사였다. 그러나 지금은 아무것도 아니다. 낮에는 뜨거운 태양 아래에서 정처 없이 돌아다니고 해가 지면 아무도 없는 지붕 위에서 끝날 것 같지 않은 밤을 보내는 거지일 뿐이다. 물론 거지들에게도 각자의 정체성을 부여해주는, 길모퉁이에서 손이나 손가락을 하나씩 차례로 팔기라도 하려는 듯 두 손을 내놓고 있는 다른 이들과 구별해주는 표시가 있다. 사람들은 넝마를 걸친 나를 바람의 기록자로 부른다. 내 입술은 그 누구도 들을 수 없었던 이야기를 쏟아놓듯 밤낮없이 움직인다. 마치 바다에서 불어오는 계절풍만이, 고해성사가 끝나기를 기다리는 늙은 사제처럼 인내심을 가지고 항상 내 이야기에 귀를 기울여주는 유일한 청중이라는 사실을 마침내 받아들이기라도 한 것처럼.

밤이면 나는 아무도 없는 이 지붕으로 돌아온다. 여기라야 주위를 잘 볼 수 있고 충분한 공간을 확보할 수 있기 때문이다. 말이 없는 별자리들은 나에게 박수를 보내지 않는다. 하지만 반짝이는 그들의 눈을 보노라면 나는 내가 직접 영원의 귀에 대고 말하고 있다고 느낀다. 고개를 내리면 도시가 눈에 들어온다. 작은 모닥불들이 불안하게 일렁이고, 어둠 속에서 개들이 짖어대는 밤의 도시. 그리고 나는 내가 이렇게 지붕 위에 서서 이제는 이 세상에 없는 한 사람에 관해 이야기하는 동안 이 밤의 도시에서 여전히 자고, 숨쉬고, 꿈꾸고, 사랑하는 모든 사람이 놀랍기만 하다.

나, 조제 안토니우 마리아 바스 역시 넓은 하구를 향해 있는 급경사면에 매달리듯 조성된 이 도시의 일부이다. 집들은 마치 나무를 기어오르는 원숭이들처럼 점점 언덕 위쪽으로 늘어나고, 그곳에 사는 사람들도 매일 늘어나는 것 같다. 그들은 내륙의 어딘가에서, 사바나 지역과 저 멀리 말라죽은 숲들을 떠나 이 해안가 도시를 찾아온 사람들이다. 그렇게 도시에 정착한 그들은 자신들을 향한 적의에 찬 시선을 느끼지 못하는 것 같다. 그들이 어떻게 먹고살고 어디에서 머무는지 확실히 아는 사람은 아무도 없다. 도시가 그들을 삼켜버리고, 그들은 그렇게 도시의 일부가 된다. 그리고 매일같이 보따리, 바구니 들을 이고 진 새로운 이방인들이 찾아온다. 키 큰 흑인 여자들은 모두 머리 위에 거대한 보따리를 이고 있다. 그들이 오는 모습은 마치 지평선 위로 작고 검은 점들이 몇 줄로 이어져 움직이는 것 같다. 점점 더 많은 아이들이 태어나고, 먹구름이 내려앉고 허리케인이 잔인한 강도떼처럼 위력을 떨치면 곧바로 쓸려가고 말 집들이 경사면 위쪽으로 자꾸만 늘어난다. 이런 상황은 언제부터였는지도 모를 만큼 오래전부터 계속되고 있고, 사람들은 밤이면 잠을 못 이루고 이 상황이 어떻게 종말을 맞게 될지 걱정한다.

이 도시는 언제쯤 언덕 아래로 무너져 내려 바다에 삼켜지고 말 것인가?

언제쯤이면 이 언덕이 이곳에 사는 사람들의 무게를 감

당할 수 없게 될까?

지구는 과연 언제쯤 멸망할 것인가?

예전엔 나, 조제 안토니우 마리아 바스 역시 밤이면 잠을 못 이루고 같은 걱정을 했다.

그러나 이제는 더이상 그러지 않는다. 넬리우를 만나 그 아이를 이 지붕 위로 데려오고, 그 아이가 죽는 걸 지켜본 후로는 더이상 그러지 않는다.

예전에 가끔 나를 엄습하던 불안은 이제 사라지고 없다. 더 정확히 말하자면, 나는 두려워하는 것과 불안해하는 것 사이에는 결정적인 차이가 있다는 사실을 알게 되었다.

이 또한 넬리우가 나에게 설명해 준 것이다.

– 두려워한다는 건 채울 수 없는 배고픔에 시달리는 것과 마찬가지야. 그러나 불안하면 사람은 불안에 저항하게 돼.

나는 넬리우의 말을 기억하고 있고, 이제는 그 아이 말이 맞다는 걸 안다. 나는 때때로 여기에 서서 불안한 불빛으로 일렁이는 도시의 밤 풍경을 바라본다. 그리고 내가 그 아이 곁에서 그 아이의 죽음을 지켜보았던 그 아흐레 밤 동안 그 아이가 내게 해주었던 모든 이야기를 떠올린다.

물론 이 지붕 또한 그 이야기의 살아 있는 한 부분이다. 마치 바다에 빠져 더이상 내려갈 수 없는 바다 밑바닥에 앉아있는 것처럼 느껴진다. 나는 내 이야기를 이루는 바닥 위에 서 있다. 여기 이 지붕 위에서 모든 것이 시작되었고, 이곳에서 모든 것이 끝났다.

나는 이따금 영원히 이 지붕 위에 머물며 별들에게 내 이야기를 하는 것이 바로 나의 임무라는 생각을 하곤 한다. 그렇다, 그것이 나의 영원한 임무이다.

이것은 절대 잊지 못할 만큼 진기한 나의 이야기이다.

*

아흐레 후 동이 틀 무렵 넬리우가 죽음을 맞게 될 그 매트리스 위에 내가 그 아이를 눕힌 건 일 년여 전, 세찬 비가 내린 후 갠 하늘에 보름달이 뜬 11월 말쯤의 어느 날 밤이었다. 당시 넬리우는 이미 피를 많이 흘린 상태였고, 내가 앞치마를 찢어내 급하게 만든 붕대는 별 도움이 되지 못했다. 자신이 곧 죽게 되리라는 것을 넬리우는 나보다 먼저 알고 있었다.

바로 그날 모든 것이 새로 시작되었다. 마치 어떤 특별한 새로운 기원이 갑자기 시작된 것처럼. 그날 저녁으로부터 일 년이 넘는 시간이 흘렀고 그동안 내 인생에 많은 일이 일어났지만, 그 사실만은 아직도 정확히 알고 있다.

어두운 밤하늘에 뜬 달을 기억한다.

자는 사람을 깨우지 않으려는 듯 아주 조심스럽게 생명이 넬리우의 몸을 떠나가는 동안, 땀방울이 송골송골 맺혀 반짝이던 그의 창백한 얼굴에 비치던 그 달을 나는 기억한다.

아홉째 날 밤이 지난 그 이른 아침 넬리우는 죽었고, 그 죽음과 함께 뭔가 중요한 것이 끝났다. 그것이 뭘 의미하는지 설명하기가 쉽지 않다. 하지만 그때 이후로 이따금 큰 공허가 나를 둘러싸고 있는 느낌이 들곤 한다. 눈에 보이지는 않아도 결코 벗어날 수 없는 직물로 만들어진 거대한 방 안에 내가 갇힌 것 같았다.

이것이 유일한 증인인 나 이외에 아무도 없는 곳에서 넬리우가 죽어가던 그날 새벽에 내가 받았던 느낌이다.

모든 게 끝난 후 나는 넬리우가 내게 부탁했던 일을 했다.

그 아이의 시신을 들쳐 메고 나선형 계단을 내려가 뜨거운 열기에 결코 익숙해질 수 없었던 제빵실로 향했다.

그 밤 동안 빵가게에는 나 혼자뿐이었고, 곧 아침 빵을 구우려고 기다리고 있던 커다란 오븐은 뜨겁게 달구어져 있었다. 나는 넬리우의 시신을 오븐 안으로 밀어 넣고 문을 닫은 후 정확히 한 시간을 기다렸다. 자기 몸이 사라지려면 그 정도 시간이면 될 거라고 넬리우가 말했었다. 오븐 문을 다시 열었을 때 그 안에는 아무것도 없었다. 넬리우의 영혼이 지독한 열기를 뚫고 한 줄기 서늘한 바람처럼 내 곁을 지나갔다. 그리고 그것으로 끝이었다.

지붕으로 돌아간 나는 다시 밤이 될 때까지 그곳에 있었다. 그리고 밤하늘의 별들과 거의 보이지 않을 만큼 작아진 가느다란 달 아래에서, 인도양에서 불어온 온화한 바람이 내 얼굴을 어루만질 때, 깊은 슬픔에 잠긴 채 내가 깨달은 사실은 바로 내가 넬리우의 이야기를 전할 사람이라는 것이었다.

다른 누구도 그 일을 할 수 없다

나 말고는 없다. 아무도 없다.

그리고 그 이야기는 전해져야만 한다. 모든 인간의 뇌에 있는 잡동사니 저장소에 별 의미 없는 기억으로 처박혀서는 안 된다.

이유가 있다. 넬리우는 단순히 불쌍하고 더러운 거리의 아이가 아니었다. 넬리우는 무엇보다도 주목할 만한 대단한 인간이었다. 정말로 본 사람은 없어도 모두가 알고 있는 아주 드문 한 마리 새처럼 분명하게 손에 잡히지 않는, 아리송한 존재였다. 겨우 열 살밖에 되지 않은 나이에 죽음을 맞이

했지만 넬리우는 마치 백 년은 산 것 같은 경험과 삶의 지혜를 가지고 있었다. 넬리우가 정말 그 아이의 이름이 맞는지도 모르겠다. 그 아이는 가끔 다른 이름을 대기도 했으니까. 어떻든 넬리우는 아무도 볼 수 없고 뚫고 들어갈 수도 없는 어떤 자기장에 둘러싸여 있었다. 모두들, 심지어 가혹한 경찰들과 항상 신경질적인 인도 상인들마저도 넬리우를 정중하게 대했다. 많은 사람들이 그 아이에게 조언을 구했고, 그 애가 가진 신비한 힘의 극히 일부라도 자신에게 전달될지 모른다는 기대로 그 애 근처에 머물렀다.

그랬던 넬리우가 죽었다.

고열에 들뜬 채 힘겹게 자신의 마지막 숨을 내뱉었다.

외로운 파도 하나가 인도양 위로 퍼져나갔고, 그걸로 모든 게 지나갔다. 그리고 공허한 고요가 찾아왔다. 나는 하늘을 올려다보며 이제 그 무엇도 예전과 같지 않을 거라는 생각을 했다.

넬리우에 대해 많은 사람이 무슨 생각을 하고 있는지 나는 알고 있었다. 나도 같은 생각을 했으니까. 바로 넬리우가 사실은 인간이 아니라 신이었다는 생각. 사람들에게 잊혔던 옛 신들 중 하나가 고집스럽게 혹은 어쩌면 무모하게 지상으로 돌아와 넬리우의 마른 몸 안으로 몰래 들어왔는지도 모른다. 혹 신이 아니었다면 적어도 성인聖人이었을 것이다.

부랑아의 모습을 한 성인.

그런 넬리우가 죽었다. 죽고 없다.

내 얼굴을 쓰다듬던 온화한 바닷바람이 갑자기 차고 위협적으로 느껴졌다. 나는 바다를 향한 언덕에 자리한 어두운 도시로 눈을 돌려, 일렁이는 모닥불들과 나방들에 둘러싸인 몇 안 되는 가로등 불빛을 보며 생각했다. 넬리우는 짧은 시간 동안 여기서 우리와 함께했다. 그리고 나는 넬리우의 이야기를 알고 있는 유일한 사람이다. 총을 맞은 그 아이를 이곳 지붕 위로 데려와 결국 다시는 일어나지 못하고 죽음을 맞게 된 그 더러운 매트리스 위에 눕힌 사람이 나였고, 그런 내게 그 아이는 모든 이야기를 털어놓았다.

– 사람들이 나를 잊을까 두려워서 그러는 건 아니에요, 라고 넬리우는 말했었다. 당신들이 누구인지 스스로 잊지 않도록 하기 위해서예요.

넬리우는 우리가 대체 누구인지를 깨닫게 해주었다. 우리 스스로가 자신도 알지 못하는 대단한 힘을 지닌 사람이라는 사실을 알게 해주었다. 넬리우는 대단한 인간이었다. 그의 존재는 우리가 스스로를 대단한 사람이라고 느끼게 해주었다.

이것이 그가 지닌 비밀이었다.

밤의 어둠이 이곳 인도양 연안을 뒤덮고 있다.

넬리우가 죽었다.

터무니없는 말로 들릴지 모르지만 내가 보기에 넬리우는 죽을 때조차 전혀 두려워하는 기색이 없었다.

어떻게 그럴 수 있을까? 어떻게 열 살짜리 아이가 자신이 더이상 살아 있는 모든 것과 함께할 수 없다는 사실에 일말의 두려움도 보이지 않고 죽음을 맞이할 수 있을까?

이해할 수가 없다. 전혀.

어른인 나는 죽음을 생각만 해도 마치 얼음처럼 차가운 손이 내 목에 닿는 것 같다.

그런데 넬리우는 미소만 짓고 있었다. 그걸 생각하면 넬리우에게는 우리에게 알려주지 않은 비밀이 하나 더 있는 게 분명하다. 그런데 그렇다면 참 이상한 일이다. 왜냐면 넬리우는 그가 가지고 있던 얼마 안 되는 것들을, 그것이 그가 항상 입고 있던 더러운 인도산 면 셔츠가 됐건, 아니면 항상 우리를 놀라게 했던 그의 생각이 됐건, 기꺼이 다른 이들에게 베푸는 아이였기 때문이다.

나는 그 아이가 더이상 이 세상에 없다는 사실이 지구가 곧 멸망할 것임을 알리는 신호라고 생각한다.

아니면 내 생각이 틀렸을까?

지붕 위에 서서 나는 넬리우를 처음 봤던 때를 생각한다.

넬리우는 당황한 살인자가 쏜 총탄에 맞아 더러운 무대 바닥에 쓰러져 있었다.

바다에서 불어오는 부드러운 밤바람에 기억이 떠오른다.

넬리우는 자주 물었었다.

– 바람의 맛이 느껴져요?

나는 매번 그 질문에 어떻게 답해야 할지 몰랐었다. 바람에서 정말 맛이 날 수 있는 건가?

넬리우는 그렇다고 확신했다.

– 여러 가지 신기한 향신료 맛이에요, 넬리우가 갑자기 말했다. 아마 일곱째 날 밤이었을 것이다. 그 향신료들은 우리에게 저 머나먼 곳에서 일어나는 일들과 그곳에 사는 사람들에 관한 이야기를 들려줘요. 직접 눈으로 볼 수는 없지만, 입으로 깊이 들이마신 바람을 먹으면 그들을 그리고 멀리서 일어나는 일들을 느낄 수 있어요.

넬리우는 그랬다. 바람을 먹을 수 있다고 믿었다.

바람으로 배고픔을 달랠 수 있다고 여겼다.

넬리우와 함께한 그 아흐레 밤 동안 내가 들었던 이야기들을 떠올리려 노력하다 보면 내 기억력이 다른 사람들보다 딱히 더 좋지도 나쁘지도 않다는 생각이 든다.

하지만 나는 사람들이 종종 기억보다는 망각을 더 원하는 시대에 살고 있다는 것도 알고 있다. 그래서 이것이 정말 내가 예상했던 지구의 멸망일까 불안해하는 나 자신의 두려움도 더 잘 이해할 수 있다. 인간은 뭔가 이뤄내기 위해, 그리고 자신이 가진 좋은 기억들을 다른 사람들과 나누기 위해 산다. 하지만 솔직히 우리도 알고 있다. 이 시대가 내 발아래 보이는 저 도시만큼 어둡다는 것을. 세상이 너무나 흉해서 별들조차 그 위에서 반짝이길 원하지 않는다는 것을. 그리고 아름다운 경험에 대한 기억은 너무나 드물어서 그 기억이 저장되어야 할 우리 뇌의 커다란 공간이 텅 비고 잠겨져 있다는 것을.

내가 이런 이야기를 한다는 게 사실은 좀 우습다.

나는 비관론자가 아니다. 나는 울 때보다 웃을 때가 더 많다.

지금은 비록 누더기를 걸친 거지이지만 몸 안에는 아직 제빵사의 쾌활한 마음을 간직하고 있다.

내 말이 무슨 뜻인지 설명하는 게 좀 어렵게 느껴진다. 나처럼 여섯 살 때부터 뜨거운 공기로 답답한 제빵실에서 빵 굽기를 한 사람은 말하는 재주가 별로 없다.

나는 학교에 다닌 적도 없다. 오래되고 찢어진 신문으로 읽는 법을 배웠을 뿐이다. 그중에는 종종 내가 이야기한 그 도시가 지금의 이름이 아닌 과거 식민지 시절의 이름으로 불렸던 때의 신문도 있었다. 나는 오븐 속에 넣은 빵이 구워지기를 기다리는 동안 읽기를 배웠다. 내게 글을 읽는 법을 가르쳐 준 사람은 늙은 제빵기술자 페르난두 씨였다. 내가 너무 게으르다며 그가 화내고 욕하던 그 수많은 밤이 아직도 또렷이 기억난다.

– 글자와 말이 저절로 우리를 찾아오는 게 아니란다, 라며 그는 탄식했다. 사람이 그리로 가야 하는 법이야.

그 덕택에 결국 말과 글을 익힐 수 있었다. 항상 뭔가 부족한 느낌이 들긴 하지만 그래도 말과 글을 자유롭게 사용할 수 있게 되었다.

말을 하는 건 여전히 좀 낯설다. 내 생각과 느낌을 표현해야 할 때 특히 그렇다. 하지만 시도해야 한다. 더이상은 기다릴 수 없다. 이미 일 년이 지났다.

가끔 풍화된 방파제 코앞까지 나타나는 상어들과 이파리가 바스락대는 야자수들과 눈부시게 하얀 모래 이야기는 아직 꺼내지도 못했다.

나중에 기회가 있을 것이다.

지금은 주목할 만한 대단한 인간 넬리우에 대해 이야기하려고 한다. 어디도 아닌 곳에서 도시로 온 아이. 도시의 어느 광장에 선 채 잊혀가고 있던 한 동상 안에 살던 아이.

그리고 바로 여기에서 내 이야기가 시작된다.

모든 것은 끝없이 움직이는 인도양에서 우리 도시를 향해 불어오는 신비롭고 매력적인 바람과 함께 시작된다.

별이 빛나는 열대의 밤하늘 아래 한 건물의 지붕 위에 외롭게 서 있는 나, 조제 안토니우 마리아 바스, 여러분에게 들려줄 이야기가 있다.

첫째 날 밤

총성이 울리고 내가 피 흘리는 넬리우를 발견한 숙명 같은 일이 벌어진 그 밤, 그 당시 나는 정신없고 별난 마담 이즈메랄다의 빵가게에서 사 년째 일하고 있었다. 그곳에서 나만큼 오래 버틴 사람은 없었다.

마담 이즈메랄다는 그 도시에서 모르는 사람이 없을 정도로 특이한 사람이었다. 사람들이 그 여자를 바라보는 시선은 둘로 갈렸다. 그녀에게 남몰래 감탄의 눈빛을 보내거나 아니면 미친 사람으로 취급했다. 넬리우가 그녀 모르게 빵가게 건물 지붕 위에서 죽어가고 있을 때, 그녀는 이미 아흔이 넘은 나이였다. 혹자는 그녀가 백 살이 넘었다고 주장하기도 했지만, 그 누구도 자신 있게 말하지는 못했다. 마담 이즈메랄다에 대해 확실하게 말할 수 있는 유일한 사실은 아무것도 확실하지 않다는 것이었다. 마치 도시와 도시의 건설과 뗄 수 없이 연결된 사람으로 항상 존재했던 것처럼 보였다. 마담 이즈메랄다의 젊은 시절을 기억하는 사람조차 아무도 없었다. 언제부터인지 모를 아주 오래전부터 이즈메랄다는 항상 이 도로 저 도로에서 오픈카를 빠른 속도로 몰고 다녔다. 언제나 바람에 하늘거리는 실크드레스를 입었고, 챙 넓은 모자의 넓적한 끈을 주름진 턱 아래에 단단하게 매고 있었다. 그렇게 이미 늙은 여자였음에도 불구하고, 사람들은 빠른 속도로 질주하는 그녀의 차를 아슬아슬하게 피한 이방인들에게 그 여자가 악명 높은 지사 동 조아킹 레오나르두 두스 산투스의 막내딸이라고 설명했다. 온통 추문에 둘러싸인 삶을 살았던 동 조아킹은 특히 도시의 광장마다 수많은 동상을 세운 것으로 유명하다.

그에 관해 떠도는 소문이 무수히 많았는데, 그중에는 그가 셀 수 없을 만큼 많은 사생아를 남겼다는 이야기도 있었다. 새처럼 생긴 부인 마담 셀레스티나와의 사이에 딸 셋을 두었는데, 그중 이즈메랄다가 생김새는 아닐지라도 성격은 가장 그와 닮은꼴이었다. 동 조아킹은 19세기 중반 바다 저편 모국에서 식민지로 건너온 한 집안 출신이었다. 그의 집안은 아주 짧은 기간에 이 식민지에서 가장 힘 있는 가문들 중 하나가 되었다. 동 조아킹의 형제들은 중요한 자리들을 차지했는데, 멀리 떨어진 다른 지역에서 보석을 채굴하거나 맹수 사냥꾼, 고위 성직자, 군인으로 승승장구했다.

동 조아킹은 젊은 나이에 지역 정치의 혼란스러운 영역에 발을 들여놓았다. 이 나라는 바다 저편에 있는 나라의 한 주州로 모국의 지배를 받았으나 현지의 지사들은 대체로 자유재량권을 가지고 있었고, 어차피 그들이 무슨 일을 하든 통제할 사람은 없었다. 바다 건너 모국에서는 의심이 너무 깊은 몇 안 되는 경우에만 식민지 행정부에서 무슨 일이 일어나고 있는지 알아보기 위해 정부의 공무원을 감독관으로 파견했다. 동 조아킹은 한번은 감독관들의 사무실에 뱀을 풀었고, 다른 때에는 감독관들의 숙소 옆집에 요란하게 북을 치는 고수들을 입주시켰다. 결국 감독관들은 평정심을 잃고 흥분하거나 반대로 깊은 침묵에 빠져서는 가장 빨리 출발하는 유럽행 배에 서둘러 몸을 실었다. 그들의 보고서에는 항상 식민지의 행정이 최상의 상태로 돌아가고 있다고 적혔고, 그 확인으로 동 조아킹은 부두에서 감독관들을 배웅할 때 보석들이 들어있는 작은 천꾸러미를 그들의 주머니에 슬쩍 넣어주었다.

지방선거에서 시 지사로 처음 선출되었을 때 동 조아킹은 스물도 채 안 된 나이였다. 그의 경쟁자는 친절하고 사람을 잘 믿는 나이든 대령이었는데 중간에 후보직에서 사퇴했다. 동 조아킹이 교묘하게 퍼뜨린 소문 때문이었다. 그가 바다 건너 모국에 살던 젊은 시절에 어떤 범죄로 처벌을 받았다는 내용이었다. 물론 범죄의 구체적인 내용은 알려지지 않았다. 허위 사실이었고 무고였지만 대령은 그 중상모략에 대항할 힘이 없음을 알고서는 선거를 포기했다. 모든 선거가 그렇듯 이 선거에서도 선거 조작은 절대적으로 필요한 조직적인 전제조건이었고, 동 조아킹은 당시 등록된 전체 유권자 수를 초과하는 다수의 표를 얻어 당선되었다. 그의 선거 전략에서 가장 중요한 공약은 지역의 공휴일을 대폭 확대하겠다는 것이었다. 그리고 당선되자마자, 선거라는 민주적인 방식으로 새롭게 얻은 그의 직위를 나타내는 최고의 표식인 깃털장식이 달린 삼각 모자를 쓰고 관저 계단에 모습을 보인 후 곧바로 공약을 실행에 옮겼다. 동 조아킹이 가장 먼저 취한 조치는 관저 전면에 큰 발코니를 설치한 것이었다. 필요할 때마다 발코니에 서서 시민들에게 연설하기 위해서였다. 그렇게 선출된 다음에는 앞으로 아무도 그의 지사직을 넘볼 수 없도록 모든 조치를 했고, 이후 육십년 동안 인구가 대폭 감소되었는데도 불구하고 그는 계속해서 더 많은 득표수로 재당선되었다. 그가 죽었을 때는 공식석상에 모습을 나타내지 않은 지 이미 오래였다. 그는 노화와 죽음에 대한 두려움으로 큰 혼란에 빠진 채 때로는 자신이 이미 죽었다고 믿고서 밤이면 그의 침실의 넓은 침대 옆에 놓인 관에 들어가 잠을 잤다. 그런 상태임에도 불구하고 지사로서의 그의 직무수행에 이의를 제기할 용기를 가진 사람은 아무도 없었다. 모두 그를 두려워했다. 그래서 마침내 그가 그 긴 시간 동안 더이상 알아볼 수 없을 만큼 변해버린 그 도시를 마지막으로 보기 위해 발코니로 기어나가려는 것처럼 몸을 관 밖으로 반쯤 걸친 채 죽었는데도, 더운 날씨로 인해 그의 시신에서 악취가 나기 시작할 때까지 며칠 동안 그 누구도 아무 조치를 취하지 못했다.

그는 마담 이즈메랄다의 아버지였고, 이즈메랄다는 아버지를 닮았다. 오픈카를 타고 도시를 휩쓸고 다닐 때면 그녀는 광장마다 세워진 거대한 동상들을 볼 수 있었고, 모든 동상은 그녀의 아버지를 상기시켰다. 동 조아킹은 정권의 전복을 꾀하는 일말의 불만 세력이나 어떤 폭동의 조짐이 있는 건 아닌지 항상 신중하게 살폈다. 젊은 시절에는 비밀경찰단을 구성하기까지 했는데, 그 조직에 대해 모르는 사람이 없었으나 공식적으로는 절대 존재하지 않는 조직이었다. 비밀경찰단의 유일한 임무는 시민들 사이에 몰래 섞여 들어가 아주 미세한 소요의 조짐이라도 있는지 살피는 것이었다. 동시에 동 조아킹은 이웃 나라 중 한 곳에서 혁명이 일어나서 식민군주 세력이 감옥에 들어가거나 추방되거나 총살되면 즉시 계획을 행동에 옮겼다. 그곳의 흥분한 군중이 전복시킨 동상들을 사 오는 것이다. 좋은 값을 치르고 사들인 그 동상들을 배와 차를 이용해 그의 도시로 옮겨온 다음, 동상에 원래 새겨져 있던 이름을 갈아내고 자신의 가문 이름을 새기도록 지시했다. 자신의 조상이 남유럽 농촌 출신의 평범한 농민들이었기 때문에 그는 그렇게 매번 주저하지 않고 족보를 새롭게 넓혀갔다. 그러다 보니 그의 도시는 존재한 적 없는 그의 집안 출신 전직 군사령관들의 동상들로 가득 차게 되었다. 이웃 나라들에서 늘 혁명이 일어났기 때문에 들여오는 동상의 수는 계속 늘어났고, 새로운 동상들을 세울 자리를 만들기 위해 광장을 새로 조성해야만 했다. 동 조아킹이 죽었을 때 그 도시의 모든 광장은 그가 끊임없는 환상 속에서 자신의 가문 사람으로 창조해낸 군사령관, 사상가, 발명가 무리에 속한 영국, 독일, 프랑스, 포르투갈 사람들의 동상으로 가득 차 있었다.

동 조아킹의 아흔 살 된 딸 이즈메랄다는 자신의 삶의 의미를 고민하며 오픈카를 몰고 그녀 아버지의 인생이 만들어낸 이 동상들을 지나쳐 다녔다. 그녀는 네 번 결혼했고, 결혼생활은 매번 일 년을 넘지 못했다. 결혼한 지 얼마 되지도 않아 그녀 스스로 싫증을 느꼈기 때문이기도 하고, 그녀의 선택을 받았던 남자들이 그녀의 심한 변덕에 겁이 나 도망갔기 때문이기도 했다. 아이는 없었다. 물론 어딘가에 숨겨진 아들이 하나 있다는 소문은 있었다. 언젠가 할아버지의 뒤를 이어 지사가 되기 위해 모습을 드러낼 것이라는 이야기와 함께. 하지만 아들은 나타나지 않았고, 마담 이즈메랄다의 인생은 그녀 자신도 무엇인지 전혀 모르는 어떤 것을 찾아 헤매느라 계속 차선을 변경해야 했다.

이 도시의 역사에서 마담 이즈메랄다의 시대라고 부를 수 있을 그 시기에, 아프리카 대륙에 있는 마지막 식민지 중 하나인 이 나라에도 독립 전쟁이 찾아왔다. 피할 수 없는 역사적 의무를 다하기로, 그래서 점점 세력이 약해지는 식민 지배국으로부터 나라를 해방할 것을 결심한 젊은이들이 북쪽 국경을 넘어 식민지로서의 과거를 이미 떨쳐낸 이웃 나라로 향했고, 그곳에서 자신들의 삶의 기반과 대학들을 세웠고, 시기가 무르익었을 때 무장을 하고 확신에 차서 다시 국경을 넘어왔다.

전쟁은 9월 어느 저녁에 시작되었다. 포르투갈에서 파견된 한 행정관이 후에 모잠비크의 초대 총사령관이 될 열아홉 살짜리 혁명군에게 엄지손가락에 총을 맞은 것이 그 계기였다. 바다 저편의 모국은 식민지에서 전쟁이 시작된 지 오 년이 지날 때까지도 그 사실을 인정하길 거부했다. 모국은 속이 뻔히 들여다보이는 선전을 통해 혁명군을 눈먼 테러리스트, 혼란에 빠진 크리미노주스(criminosos, 범죄자들)라고 매도했다. 그리고 새로운 시대와 새로운 세상이 눈앞에 있다는 그 범죄자들의 악의적인 연설에 귀 기울일 것이 아니라 그들의 멱살을 잡아야 한다고 식민지 주민들에게 훈계했다. 그러나 시간이 흐르면서 백인 지배 세력은 그 젊은이들이 흔들림 없이 단호할 뿐만 아니라 주민들로부터 분명한 지지를 받고 있다는 사실을 받아들일 수밖에 없었다. 그와 동시에 본국에서 군대가 파견되었고, 배를 타고 온 군인들은 혁명군의 기지로 추측되는 곳마다 마구 폭격을 가했다. 그리고 스스로 깨닫지 못한 채 거듭된 패배의 늪에 빠져들고 있었다. 지배세력으로 이 나라에 들어왔던 사람들 모두는 당시 벌어지고 있는 일들을 인정하기를 끝까지 거부했다. 심지어 젊은 혁명가들이 수도를 포위하고 아프리카인 거주지역에서 몇 킬로미터밖에 떨어지지 않은 곳에 주둔하고 있을 때조차 백인 지배세력들은 절대 실현되지 않을 미래를 계속 계획하고 있었다.

식민 지배국의 패배가 명약관화한 현실이 되고 이 나라가 독립을 선언한 다음에야 비로소 사람들은 묘지에 줄지어 있는 수많은 흰색 묘비들을 발견했다. 그곳에는 젊은이들이 묻혀 있었다. 왜 싸워야 하는지도 모른 채 전쟁을 위해 바다를 건너와서 얼굴 한번 본 적 없는 군인들에게 죽임을 당한 열여덟, 열아홉이 채 넘지 않은 젊은이들이었다. 도시에서는 큰 혼란이 일어났다. 모국에서 건너와 이곳에서 생활하던 많은 식민자들이 황급히 도망쳤다. 집, 자동차, 정원, 신발, 흑인 애인을 버린 채 항구의 출국장에서 서로 밀치고 짓밟았고, 항구를 떠나려는 배에 올라 서로 자리를 차지하려고 싸우며 이 나라를 떠났다. 그나마 선견지명이 있는 사람은 가지고 있던 현금과 재산을 보석으로 바꿔서 작은 천주머니들에 나눠 넣어 땀에 젖은 셔츠 속에 숨겨 떠났다. 급하게 도망가느라 모든 걸 포기해야 했던 다른 사람들은 그들의 모든 재산을 빼앗은 극악무도한 혁명가들에 대한 증오를 가득 품은 채 이 나라를 떠났다.

마담 이즈메랄다는 그런 정치적인 상황에 전혀 관심이 없었고 당시 이미 여든 살은 되었음에도, 전쟁 초기부터 어쩌면 순전히 본능적으로, 젊은 혁명가들이 전쟁에서 승리할 것으로 판단했다. 실제로 새로운 시대가 열렸고, 그녀는 자신이 어떤 처신을 취할지 선택해야 했다. 자신이 젊은 혁명가들 쪽에 속한다는 사실을 그녀는 쉽게 깨달았다. 식민모국이 멀리 떨어져 있는 이 해외 주에 그나마 유일하게 도움이 된 것이 답답하고 느려터진 관료기구인데, 그것이라면 그녀는 분노와 즐거움이 섞인 마음으로 기꺼이 싸워 없앨 생각이 있었다. 이즈메랄다는 아마도 자신의 반역적 의도를 감추고 싶었는지, 갖고 있던 모자 중 가장 어두운색 모자를 쓰고 북쪽으로 난 도로를 타고 시 외곽으로 차를 몰았다. 도중에 여러 번 도로를 차단하고 있는 군인들을 만났는데, 그때마다 군인들은 차를 돌리라고 했다. 그곳 너머는 잔인한 혁명군이 통제하고 있는 지역이며, 거기 들어가면 그들이 그녀의 차를 빼앗고, 모자를 벗기고, 목을 벨 것이라는 경고도 했다. 그러나 그녀가 계속 가던 방향으로 차를 전진시키자 사람들은 그녀를 제정신이 아닌 사람으로 취급했다. 그리고 이들 통제 구역에서는 마담 이즈메랄다가 미쳤다는 소문이 돌았다.

정말로 젊은 혁명가들이 그녀를 멈춰 세웠다. 하지만 그들은 그녀의 모자를 벗기지도, 그녀의 목을 베지도 않았다. 반대로 그녀를 친절하고 정중하게 대했다. 가까운 곳에 있는 혁명군 기지의 지휘관이 그녀에게 무슨 목적으로 혼자 큰 오픈카를 타고 돌아다니는지 물었다. 그녀는 짧고 간결하게 혁명군에 가입하고 싶다고 대답했다. 그러고는 한때 자기 아버지 소유였던 낡고 녹슨 권총을 핸드백에서 꺼내 보였다. 나중에 다른 남자들의 아내에 대한 폭력적 욕망 때문에 상부의 노여움을 사게 될 로렌주라는 이름의 그 젊은 지휘관은 그녀를 그곳에서 밀림 속으로 십 마일 더 들어간 곳에 있는 다른 기지로 보냈다. 그 기지에는 마담 이즈메랄다 문제를 어떻게 처리해야 할지 더 잘 결정할 수 있는 상급 지휘관이 있었다. 혁명군 대령인 마르셀리누는 전 지사동 조아킹에 대해 잘 알고 있었다. 그는 마담 이즈메랄다를 반갑게 맞이했고 그녀에게 무늬가 들어간 그녀의 모자 대신 군모를 건넨 뒤 친히 혁명전쟁의 사상적 기반이 되는 이념적 교리를 설명해주었다. 그런 다음 그는 마담 이즈메랄다를 야전병원으로 보냈다. 그녀가 그곳에서 훨씬 쓰임이 있으리라는 판단에서였다. 몇몇 쿠바 출신 의사들의 지도에 따라 그녀는 아주 단시간에 일을 배워 복잡한 수술도 보좌할 수 있게 되었다. 그렇게 그녀는 포르투갈과의 식민지 전쟁이 끝날 때까지 그곳에 머물렀고, 나라의 해방을 이끈 새로운 지도자들이 마침내 군중의 환호 속에 수도에 입성할 때 시민들은 어리둥절한 얼굴로 그들에게 너무나 익숙한, 그러나 몇 년 동안 시내 도로에서 볼 수 없었던 오픈카의 귀환을 지켜보았다. 오픈카의 운전석에는 마담 이즈메랄다가 앉아있었고, 뒷좌석에는 혁명군 지도자 중 한 명이 서서 군중을 향해 손을 흔들고 있었다. 모두가 해방의 환희에 취해 있던 그 혼란스러운 시점에 이즈메랄다는 새 대통령에게 질문을 받았다. 막 시작되고 있는 사회의 혁명적 변화를 위해 어떤 역할을 하고 싶냐는 내용이었다.

– 극단을 만들고 싶어요, 망설임 없이 그녀가 대답했다.

그녀의 소박한 희망에 놀란 새 대통령은 더 큰 혁명적 가치를 갖는 임무를 맡아달라고 설득했지만, 그녀는 단호했다. 대통령은 결국 그녀의 결심을 바꿀 수 없음을 깨달았다. 그는 그 자리에서 마담 이즈메랄다에게 도시의 유일한 극단을 맡으라는 명령을 내렸고 이후 문화부 장관이 확인하도록 했다.

그렇게 새로운 시대가 시작되었다. 마담 이즈메랄다는 그녀의 아버지가 여러 독재체제의 유산으로부터 힘들게 들여왔던 동상들이 이제 다시 전복되었고 옛 요새로 옮겨져 그곳에 보관되어 있거나 녹여졌다는 사실을 지각하지 못할 정도로 새로운 삶에 대한 기쁨으로 가득 차 있었다. 지금까지 허구로 만들어진 그녀 가문의 도시였던 곳이 그녀도 모르게 변화하고 있었다. 그러는 동안 그녀는 오랫동안 방치되어 있었던 어둡고 낡은 극장에서 그녀의 시간 대부분을 보냈다. 극장은 하수구 같은 상태였다. 지독한 악취가 났고, 고양이만한 쥐들이 낡은 세트가 썩어가고 있는 무대를 장악하고 있었다.

마담 이즈메랄다는 엄청난 에너지를 가지고 우선 쥐와 악취에 전쟁을 선포했고, 표류한 배처럼 진창에 처박힌 극장을 되찾겠다는 단 하나의 목표를 위해 강력한 공세를 펼쳤다. 그 시절 그녀를 본 사람이라면 마담 이즈메랄다가 이제 완전히 미쳤다는 말을 할 수밖에 없었다. 사람들은 혐오감과 경멸을 숨기지 않은 채, 그녀가 인간이 저지를 수 있는 가장 큰 죄악인 아무짝에도 쓸모없는 일을 하고 있다고 여겼다. 일거리가 없을 뿐만 아니라 연극이 대체 뭔지도 모르는 젊은 사람들이 가끔 그녀를 도와주었다. 마담 이즈메랄다는 그들에게 연극이 영사기 없는 영화 같은 것이라고 즐겨 설명해주었다. 절반쯤은 여전히 범람한 하수구에 잠긴 것 같은 무대 위에서 언젠가는 그들의 연극적 재능을 시험해 볼 수도 있다는 매력적인 가능성을 이야기해주면서, 그들이 긴 윗옷 자락을 들어 올려 허리에 동여매고 바지를 걷어 올리고 진창 속을 걸어 다니며 몽둥이로 쥐를 쫓고 썩은 무대 세트를 치우도록 만들었다.

그렇게 반년이 흐르자 무대와 파손된 빨간 플라스틱 의자들이 놓였던 객석은 다시 사용이 가능해졌고, 심지어 전기도 다시 들어왔다. 그녀가 처음으로 전기 스위치를 켠 순간은 참으로 감격스러웠다. 삼십 년 된 스포트라이트 중 두 개는 스위치를 켜자마자 폭음을 내며 터져버렸지만, 마담 이즈메랄다에게는 그것이 마치 축포처럼 느껴졌다. 불이 켜지고 마침내 그녀는 그녀의 극장을 볼 수 있었다. 그리고 그녀의 눈에 들어온 극장의 모습은 그녀가 무슨 계획을 하는지 아직 아무도 몰랐지만 그녀가 옳았다는 사실을 그녀에게 확인시켜 주었다.

또 반년이 흘렀다. 그 사이 그녀는 비슷한 성향을 가진 사람들을 자기 주위에 모아 놓았고, 왕에게 계속 틀린 조언을 하는 할라카우마(halakawuma, 도마뱀)에 대한 극본을 썼다. 장장 일곱 시간짜리 연극이었다. 마담 이즈메랄다는 직접 무대 세트와 의상을 만들고, 배우들과 연습을 하고, 맡을 사람이 없는 역할은 직접 맡기도 했다.

12월의 어느 저녁으로 새 극장의 개관 일정이 잡혔고, 마담 이즈메랄다는 대통령과 문화부 장관에게 초대장을 보냈다. 대통령과 문화부 장관은 사실 문화부의 여러 공무원들이 극장과 극단의 운영과 관련된 조언을 건넬 때마다 그녀가 거부한 것에 대해 불편한 마음을 가지고 있었다. 공연이 막 시작되려 할 때 폭우로 정전이 되었고, 대통령은 유감을 표하며 참석을 취소했다. 혁명군으로 활동했던 시절에 보여준 춤꾼으로서의 재능 덕에 문화부 장관이 된 뚱뚱한 전직 제화공 아델리뉴 만자트는 참석했다. 공연은 예정보다 몇 시간이나 늦게 시작되었고, 지붕이 새는 바람에 공연을 보기 위해 옷을 차려입고 온 관객들 위로 끊임없이 빗물이 쏟아졌고, 그로 인해 관객들의 기분은 점점 더 언짢아졌다.

전기 문제가 해결되어 마담 이즈메랄다가 마침내 무대 조명을 켰을 때, 그리고 대사를 잊어버린 첫 번째 배우가 무대에 등장했을 때는 이미 열 시가 넘어있었다. 다음 날 동이 틀 무렵에야 끝난 공연은 관객들에게 기이한 경험이 되었다. 공연장에 있었던 사람들 중 누구도, 심지어 배우들조차도 극의 내용을 제대로 이해하지 못했지만, 다른 한편으로는 그들 중 누구도 그날의 경험을 잊지 못할 것이었다. 모두가 떠난 이른 아침, 마침내 홀로 무대에 남은 마담 이즈메랄다는 불가능한 것을 이뤄낸 사람만이 느낄 수 있는 그런 특별한 행복감에 젖었다. 이런 자랑스러운 순간을 지켜볼 수 없는 아버지를 떠올리자 슬프기도 했지만, 그 순간 그녀는 갑자기 큰 허기를 느꼈다. 지난 일 년간 제대로 된 식사조차 할 여유도 없이 달려온 것이다.

이즈메랄다는 바깥으로 나갔다. 그 사이 비가 그쳤고, 도시의 중앙 도로 양옆에 늘어선 아카시아 나무에서 신선한 향이 풍겨왔다. 그녀는 마치 이 도시에 자기 혼자만 있는 것이 아니란 사실을 처음 깨달은 것처럼 마주 오는 사람들을 유심히 바라보았다. 그리고 그녀의 아버지가 평생 동안 수집해서 광장을 장식했던 동상들이 모두 사라졌다는 사실을 갑자기 깨달았다. 문득 자신이 늙었다는 것이 느껴졌고 그래서 슬펐다. 새로운 시대는 결국 과거의 모습이 그대로 존재하지 않는다는 걸 의미하기 때문이다. 하지만 그녀가 이룬 성공이 사라진 과거에 대한 슬픔보다 더 컸기에, 음울한 생각들을 금세 떨쳐버린 그녀는 한 카페에 들어가 자리를 잡고 코냑 한 잔과 빵 한 조각을 주문했다. 극장을 계속 운영하기 위한 자금을 어떻게 확보해야 할까 고민하면서 한참 빵을 씹다가 극장 로비에 자리한 예전 매표소와 사람이 오지 않는 카페 자리를 빵가게로 바꾸면 되겠다는 생각이 떠올랐다. 빵을 팔면 필요한 자금을 확보할 수 있을 것이다. 그녀는 남은 빵을 마저 씹어 넘기고 일어나서 극장으로 돌아가 곧장 반죽기와 오븐을 놓을 자리를 만들기 시작했다. 빵가게를 열기 위해 당장 필요한 자금은 영국대사관 직원에게 그녀의 차를 팔아 마련했고, 석 달 후 그녀는 빵가게를 열었다.

나, 조제 안토니우 마리아 바스는 마담 이즈메랄다가 빵가게를 연다는 소문이 돌기 시작했을 때 바로 그녀를 찾아갔다. 당시 나는 항구 근처에 있는 펠리즈베르투의 빵가게에서 일하고 있었고 그 가게를 그만둘 생각은 전혀 없었다. 그런데도 어느 오후 일을 마친 뒤 고용할 제빵사들을 찾고 있던 마담 이즈메랄다를 찾아갔다. 극장의 낮은 옆문 앞에는 이미 긴 줄이 늘어서 있었다. 의미 없는 일일 것이 분명했지만 그래도 줄의 맨 끝에 섰다. 적어도 그 대단한 마담 이즈메랄다를 가까이에서 한번 보고 싶었기 때문이다. 내 차례가 왔고, 안내를 받아 반짝반짝 윤이 나는 스테인리스 반죽기가 일을 시작하기를 기다리고 있는 방으로 들어갔다. 긴 실크드레스를 입고 머리에 챙이 넓은 꽃무늬 모자를 쓴 마담 이즈메랄다가 방 중앙에 놓인 등받이 없는 의자에 앉아 있었다. 그녀가 진지한 얼굴로 나를 바라봤다. 나를 언제 본 적 있는지 생각하는 것 같은 눈빛이었다. 그러더니 무슨 중요한 결심을 한 것처럼 갑자기 고개를 끄덕였다.

– 자네는 딱 제빵사처럼 보이는군. 이름이 뭔가?

– 조제 안토니우 마리아 바스입니다. 여섯 살 때부터 빵을 만들었어요.

그녀에게 내가 일하고 있는 곳을 말했으나, 내 말을 들었는지 분명치 않았다.

– 펠리즈베르투에게서 얼마를 받고 있지? 그녀가 내 말을 끊고 물었다.

– 십삼만 메티칼 받고 있습니다.

– 나는 십이만 구천 주겠네. 자네가 정말 여기서 일하고 싶다면 펠리즈베르투에게서 받는 것보다 좀 덜 받아도 되겠지?

나는 고개를 끄덕였고, 그렇게 마담 이즈메랄다에게 고

용되었다. 오 년도 더 전의 일이다. 하지만 그때가 바로 어제인 것처럼 여전히 생생하게 느껴진다. 마담 이즈메랄다는 곧바로 일을 시작해달라고 말했다. 우선 밀가루, 설탕, 이스트, 버터, 계란을 얼마큼씩 사야 할지 계획을 세우는 데 내가 도움을 주기를 바랐다. 빵가게를 열기까지 우리는 밤이고 낮이고 함께 일했고, 그러는 동안 그녀는 자신이 살아온 이야기를 들려주었다. 그래서 나는 그녀에 대해 많은 것을 알게 되었다. 그녀를 통해 나는 내가 사는 이 도시에 대해서, 내 조국인 이 나라에 대해서도 더 잘 알게 되었다.

마담 이즈메랄다가 미친 사람이었는지 아니었는지는 나도 잘 모르겠다. 하지만 그녀가 내가 만났던 그 누구보다도 대단한 에너지와 의지를 가진 사람이었다는 것은 확실하게 말할 수 있다. 그녀 주변 사람들은 그녀가 극장과 빵가게에서 분주히 일하는 모습만 봐도 지쳐 쓰러질 판이었다. 나이가 이미 여든에서 아흔 사이였는데도 그녀는 절대 쉬지 않았다. 밤에도 아예 집에 가지 않는 날이 많았다. 그럴 때면 밀가루 포대 위에 몸을 웅크리고 제빵사들에게 잘 자란 인사를 건넨 뒤 잠을 청했는데, 삼십 분 후면 마치 숙면을 취한 사람처럼 새로운 에너지로 충만해져 일어나곤 했다. 가끔 반죽이 부풀어 오르기를 기다리면서 우리는 마담 이즈메랄다는 대체 언제 뭘 먹나 궁금해하곤 했다. 그녀는 매번 반죽기 가장자리에 붙은 반죽을 손가락으로 긁어먹었다. 그것 말고 다른 걸 먹는 모습을 아무도 본 적이 없다. 물론 코냑 병을 항상 손이 닿는 곳에 두긴 했다. 우리는 그녀가 필요한 에너지를 코냑에서 얻는 게 분명하다고 생각했다. 우리야 외국산 술을 마셔볼 돈도 기회도 없고 기껏해야 톤톤투(tontonto, 집에서 빚은 화주)나 마시는 평범한 사람들이었기에, 그 코냑 병에 사람을 늙지 않게 하는 뭔가가 들어있을 거라고 이야기하곤 했다. 혹시 마담 이즈메랄다에게 그녀의 술에 마법의 힘을 불어넣는 쿠란데이루(curandeiro, 주술사)가 있었던 것은 아닐까?

마담 이즈메랄다가 '성체 빵집'이라고 이름 붙인 그 빵가게에 내가 취직했을 때 나는 막 열여덟 살이었다. 나는 당시 비록 제과기능장 자격증은 없었지만 이미 제대로 된 제빵사였다. 여섯 살 때부터 빵을 구웠으니 그것만으로도 충분했다.

아버지는 나를 공항 뒤쪽 아프리카인 거주지역에서 빵집을 하던 자신의 삼촌이자 제과기능장 페르난두 씨에게 데려갔었다. 평생 뜬구름을 잡으며 극히 비현실적인 삶을 살았던 아버지는 어느 날 내 손을 유심히 보더니 크루아상을 만들기 딱 좋은 손이라고 결론을 내렸다. 제빵사로 내 미래와 생계를 꾸리라는 것이었다. 거의 모든 아프리카인들처럼 우리도 가난했다. 내가 자란 시기는 이미 북쪽 국경을 넘어갔던 젊은 혁명가들에 대해 아는 사람이 아무도 없을 때였다. 우리나라와 우리의 삶을 지배하고 있는 백인들이 권력을 잃을 수도 있다는 것을, 심지어 어느 날 황급히 이 나라에서 도망쳐 영원히 돌아오지 않을 수도 있다는 것을 그 누구도 상상조차 하지 못할 때였다. 그들은 몇 세대에 걸쳐 우리가 그들 앞에 공손하게 머리를 숙이도록 강요했다. 억압에는 결코 익숙해질 수 없다는 걸 지금은 알지만, 그리고 그 당시에 이미 우리 삶을 지배하고 있는 백인에 대한 저항이 조용히 일어나고 있었지만, 젊은 혁명가들 외에는 그 누구도 진정으로 뭔가가 바뀔 수 있다는 걸 믿지 않았다. 자신의 긴 인생을 쉬지 않고 입으로만 떠들며 보낸 아버지는 주변에 자기 말을 듣고 있는 백인이 없다는 확신이 들 때마다 바다 건너로부터 와서 차밭과 과수원을 벌여놓고 우리를 강제로 일하게 한 백인들을 욕하고 원망했다. 하지만 그건 그 안에만 머물러 있는, 아버지가 더 많은 말을 하는 것 말고는 다른 어떤 효과도 없는 항거일 뿐이었다.

아버지는 사십 년 동안 아프리카인 거주지역의 헛간과 오두막들 사이 공터에 있는 나무 아래에만 앉아 있었다. 그곳에서 어머니가 모닥불에 요리한 음식이 다 차려질 때까지 할 일 없는 다른 남자들과 수다를 떨었다. 그 오랜 시간 동안 아버지는 쉼 없이 수다를 떨었고, 어머니는 지친 얼굴로 아버지의 이야기를 들었다. 물론 귀는 반도 열어놓지 않았다. 하지만 내가 알기로 아버지가 옛날에 어머니의 마음을 사로잡을 수 있었던 건 아버지의 멋진 목소리 덕분이었다. 두 분은 아이를 열한 명 낳았고, 나는 그중 여덟째였는데, 우리 중 총 일곱 명이 살아남아 부모님보다 더 오래 살았다. 내 아버지 제카 안토니우는 먼 서쪽 지방에서 도시로 왔고, 언젠가는 가족과 함께 고향으로 돌아가겠다고 항상 말했었다. 아버지가 어머니 그라사를 만난 건 도시에 온 지 얼마 되지 않아서였다. 도시 출신의 어머니는 아버지의 쉼 없는 이야기에 넘어갔고, 둘은 새 공항이 건설될 때 생겨난 아프리카인 거주지역에 초라한 그들의 보금자리를 마련했다. 둘 다 글을 읽을 줄도 쓸 줄도 몰랐고, 자식들 중에서는 딸들 중 한 명과 나만 읽고 쓰는 법을 익혔다.

젊은 혁명가들이 도시로 입성하고 동 조아킹이 세운 기사 동상들을 쓰러뜨린 다음에야, 사람들은 제대로 분개하기 시작했다. 그들이 수백 년간 당해온 부당함을 마치 그제야 비로소 깨달은 것 같았고, 젊은 혁명가들이 이야기하는 해방이란 것은 더이상 일하지 않아도 되는 자유를 말하는 것이라고 여겼다. 그러나 자유란 예전처럼 힘들게 일해야 하고 스스로 생각하고 해야 할 일을 계획해야 한다는 뜻임을 깨달았을 때 많은 사람들은 영혼 깊이 혼란에 빠졌다. 백인들이 바다 너머로 사라지고 몇 년이 흐른 후, 아버지는 한때 누가 들을까봐 목소리를 낮춰 식민통치를 비판했을 때와 마찬가지로 젊은 혁명가들에 대한 불만을 토로하기 시작했다. 그러면서 진지하게, 그래도 법과 질서가 있고 백인들이 우리가 무슨 생각을 해야 할지 정해주었을 때가 좋았다고 했다. 그런 불평들이 터져 나오던 그때는 갑자기 서로를 더이상 파트랑(patrão, 님)이 아니라 카마라다(camarada, 동지)라고 불러야 하는 혼란스러운 시대였다. 모든 게 새롭게 바뀌어야 하면서도 결국 다른 방식으로 그대로 유지되었던 그런 시기였다.

바로 그 당시에 긴 내전이 시작되었다. 이제 중년의 나이가 되어 사이렌을 울리는 오토바이를 탄 경찰들의 호위를 받으며 검은 벤츠를 타고 다니는 젊은 혁명가들은 내전의 반군을 반디두스 아르마두스(bandidos armados, 무장한 무법자)라고 불렀다. 우리는 다시 우리나라로의 귀환을 꿈꾸는 도망간 백인들이 반군들 뒤에 있다고 생각했다. 그들이 어느 날 돌아와 동 조아킹의 동상들을 다시 광장에 세우고, 우리가 무슨 생각을 할지 스스로 결정할 수 있는 권리를 우리에게서 다시 빼앗고, 중년이 된 혁명가들이 또다시 북쪽 국경을 넘게 만들 것으로 생각했다. 반군들은 그 백인들의 이름으로 끔찍한 일들을 저질렀고, 우리 모두는 그들이 내전에서 승리할지도 모른다는 두려움에 떨었다.

내가 넬리우를 알게 된 그해에야 비로소 내전이 끝났다. 평화협정이 체결되었고, 무장 반군의 우두머리가 도시에 들어와 대통령의 포옹을 받았다. 그때는 백인들도 이미 우리나라에 다시 들어와 있었다. 하지만 예전과는 다른 백인들이었다. 이상한 이름을 가진 나라에서 온 백인들이었는데, 그들은 우리를 다시 차밭과 과수원으로 내몰려고 온 것이 아니라 오히려 전쟁으로 무너진 것들을 재건할 수 있게 도와주려고 했다. 그들 중 많은 이들이 마담 이즈메랄다의 빵가게에서 빵을 사곤 했다. 우리는 우리 빵이 좋다는 걸 알고 있었다. 빵을 만들다가 뭔가 문제가 생기면 마담 이즈메랄다는 곧바로 가게 문을 닫았고 평소의 수준을 회복하면 다시 문을 열었다.

나는 마담 이즈메랄다의 가게에서 일하는 것을 금세 좋아하게 되었다. 물론 그녀는 때때로 변덕스럽고 예측 불가능했으며, 월말이 되어도 임금을 줄 돈이 없을 때가 허다했다. 그래도 그 가게가 좋았던 중요한 이유는 내 인생을 새롭고 기이한 체험으로 채워준 연극 때문이었다. 마담 이즈메랄다는 그 전설적인 초연이 있고 얼마 지나지 않아 오로지 연극만 하는 극단을 만들었다. 많은 사람의 눈에는 그 사실 자체가 부적절하고 과한 행동으로 비쳤다. 그녀는 정말 일주일의 며칠 저녁만 무대에 서는 걸로 돈을 버는 사람들이 있을 수 있다고 생각한단 말인가? 연극이 여가를 즐기는 활동 이상이 될 수 있단 말인가? 마담 이즈메랄다는 당연히 열정적으로 그녀의 기획을 변호했고, 국내에서 가장 유능하다는 사람들을 단원으로 확보했다. 배우들은 낮에는 새로운 작품을 연습했고, 저녁에는 정해진 공연을 했다.

빵가게에서 극장 지붕으로 올라가는 나선형 계단이 있다. 양철지붕 바로 아래에는 예전에 있던 대형 냉방장치의 일부인 작은 통로가 있다. 그 끝에 있는 해치를 통해 작은 방에 내려서면 꼭 선사시대 동물처럼 생긴 오래된 영사기가 한 대 있다. 그곳에서 벽에 난 구멍들을 통해 불 켜진 무대에서 일어나고 있는 일들을 지켜볼 수 있다. 마담 이즈메랄다는 제빵사들이 시간이 날 때 그곳에서 연극 연습을 지켜본다는 사실을 알고 있었다. 심지어 보고 난 다음 자신에게 의견을 말해 달라며 격려하기도 했다. 우리가 얌전하게 행동하면 종종 극장 맨 뒷자리에서 새 작품의 리허설을 구경하게 해주기도 했다.

나는 제빵사일 뿐이고, 열다섯 살이 되어서야 오래된 신문 덕에, 그리고 끈질기게 내 게으름과 싸워 준 제빵기술자 페르난두 씨 덕에 글을 읽을 수 있게 되었으니, 당연히 마담 이즈메랄다와 그녀의 배우들이 만들어낸 연극에 대해 이러쿵저러쿵 평가할 입장은 아니었다. 하지만 그런 내 눈에도 젊은 배우들 중 몇몇은 재능이 뛰어나 보였다. 적어도 빵가게에서 일하는 우리는 그들이 무대에서 보여주는 것을 믿었고, 그들이 표현하는 인물이나 동물 들을 실제처럼 받아들였고, 보면서 자주 웃었다. 또 하나 말할 수 있는 사실은 마담 이즈메랄다가 뛰어난 극작가가 아니라는 것이다. 우리는 종종 냉방장치 환풍 통로를 통해 들어가 마담 이즈메랄다가 배우들과 싸우는 소리를 듣곤 했다. 배우들은 그녀가 작품을 통해 전하고 싶은 이야기가 무엇인지 이해하지 못했고, 그녀는 자신이 배우들이 이해하게 설명하지 못한다는 사실에 화를 냈다. 리허설 자체가 극적인 공연처럼 보일 정도로 끔찍한 말다툼도 종종 있었다. 그러나 상황은 항상 마담 이즈메랄다가 자신의 의지를 관철하는 것으로 정리되었다. 배우들에게 임금을 지급할 사람은 결국 그녀였고, 말다툼에서 더 끈질기게 버티는 사람도 결국 그녀였기 때문이다. 빵가게에서 일하는 우리는 마담 이즈메랄다가 악취 나는 하수구에서 일으켜 세운 극장의 무대 위에 끊임없이 생겨났다 부서지는 연극 속의 세계들을 들여다볼 수 있다는 것을 일종의 특권으로 생각했다. 그것은 반복되는 임금체불에 대한 부분적인 보상이기도 했다.

가끔 커다랗게 펑 소리를 내며 꺼져버리는 구식 스포트라이트가 비추는 그 작은 무대 위에 큰 마법과 같은 순간들이 펼쳐지곤 했다. 마담 이즈메랄다가 무대 천정에서 아래로 드리워진 썩은 동아줄에 위험을 무릅쓰고 매달린 채 뿌리던 노란 헝겊 꽃들이 유령처럼 무대 위를 떠다니던 장면은 아직도 눈에 선하다. 삐걱대는 소리를 내며 무겁게 무대 위를 미끄러져 움직이던 노예선들, 낡은 침대 시트와 밀가루 포대를 이어 만든 펄럭이던 흰 돛, 닭장 철망으로 만든 버팀대에 젖은 종이를 덧붙여 만든 것일 뿐인데도 무게가 몇천 킬로그램은 나가보이던 닻을 생각하면 아직도 소름이 끼친다. 배우들은 마담 이즈메랄다가 쓴 이해할 수 없는 작품 속에서 시간과 공간을 옮겨 다녔다. 흰색 작업복을 입은 우리 제빵사들은 천장의 통로에 올라가거나 관객석 맨 뒷줄에 의자를 더럽히지 않기 위해 신문지를 깔고 앉아 리허설을 지켜보았고, 우리의 웃음소리는 마담 이즈메랄다에게 연극이 완성되었으니 매표소를 열고 새로운 작품의 초연을 알려야 할 때가 왔다는 신호가 되었다.

우리는 저마다 몰래 젊고 아름다운 일리자를 사모하고 있었다. 일리자는 마담 이즈메랄다가 데리고 있는 배우들 중 단연 대스타였다. 나이는 열여섯 살밖에 되지 않았지만,

마담 이즈메랄다의 현실주의적 작품에서 진한 화장을 한 냉소적인 푸타(puta, 창녀)를 연기하든 시적인 작품에서 가상의 강가에서 물동이를 머리에 이고 균형을 잡으며 걸어가는 아가씨를 연기하든, 뛰어나게 자연스러운 연기로 모든 이들을 사로잡았다. 우리 제빵사들은 모두 그녀를 사랑했고, 그녀가 어느 날 극단을 그만 두자 오랫동안 깊이 아쉬워했다. 어느 날 연극을 보러 왔던 한 외국 대사관 직원이 이후 스물세 번이나 연속으로 공연을 보러 왔고 결국 일리자에게 청혼을 한 것이다. 그리고 두 사람은 바다 건너 나라로 떠났다. 당시에 나는 마담 이즈메랄다가 일리자가 떠나겠다고 했을 때 어떤 기분이었을지, 혹시 배신을 당했다고 슬퍼했을지 아니면 분노를 느꼈을지 자주 생각했다. 그러나 그녀는 단 한 번도 그 일에 관해 이야기한 적이 없다.

몇 달 후 그녀는 마르게리다라는 새 배우를 찾았고, 마르게리다로 인해 일리자에 대한 기억은 곧 희미해졌다. 연극이란 세계는 끝까지 몰락하지 않는 세계인 것 같았다.

나, 조제 안토니우 마리아 바스에게는 마담 이즈메랄다의 눈에 들어 그녀와 함께 일을 하게 된 것이 새로운 인생의 시작이었다. 나중에 가끔 그런 생각이 들었다. 아버지는 평생 수다를 떠는 것 말고는 아무것도 하지 않은 사람이지만, 내 손과 관련해서는 아버지 말이 옳았다는 것이다. 나는 정말 타고난 제빵사였고, 모두가 평생 동안 찾아 헤매지만 정말 소수만이 찾게 되는 인생의 일자리를 만났다. 다른 제빵사들과 친구가 되었고 카운터 뒤에 서서 고소한 냄새가 나는 신선한 빵을 파는 빈정거리기 좋아하는 아가씨들과도 친하게 지냈다. 또, 도시 중앙을 가로질러 동 조아킹의 기사 동상들이 쓸쓸히 방치되어 있는 옛 요새로 향하는 넓은 가로수 길에 자리한 우리 극장 주변에 사는 모든 사람을 알게 되었다. 특히 종이상자와 녹슨 자동차 잔해 속에서 자는 거리의 아이들과도 친해졌다. 그 아이들은 쓰레기통에서 찾은 것들을 먹고, 아니면 훔친 물건들을 팔거나 팔았던 물건들을 다시 훔쳐서 먹고 살았다.

처음으로 넬리우에 대해 듣게 된 곳도 그곳이었다.

넬리우의 이름을 처음 언급했던 사람이 누구였는지는 기억나지 않는다. 아마 한쪽 다리가 없는 늙은 군인 세바스티아우였던 것 같다. 그는 금세 의기소침해지는 인도 출신 사진사 아부 카사무의 사진관 앞 계단에 살았다. 사진관 옆에는 그 많은 백인들이 바다 건너의 고향으로 황급히 돌아갈 때 그 무리에 끼지 않았던 백인들 중 한 명인, 항상 술에 취해 있는 세뇨르 레오폴두가 운영하는 카페가 있다. 세뇨르 레오폴두는 그 지저분한 카페를 찾는 몇 안 되는 손님들에게 끊임없이 젊은 혁명가들이 도시에 들어와 권력을 차지한 이후로 모든 것이 망가져 버렸다고 떠들어댔다.

– 모두가 웃고 있어, 라고 그는 자주 말했다. 그런데 뭘 보고 웃는 거지? 모두 다 망해가는 거? 검둥이들은 다들 웃을 게 아니라 울어야 해. 그때는 달랐어, 그 전에는 말이야….

그들 중 한 사람이었을 수 있다. 물론 다른 사람이었을지도 모른다, 어쩌면 우리 가게에 빵을 사러 온 어떤 손님이었을지도. 넬리우 이야기를 누가 했는지는 모르지만 넬리우에 대해 뭐라고 표현했는지는 정확히 기억한다. 그 이야기를 듣고 집 없는 아이들 중 넬리우라는 대단한 아이가 있다는 것을 처음 알게 되었으니까.

– 대통령은 그 아이를 고문으로 삼아야 해. 그 아이가 우리나라에서 제일 똑똑한 사람이야.

며칠 뒤 빵 판매를 담당하는 아가씨들 중 한 명이 내게 그 아이가 누군지 알려주었다. 아마 근처에 남자가 나타나기만 하면 유혹이라도 하려는 듯 엉덩이를 흔들며 걷는 작고 마른 디노카였을 것이다. 그녀가 극장 바로 앞에 본거지를 둔, 거리의 아이들 무리 하나를 가리켰다. 넬리우라는 소년은 그중 가장 작은 아이였다. 당시 아홉 살쯤 됐을 것이다.

– 저 애는 한 번도 맞은 적이 없어, 감탄하며 디노카가 말했다. 집 없는 떠돌이 아이가 매를 맞은 적 없다는 게 상상이 돼?

집 없이 거리를 떠돌며 사는 아이들은 힘든 삶을 살았다. 한번 거리에 나앉게 되면 대부분은 더이상 돌아갈 수 없었다. 아이들은 오물 속에서 살았고, 종이상자나 버려진 녹슨 자동차 안에서 잠을 잤으며, 뭐라도 먹을 걸 찾으면 그걸로 배고픔을 달랬고, 동 조아킹 시대부터 있었던 깨진 분수대에서 물을 마셨다. 비가 오면 은행 앞에 주차된 차들에 발길질로 진흙을 잔뜩 묻힌 다음 차주들이 스칼라나 콘티넨탈에서 오후 커피를 마시기 위해 은행에서 나오면 순진무구한 얼굴로 다가가 세차를 제안했다. 뭔가 훔칠 수 있으면 기회를 놓치지 않았고, 마담 이즈메랄다의 가게에 밀가루 포대를 날라다 주는 대가로 오래된 빵을 얻었다. 그 정도면 삶이 그보다 더 쉬울 수는 없다는 걸 아이들은 알고 있었다.

떠돌이 아이들 무리는 여러 개가 있었고 각 무리에게는 그들만의 구역이 있었다. 작은 독재 국가와 같은 그 무리 안에서는 우두머리로 정해진 아이가 판결을 내리고 처벌도 하는 절대적인 권력을 가진다. 아이들은 종종 싸우기도 했는데, 같은 무리 안에서 싸움이 일어나기도 했고, 구역을 침범한 다른 무리와 싸우기도 했으며, 어딘가에서 물건이 없어질 때마다 일단 떠돌이 아이들에게 도둑 혐의를 씌우고 보는 경찰과 싸우기도 했다. 아이들은 들개들을 쫓거나, 나름 머리를 써서 만든 우리 안에 쥐들을 잡아넣은 다음 주차된 차들에서 빼낸 휘발유를 우리에 붓고 불에 타는 쥐들을 보며 환호했다.

다양한 지역에서 모여든 떠돌이 아이들에게는 저마다의 사연이 있었다. 어떤 아이들은 긴 전쟁에서 부모를 잃었고, 또 어떤 아이들은 부모가 있었는지조차 기억하지 못했다. 양부모에게서 도망친 아이들도 많고, 집에 잠자리와 음식이 부족해서 버림받은 아이들도 많았다.

하지만 아이들은 항상 웃었다. 빵을 굽느라 제빵실 온도가 너무 올라가서 그 안이 숨 막힐 정도로 덥기도 하거니와 오븐에서 빵을 꺼낼 때까지 기다려야 할 때면 나는 가끔 밖으로 나가 거리에 서서 집 없는 아이들을 바라보곤 했다. 그럴 때마다 아이들은 어김없이 웃고 있었다. 배가 고파도, 지치거나 아파도 웃었다. 끊임없이 웃었다. 특히 술 취한 레오폴두가 화를 낼 때면 더 웃었다. 레오폴두는 이따금 아이들이 너무 시끄럽다는 생각이 들면 카페에서 뛰쳐나와 빈 맥주깡통들을 아이들을 향해 던졌다. 다음날이면 아이들이 카페 문 앞에 정연하게 줄지어 누워서 카페 문을 열 때마다 불편하게 하리라는 것을 뻔히 알면서도 하는 행동이었다.

넬리우에 관해서는 수많은 이야기가 떠돌았다. 그의 술수와 약삭빠름에 대해, 판결을 내리는 능력에 대해, 그리고 특히 어떻게 얻어맞는 일을 피하는지에 대해. 나는 그 아이가 마법의 힘을 가지고 있다는 소문도, 이 도시가 존재하기도 전인 아주 옛날, 넓은 강 하구에 살던 사람들에게 큰 영향력을 미쳤던 어느 쿠란데이루의 영혼이 그의 몸에 깃들었다는 소문도 들었다.

그렇게 나는 넬리우라는 아이가 있다는 사실을 알고 있었다. 그 아이가 아주 특별한 존재라는 것도 느끼고 있었다.

하지만 한 번도 그 아이와 이야기를 나눈 적은 없었다. 나 혼자 빵가게에 있는데 갑자기 아무도 없는 극장에서 고막을 울리는 총소리가 들려왔던 바로 그날 밤까지는. 나는 나선형 계단을 뛰어올라 객석 뒷줄 쪽으로 기어나갔다. 웬일인지 무대 위에 조명이 켜져 있었고, 무대에는 처음 보는 세트도 설치되어 있었다.

그리고 불 켜진 무대 가운데 넬리우가 쓰러져 있었다. 피를 흘리며. 그가 입은 흰색 인도면 셔츠에 번진 피는 붉다기보다 검게 보였다. 나는 어두운 객석 뒤쪽에 서서 두방망이질하는 가슴을 잡고 정신을 차리려고 애를 썼다. 누가 저 아이를 쐈을까? 저 아이는 왜 한밤중에 조명을 받고 피를 흘리며 무대에 누워있는 거지? 혹시 무슨 소리가 들리는지 가만히 귀를 기울여 보았다. 극장 안은 아주 고요했다.

그때 무대 위에서 넬리우의 힘겨운 숨소리가 들려왔다. 나는 어두운 계단을 조심조심 내려갔다. 어둠 속에서 갑자기 누군가가 나타나 나한테도 총을 쏘지 않을까 하는 두려움이 일었다. 무대 위에 올라 그 아이 곁에 무릎을 꿇었을 때, 나는 그 아이가 이미 죽은 줄 알았다. 그런데 내 소리를 듣기라도 한 듯 넬리우가 눈을 떴다. 피를 많이 흘렸는데도 그 아이의 눈은 아주 맑았다.

– 사람을 데려올게. 내가 말했다.

넬리우가 살짝 고개를 저었다.

– 나 좀 지붕 위로 데려다주세요. 맑은 공기가 필요해요.

나는 앞치마를 벗어서 밀가루를 털어낸 다음 길쭉하게 찢었다. 그걸 붕대처럼 총에 맞은 넬리우의 가슴에 감은 다음 넬리우를 업고 좁은 계단을 통해 지붕 위로 올라갔다. 거기에는 언젠가 빵가게 앞 큰 쓰레기통에서 주워다 놓은 매트리스가 있었다. 그 위에 넬리우를 눕혔다. 아직 숨을 쉬는지 보기 위해 내 얼굴을 그의 입 가까이에 대 보았다. 아직 살아있다는 걸 확인한 다음 나는 서둘러 제빵실로 내려가 물과 램프를 가지고 지붕 위로 돌아왔다.

– 도와줄 사람을 데려와야 해, 다시 한 번 말했다. 계속 여기 있을 수는 없어.

넬리우가 다시 고개를 저었다.

– 여기 있고 싶어요. 나는 죽지 않을 거예요. 아직은 아니에요.

그 아이에게 지금 가장 필요한 게 의사라는 걸 분명히 알면서도 그 아이의 말이 너무 단호해서 나는 다른 말을 할 수가 없었다.

넬리우가 고개를 돌려 나를 올려다보았다.

– 여긴 시원해서 좋아요, 여기 있고 싶어요.

나는 넬리우 곁에 앉아서 계속 물로 입술을 적셔 주었다. 가슴에 총을 맞았으니 물을 마시게 할 수는 없었다.

첫째 날 밤이었다.

나는 매트리스 위 그 아이 옆에 앉아 있었다. 넬리우가 잠든 것 같으면 가끔 제빵실에 내려가 오븐 속 빵이 타지 않는지 살폈다.

동이 트기 한참 전 넬리우가 다시 눈을 떴다. 피는 더이상 흐르지 않았고, 마른 그의 가슴에 감긴 붕대는 피가 굳어 딱딱해져 있었다.

– 고요하군요. 넬리우가 말했다. 여기라면 내 혼을 놓아줄 수 있어요.

나는 무슨 대답을 해야 할지 몰랐다. 겨우 열 살밖에 안 된 아이 입에서 나오기에는 좀 이상한 말이었다.

무슨 뜻일까?

한참 시간이 흐르면 이해할 수 있을 것이다.

그 아이가 한 말은 그게 다였다.

첫째 날 밤의 나머지 시간 동안 넬리우는 더이상 아무 말도 하지 않았다.

둘째 날 밤

왜 해가 뜨는 걸 보고 있으면 마음이 슬퍼질까? 가끔 나는 자신에게 묻곤 했다. 미칠 것 같다는 생각이 들 정도로 열기 가득한 제빵실에서 긴 밤을 보내고 난 뒤 나는 자주 지붕 위에 서 있곤 했다. 도시가 막 깨어나기 시작하는 동틀 무렵, 지붕 위에 서서 인도양에서 불어오는 새벽바람의 선선함을 느끼며 거대한 공 같은 해가 바다 끝에서 솟아오르는 걸 보고 있노라면 피로에 젖은 내 뇌 속에서 큰 슬픔이 느껴졌다.

내가 느끼는 비애는 혹시 나 같은 평범한 제빵사조차 염려하고 돌봐주는 혼령들의 인사가 아닐까? 어쩌면 나도 앞으로 겪을 수밖에 없는 인생무상에 대한 예감이 아닐까?

그러나 넬리우가 밤새 더러운 매트리스에 누워서 보낸 후 맞은 둘째 날인 그 아침에는 혼에 대해 생각하고 있을 여유가 없었다. 평소에는 극장 뒤쪽에 있는 펌프로 제빵실에서 긴 밤을 보내는 동안 몸에 묻은 먼지와 땀을 씻어냈다. 그곳에선 목수 두 명이 마담 이즈메랄다의 다음 공연을 위한 세트를 만들곤 했다. 몸을 씻고 나면 대개는 아침의 신선한 냄새에 둘러싸인 시내를 지나 집으로 갔다. 형들 중 한 명인 아우구스티뉴네 가족과 내가 함께 지내고 있는 우리 집은 강 하구에 있는 가장 긴 언덕배기 중 하나에 형성된 아프리카인 거주지역에 있었다. 하지만 그날 아침에는 빵가게에 남았다. 그게 아주 이상한 일은 아니었다. 집에 가지 않고 극장과 인도 출신 사진사의 가게 사이에 있는 오래된 나무 그늘에 누워 잠을 자는 일이 종종 있었다.

나는 또한 지붕 위에 올라간 유일한 사람이기도 했다. 나선형 계단이 지붕 쪽으로 연장된 부분은 사람들 눈에 잘 띄지 않았는데, 그곳과 그 끝에 있는 녹슨 양철문에 대해서는 아무에게도 말하지 않고 나만 알고 있었다. 아마 마담 이즈메랄다도 모를 것이다. 그녀는 분명히 지붕에 올라가 본 적이 한 번도 없을 테니까. 그녀가 평생 관심조차 가져본 적 없는 게 바로 전망이었다. 그건 아무리 멋진 전망이어도 마찬가지다.

넬리우가 숨을 헐떡이며 지붕 위에 누워있던 그 아침, 나는 집에 갈 수가 없었다. 거기 있어야만 했다. 나는 펌프로 가서 간단히 세수만 한 후, 극장에서 몇 블록 떨어진 법원 뒤 차고에 사는 무울레느 부인을 찾아갔다. 그녀는 식민통치 시절 페이티세이라(feiticeira, 무당)로 악명을 떨친 사람이었다. 그 당시 백인 식민통치자들은 이 땅의 원시적인 미신이라고 생각되는 것을 금지하려고 했고, 그 방법은 미숙하고 서툴렀다. 백인들은 아프리카인의 삶에서 영혼이 얼마나 중요한 의미가 있는지 이해하지 못했다. 백인들은 조상의 혼과 좋은 관계를 유지하는 게 꼭 필요하다는 걸 깨닫지 못했고, 한 사람의 인생이 혼령들의 기분을 좋게 유지하기 위한 끝없는 투쟁이라는 사실을 이해하지 못했다. 그것이 아마 백인들이 결국 전쟁에 패해서 우리나라를 돌려주어야만 했던 이유일 것이다. 전쟁을 승리로 이끈 건 어찌 보면 젊은 혁명가들이 아니라 마음 상한 혼령들이었다. 무울레느 부인과 나를 비롯한 많은 사람은 혼령을 기리고 혼령이 원하는 대로 삶을 꾸려나가는 우리 관습을 매도하는 데 젊은 혁명가들이 훨씬 더 단호하다는 사실에 놀랄 수밖에 없었다. 무울레느 부인은 당시 뱀들을 이용해서 인간의 미래와 건강상태를 점치는 페이티세이라였다. 그녀는 맑은 날이면 빵가게 지붕에서도 보이는 섬에 살고 있었다. 섬에서 대규모 집회가 있던 날, 채 열일곱도 안 돼 보이던 지역 정치위원은 젊은 혁명가들의 중앙조직의 지시에 따라 무울레느 부인을 비롯한 모든 남녀 무당들에게 그 자리에서 그들의 초자연적인 능력을 버릴 것을 맹세하고 대신 의술 기본교육을 받을 것을 명령했다. 그렇지 않으면 감옥에 갈 것이라는 말과 함께. 무울레느 부인만 빼고 모두 명령에 따르겠다고 했다. 지역 정치위원이 그것이 어떤 감옥인지 말했기 때문이다. 바로 젊은 혁명가들이 권력을 잡자 백인들이 걸음아 날 살려라하며 황급히 버리고 떠난 생선통조림 공장의 냉동창고였다. 백인들은 떠나기 전에 냉동기를 망가뜨렸고, 그 이후 수년 동안 섬에는 생선 썩는 악취가 가득했다. 무울레느 부인은 그녀의 초자연적 능력을 버릴 생각이 눈곱만큼도 없었다. 그녀는 대규모 집회에 뱀이 가득한 바구니를 들고 왔고, 정치위원이 그녀를 체포하려 할 때 사람들 무리에서 위협적인 불평 소리가 터져 나왔고, 결국 그는 물러날 수밖에 없었다.

이후 무울레느 부인은 시내로 옮겨와 뱀들과 함께 법원 뒤 차고에 둥지를 틀었다. 가끔 뱀들이 도망쳐 나와 재판이 진행되고 있는 방으로 기어들어올 때도 있었다. 사람들은 경악했고, 재판은 중단되었다. 그러면 무울레느 부인은 몸을 굽히고 뱀을 잡아들였다. 뱀들은 종종 검사들과 변호사들이 앉는 무거운, 우리나라에만 있는 진하고 단단한 목재로 만들어진 테이블 뒤 어두운 구석에 숨어 있곤 했다.

나는 그래서 그날 무울레느 부인을 찾아갔고, 그녀는 나를 보고 이가 다 빠진 입으로 미소를 지었다. 나는 가슴에 상처를 입어서 피를 많이 흘린 소년을 치료해 줄 약초가 필요하다고 말했다. 무울레느 부인은 무슨 일인지 전혀 묻지 않았다. 그 대신 소년이 왼손잡이인지, 혹시 일요일에 태어났는지, 아니면 북풍이 부는 날에 태어났는지 물었다. 나는 잘 모른다고, 사실대로 대답했다. 무울레느 부인은 한숨을 쉬며 내가 아무런 준비도 없이 찾아온 것에 대해 불평을 하더니 이파리 몇 개를 빻아서 연하고 투명한 액체와 섞은 다음 예전에 면도용 화장수 병으로 쓰였던 빈 병에 담아 주었다. 나는 돈을 내고 급히 가게로 돌아왔다. 무울레느 부인이 알려준 대로 병의 내용물을 물에 희석해서 넬리우가 누워있는 지붕으로 가져갔다. 넬리우는 전혀 움직인 흔적 없이 내가 떠났을 때의 모습 그대로 매트리스 위에 누워있었다. 나는 잠깐 그 아이가 죽은 것이 아닐까 의심했다. 그러나 내가 옆에 무릎을 꿇고 앉자 넬리우가 눈을 떠 나를 보았다.

죽어가는 사람의 모습은 더 명확하게 보이는 걸까? 한 사람의 진정한 모습은 죽음이 다가왔을 때 더 분명하게 드러나는 걸까? 넬리우의 입에 약물을 흘려 넣으며 들었던 생각이다. 나는 약물이 총탄에 맞은 그의 가슴 속에서 가서는 안 될 곳으로 들어가는 것이 아닐까 걱정이 되었다. 하지만 그 위험을 감수해야만 한다는 것도 알고 있었다. 다른 사람을 데려오거나 손수레에 그를 싣고 시내에 있는 언덕의 가장 높은 곳에 자리한 병원으로 가는 것을 그가 허락하지 않는 한 다른 방법이 없었다. 약물을 마신 넬리우의 머리를 다시 매트리스에 내려주었다. 힘이 들었는지 넬리우가 눈을 감았고, 나는 그 아이를 관찰할 수 있었다. 그리고 그와 나처럼 아주 까만 피부색을 가진 사람도 창백해질 수 있다는 사실을 깨달았다. 이마를 만져보니 열이 있었다. 무울레느 부인이 그녀가 가진 약초 중 가장 좋은 걸 내게 주었기만을 바랄 뿐이었다.

그 당시 넬리우는 열 살인가 열한 살이었다. 그런데도 내게는 내 앞 매트리스에 누워있는 그 아이가 노인처럼 느껴졌다. 집 없는 거리의 아이로 사는 힘겨운 삶이 우리 같은 보통 사람들보다 빠른 노화를 일으켰기 때문일까? 개는 열다섯 살만 되어도 늙은 것처럼 말이다. 혹시 넬리우의 경우도 그와 비슷한 걸까? 내 질문에 대한 답도 모른 채 나는 절망감에 빠져 넬리우가 곧 죽게 될 것이라고 생각했다. 그러나 넬리우의 숨소리를 듣고, 그가 다시 깊은 잠에 빠졌다는 걸 알았다. 무울레느 부인의 약초가 금세 효과를 일으켰는지,

이마가 이전보다는 덜 뜨거웠다. 나는 일어나서 발 앞에 펼쳐진 도시를 보며 간밤에 구운 빵을 한 조각 떼어먹었다.

아직 이른 아침이라 극장에 아무도 없으리란 걸 알았다. 배우들은 열 시 전에 연습을 시작하는 경우가 거의 없었다. 잠든 넬리우의 숨소리는 이제 차분했고, 나는 나선형 계단을 내려가 간밤의 사건이 일어난 무대로 갔다. 늙은 청소부 카질다가 먼지떨이를 들고 돌아다니며 의자 위의 먼지를 털고 있었다. 그녀는 잘 보지도 듣지도 못할 만큼 나이가 많았다. 그녀가 아침과 저녁을 혼동해서 공연 중인 극장에 들어와 관객들이 앉아 있는 의자를 두드린 적도 몇 번 있었다. 어두운 객석에서 탕탕 두드리는 소리와 관객이 항의하는 소리를 들은 배우들이 곧장 공연을 중단했고, 그중 한 명이 무대에서 내려와 카질다에게 지금은 아침이 아니라 저녁이고, 관객들이 의자에 앉아 있는데 그렇게 의자를 두드리면 안 된다고 설명했다. 그런 다음에야 공연은 다시 이어졌다. 카질다가 늙고 지쳐 있어서 객석은 항상 더러웠다. 그러나 마담 이즈메랄다는 그녀를 차마 해고하지 못했다. 그날 내가 극장에 들어갔을 때도 카질다는 내가 들어온 것을 눈치채지 못했다. 무심코 무대 쪽을 봤는데, 간밤에 거기 세워져 있던 세트가 사라지고 없었다. 내 눈을 믿을 수 없었다. 내가 착각한 걸까? 아니, 난 분명히 봤었다. 착각한 것도, 꿈을 꾼

것도 아니다. 분명히 세트가 세워져 있었다, 끝없이 펼쳐진 파란 하늘과 키가 큰 풀들이 물결치는 초원이. 그런데 지금은 흔적도 없었다. 마담 이즈메랄다가 얼마 전부터 연습을 시키고 있는 새 작품을 위한 표시로 문 한 짝만 외롭게 서 있을 뿐이었다.

넬리우는 왜 조명을 받으며 무대 위에 쓰려져 있었을까? 텅 빈 극장에서 지난밤에 무슨 일이 일어난 걸까? 누가 그에게 총을 쐈을까? 나는 무대 위로 올라갔고, 검은 핏자국이 눈에 들어왔다. 연극에 사용된 소품이 아니라 진짜였다.

카질다가 갑자기 그녀의 흐릿한 눈을 들어 나를 바라보는 바람에 생각이 끊겼다. 그녀는 내가 배우들 중 한 명이라고, 연습이 벌써 시작되었다고 생각했다. 그녀가 큰 소리로 청소를 아직 끝내지 못해서 미안하다고 소리쳤다.

– 괜찮아요. 전 배우가 아니라 제빵사예요.

하지만 귀가 잘 안 들리는 그녀는 내 말을 알아듣지 못했다. 그녀에게는 내가 여전히 배우들 중 부지런한 한 사람이었을 것이다. 나는 무대를 떠나 지붕으로 돌아갔다. 넬리우는 여전히 자고 있었다. 가슴에 감아놓은 붕대를 갈아줘야 한다는 생각이 들었다. 하지만 괜히 건드려 깨게 하고 싶지 않았다. 나는 그늘에 있는 연돌 중 하나에 앉아 도시를 바라봤다. 매일같이 오늘도 살아남기 위해 극도의 노력을 기울이려 아침을 여는 사람들의 소리가 멀리서 들려왔다.

모든 어려움에도 불구하고 오늘은 방금 지나간 어제보다는 그래도 좀 나을 것이란 공허한 꿈에 이를 악물고 매달려 있는 수천, 수만의 사람들이 내 눈앞에 보였다. 그러나 나는 동시에 그들이 모든 걸 멈추고 생각해주길 바랐다. 마담 이즈메랄다의 극장 건물 지붕에 지금 집 없는 아이 한 명이 죽어가고 있다는 걸.

아마도 굴뚝 그늘에서 잠이 들었던 모양이다. 잠에서 깼을 땐 벌써 늦은 오후였다. 벌떡 몸을 일으켰는데 처음엔 그곳이 어딘지 얼른 깨닫지 못했다. 아버지 꿈을 꿨다. 꿈에서 아버지는 내게 끊임없이 말을 했지만, 무엇에 대해서였는지는 전혀 기억나지 않았다. 그러다가 무슨 일이 일어났었는지 생각이 났고, 얼른 넬리우가 누워있는 매트리스로 갔다. 넬리우는 여전히 자고 있었다. 얼굴은 아주 창백했으나 숨소리는 조용했고 이마는 찼다. 배가 고파서 가게 뒤편, 종려잎을 엮은 지붕이 있는 작은 마당으로 내려갔다. 제빵사들은 늘 그곳에서 식사를 하는데, 요리사 알바누가 오늘 점심식사로 만들었을 밥과 채소요리가 아직 조금 남아있었다. 음식을 받아들고 먹기 시작하고서야 나는 내가 몹시 배가 고팠다는 걸 알았다. 몇 시간 후면 나는 다시 일을 시작해야 하고 긴 밤을 보내야 할 텐데, 무울레느 부인이 준 약초가 얼마나 오랫동안 넬리우의 열을 누그러뜨려 줄지 알 수 없었다.

식사를 마치고 그릇을 옆으로 치우는데 키가 크고 뚱뚱하며 직접 만들어 쓰는 면도용 화장수 냄새를 항상 진하게 풍기는 알바누가 내 건너편 벤치에 앉더니 더러운 앞치마로 얼굴의 땀을 닦았다.

– 경찰이 왔었어, 그가 말했다.

숨이 턱 막혔다.

– 왜?

알바누가 당연한 걸 왜 묻느냐는 듯 두 팔을 벌렸다.

– 경찰이 왜 오겠어? 질문하고 염탐하고 시간 죽이려는 거지.

알바누 말이 무슨 뜻인지 나도 안다. 경찰에 대한 신뢰는 땅에 떨어진 지 이미 오래였다. 사건을 해결하는 경우는 거의 없고, 진상 규명에 성공하는 확률도 제로에 가까울 것이다. 그런데 뇌물은 잘 받는다. 또 경찰관들이 종종 절도범들과 한편이 되어 장물을 나눠 갖고 피해자들에겐 유감스럽게도 도둑맞은 물건을 찾을 수 없었다고 말한다는 걸 사람들은 다 알고 있었다.

– 경찰이 뭘 물었어?

– 밤에 총소리를 들은 사람이 있는 모양이야. 여기 빵가게 아니면 극장에서 소리가 났나 봐. 넌 무슨 소리 못 들었어?

알바누는 나랑 친구 사이다. 나는 그를 좋아한다, 물론 그가 해주는 음식도. 그러니 그에게 무슨 일이 있었는지 말할 수도 있었다. 넬리우에 관한 이야기를 누군가와 나눌 수 있다면 내게도 좋았을 것이다. 하지만 나는 아무 말도 하지 않았다. 왜 그랬는지는 지금도 모른다. 어쩌면 넬리우가 원하지 않는다는 걸 어렴풋이 알았기 때문이었을지도 모르겠다. 내가 넬리우를 지붕 위로 데려갈 때 그 아이는 고요와 침묵에 관해 이야기했고, 나는 그것이 그가 혼자 있고 싶어 하는 것이라고, 고통을 온전히 혼자 감당하고, 본인만이 아는 자신의 생각을 혼자 지니고 싶어 하는 것이라고 이해했다.

– 아무것도 못 들었어. 누가 총을 쐈다면 내가 들었겠지.

– 우리도 딱 그렇게 말했어.

– 경찰이 그 말을 믿어?

– 경찰이 믿든 안 믿든 알 게 뭐야? 그걸 누가 궁금해하긴 하나?

대화의 주제를 바꾸기 위해 알바누에게 남은 밥과 채소 요리를 신문지에 싸달라고 부탁했다. 밤에 일하면서 먹겠다고. 넬리우가 뭐라도 조금 먹을 수 있을까 싶어서였다. 빵보다는 쌀밥과 채소가 나을 것 같았다. 알바누는 내 부탁을 들어줬고, 나는 가게로 들어갔다. 판매 담당 직원들이 바닥과 선반을 청소하고 있었고, 손님들이 남은 빵을 사고 있었다. 나는 밤 근무 준비를 하며 반죽 담당인 줄리우에게 창고에서 가져올 밀가루 양을 알렸다. 몇 시간 후 우리 둘만 남았고, 자정 직전에 줄리우도 퇴근했다. 나는 오븐에 들어갈 첫 빵을 준비했다. 모양을 빚어놓은 반죽이 놓인 오븐 팬들을 오븐에 밀어 넣고 나서 서둘러 나선형 계단을 통해 지붕으로 올라갔다. 넬리우는 깨어 있었다.

둘째 날 밤, 넬리우는 이야기를 시작했다.

저 아래 거리에 있는, 곧 무너질 것 같은 집 뒤편 어둠 속에서 한 여자가 다음 날 먹을 옥수수를 찧고 있었다. 여자는 무거운 나무공이를 내리치면서 노래를 불렀다. 나는 넬리우 곁에 앉아 있었고, 우리 둘은 심장소리처럼 규칙적으로 그리고 쉼 없이 울리는 절굿공이 내리치는 소리와 그녀의 노랫소리에 귀를 기울였다.

– 공이로 옥수수 찧는 소리를 들으면 어머니 생각이 나요, 넬리우가 말했다. 놀랍게도 그의 목소리에 힘이 있었다. 어머니를 생각할 때마다 아직 살아 계실지 궁금해요.

그렇게 넬리우는 더 어릴 적 이야기를 시작했다. 낯선 세계로 그를 내몬 끔찍한 사건들에 대해, 어떻게 처음 바다를 보게 됐는지, 그리고 어떻게 이 도시로 오게 됐는지에 대해. 한 번에 다 이야기하지는 못했다. 중간중간 너무 힘들어했고, 열이 올라 다시 어둠 속으로 빠지곤 했다. 하지만 계속 다시 돌아왔다. 마치 바닷속으로 잠수했다가 다른 위치에서 수면 위로 올라오는 것처럼.

동이 트기 직전 넬리우는 알바누가 싸준 밥과 채소를 조금 먹었다. 그가 열에 빠질 때면 나는 오븐을 점검하러 갔다. 마치 넬리우가 오븐의 불과 은밀한 약속이라도 한 것처럼, 그가 열이 오르고 그래서 침묵하는 시간은 내가 다 구워진 빵을 오븐에서 들어내고 새 판을 넣어야 할 때와 딱 맞아떨어졌다.

그날 밤 넬리우는 내게 자신이 살아온 이야기를 들려주었다. 하지만 그때만 해도 그의 이야기가 내 인생에 결정적인 변화를 가져오리라는 걸 알지 못했다.

넬리우는 넓은 평야 저 먼 뒤쪽, 높은 산들 바로 옆 협곡에 자리한 한 마을에서 자랐다. 그 높은 산들은 우리와는 다른 언어를 사용하며 그들 특유의 관습을 가진 사람들이 사는 지역들과 경계를 이루고 있다. 그의 마을은 크지 않았고, 사람들은 햇볕에 잘 마른 진흙으로 지어진, 중앙의 기둥 하나가 갈대로 엮은 지붕을 받치고 있는 오두막에 살았다. 지붕을 만든 갈대는 사람들이 근처의 강가에서 베어온 것인데, 그 강은 수면 바로 아래에 악어들이 숨어 있고, 밤이면 하마들이 울부짖는 곳이었다. 넬리우는 여러 형제자매와 어머니 솔란즈, 아버지 에르메네질두와 함께 살았다. 행복한 시절이었다. 넬리우는 밤이면 하나의 돗자리 위에서 형제자매들과 한 이불을 덮고 잤는데, 한 번도 배가 고픈 채로 잠자리에 들었던 기억이 없다. 옥수수나 기장은 항상 넉넉했고, 넬리우와 형제자매들은 벌들이 꿀을 숨겨놓는 곳을 찾아냈다.

그의 아버지는 종종 긴 시간 동안 집을 비웠는데, 넬리우는 아버지 에르메네질두가 먼 나라에 있는 광산에서 일한다는 걸 알고 있었다. 하지만 광산이 뭔지는 정확히 몰랐고, 그저 땅속 깊이까지 이어진 굴이라고만 알고 있었다. 그 굴 안에는 반짝이는 돌들이 있고, 아버지가 그 돌들을 캐내 오면 흰 피부를 가진 사람들이 아버지에게 돈을 주었다. 아버지는 집으로 돌아올 때면 선물을 가져왔고 본인을 위해서는 매번 새 모자를 샀다. 넬리우에게 아버지의 모자는 넬리우가 사는 세계와 모든 것이 완전히 다른 또 다른 세계가 존재한다는 표시였다. 넬리우는 자신도 언젠가는 아버지처럼, 챙이 넓고 이마에 닿는 안쪽 부분에 가죽으로 된 땀 밴드를 두른 모자를 쓰게 될 환상적인 순간을 상상해보곤 했다.

넬리우가 기억하는 최초의 기억은 아버지가 자신을 높이 들어 올려 해에게 인사를 시킨 것이다. 아버지가 집에 있을 때면 시간은 항상 멈춰 있었고, 세상은 완전했다. 높은 산들이 있는 곳으로 가면 도로가 하나 나오고 그 도로에는 아버지를 다시 광산으로 데려다줄 버스가 있었는데, 아버지가 그렇게 다시 일하러 가고 나면 세상은 원래의 궤도로 돌아갔다. 그의 기억 속에 있는 그의 삶의 초기 몇 년은 이렇게 서로 다른 두 개의 시간 속에서 흘러갔다. 아버지가 집에 있을 때의 시간과 삶, 그리고 넬리우가 어머니와 형제자매들과만 있는 아주 다른 시간. 넬리우는 다섯 살 때부터 다른 소년들과 염소를 치기 시작했다. 고무새총으로 새를 잡거나, 막대기로 진지하게 결투를 하는 것도 배웠다. 막대기 싸움은 마을의 소년이라면 누구나 할 줄 알아야 했다. 한 번은 마을 근처에 표범 한 마리가 나타났고, 다른 한 번은 좀 떨어진 곳에서 사자 울음소리가 들렸다. 넬리우는 매일 아침 어머니가 오두막 앞에서 넬리우는 너무 무거워서 들지도 못하는 절굿공이로 옥수수를 찧는 소리에 잠이 깼다. 어머니는 마치 목소리에서 공이를 들어 올릴 힘이 나오기라도 하듯, 곡식을 찧을 때면 꼭 노래를 불렀다.

재앙은 캄캄한 밤에 몰래 다가오는 보이지 않는 맹수처

럼 찾아왔다.

넬리우는 자고 있었다. 지금도 분명히 기억하는데, 연중 가장 더울 때였기 때문에 이불은 차버리고 갈대로 만든 돗자리 위에서 맨몸으로 자고 있었다. 그런데도 몸은 땀에 젖었고, 찌는 더위에 꿈자리는 뒤숭숭했다.

갑자기 그의 세상이 폭발했다. 날카롭고 흰 불빛이 잠에서 그를 깨웠고, 누군가 비명을 질렀는데, 그의 형제자매들 중 한 명이거나 어머니였을 것이다. 갑작스레 벌어진 그 혼란 속에서 넬리우는 마구 짓밟혔지만 무슨 일이 일어난 건지 여전히 이해하지 못했다. 게다가 벗어놓은 바지도 찾을 수 없었다. 넬리우는 발가벗은 채 재앙 속에 던져졌고, 조금씩 정신이 들면서 강도떼가 어둠을 틈타 마을을 습격해서는 사람들을 죽이고 약탈하고 불을 질렀다는 사실을 깨달았다. 약탈은 새벽녘까지 계속됐는데, 오두막들을 태우고 있는 불빛이 너무 강해서 아무도 해가 뜨고 있다는 걸 눈치채지 못했다. 어느 순간 날이 훤해져 있었고, 마을은 이미 다 타버린 상태였다. 맞아 죽은 사람들이 즐비했고, 사탕수수를 베는 칼에 토막 나고, 날카로운 강철관에 의해 구멍이 뚫리고, 나무곤봉에 맞아 죽은 사람들도 많았다.

사방이 고요해졌고, 바지를 여전히 찾지 못한 넬리우는 어머니가 몇 주 전 수확한 옥수수를 보관해 놓은 바구니 뒤에 웅크린 채 숨어 있었다. 불에 타버린 오두막들에서 나는 악취가 아주 고약했다. 넬리우가 평생 잊지 못할 냄새였다. 연기와 불과 혼돈 속에 몰락하는 세상이 풍기는 냄새였다. 누더기를 입고 톤톤투와 소루마(soruma, 아프리카 대마초)에 취한 강도들이 데려온 죽음을 맞이하기 위해 강제로 잠에서 깨어난 사람들의 악취였다. 강도들은 마을 주민의 절반쯤 되는 생존자들을 남자, 여자, 아이 구분 없이 집들 사이에 있는 공터로 몰아넣었다. 평소 마을에 잔치가 있을 때면 사람들이 모여 춤을 추고 북을 치는 곳이었다. 넬리우는 더이상 말하기가 힘이 드는지 잠시 입을 다물었다. 그러고는 나를 바라보더니 다시 이야기를 이어갔다.

– 우리 조상의 혼령들도 그곳에 모인 것 같았어요. 혼령들도 우리처럼 그들의 보이지 않는 안식처에서 잔인하게 쫓겨난 것처럼 불안하게 이리저리 떠돌고 있었어요. 나는 풀을 엮어 만든 바구니 뒤에 웅크린 채 가만히 있었어요. 무슨 일이 벌어진 건지 알긴 했지만, 그래도 강도들 중 한 명이 나를 발견해서 공터로 끌고 가기라도 하면 알몸으로 그곳에 서 있어야 할 것이 제일 두려웠어요. 나는 공포에 싸인 채 눈에 띄지 않게 몸을 숨기고 앞으로 무슨 일이 일어날지 지켜보고 있었죠. 강도는 열다섯 명쯤 됐어요. 당시 나는 아직 숫자를 셀 줄 몰랐어요. 그런데 내가 돌보는 염소떼 한

무리가 대부분 일곱이나 여덟 마리였고, 강도의 수는 그 무리의 두 배 정도로 보였어요. 강도들은 모두 더럽고 우리보다 더 형편없는 옷을 입고 있었어요. 몇 명은 끈이 없는 무거운 군화를 신고 있었고, 다른 이들은 맨발이었어요. 총을 들고 탄띠를 메고 있는 사람들이 있었고, 다른 사람들은 긴 칼, 도끼, 사탕수수 베는 칼, 곤봉으로 무장하고 있었어요. 모두 젊었는데, 몇몇은 나보다 몇 살 많지 않은 소년들이었고, 더 어린 애들은 안간힘을 다해 무기를 부여잡고 맨 뒤에 있었죠. 하지만 그 소년들의 옷에도 피가 묻어 있었고, 손과 발처럼 얼굴도 온통 피투성이였어요.

그들 중에 우두머리가 있었어요. 다른 이들보다 나이가 많은 남자였는데, 혼자만 얼룩덜룩한 군복 상의에 찢어진 군모를 쓰고 있었어요. 그가 입을 열었을 때 봤더니 이가 여러 개 빠져 있었어요, 어쩌면 하나도 없었는지 몰라요. 다른 이들처럼 그 사람도 취해 있었는데, 술과 대마초뿐 아니라 집들을 불태우고, 많은 사람을 죽이고, 살아남은 사람들을 공포에 떨게 만들면서 그가 우리에 대해 갖게 된 권력에도 잔뜩 취해 있는 것처럼 보였죠. 그는 가끔 팔을 들어 허공에 휘둘렀는데, 불안하게 떠도는 혼령들이 방해되어 그런 것 같았어요. 그러더니 꼭 여자들이 물을 긷는 강 위를 맴도는 새들이 울어대는 것처럼 소리를 지르며 말하기 시작했어요.

우리와 같은 말을 썼는데, 억양을 보니 높은 산들 가까운 지역 쪽 사람인 것 같았어요. 자기들이 우리를 해방하러 왔다고 했어요. 지금 우리를 다스리는 젊은 혁명가들의 당과 정부로부터 우리를 해방하기 위해 왔다고. 우리가 해방을 원하지 않는다면 우리를 모두 죽이겠다고. 우리 마을을 불태우고 많은 사람을 죽인 건 우리를 해방하고 더 나은 삶을 살 수 있게 도와주려는 자기들의 노력이 진지하다는 것을 보여주기 위한 것이라고 했어요. 그러더니, 이제 식량을 내놓으라고, 또 그 식량을 마을에서 운반하기 위해 도움이 필요하댔어요. 그 말에 깜짝 놀라서 내가 몸을 숨기고 있던 바구니를 생각했어요. 그 바구니 안에는 옥수수가 들어있고, 만약 그들이 바구니를 들면 나를 발견할 테니까요. 나는 어떻게든 더 안 보이게 몸을 숨겼어요. 발가락으로 모래를 긁어 파기 시작했어요. 내가 완전히 숨을 구멍을 팔 시간이 아직 남아있기라도 한 것처럼. 동시에 눈으로는 모여 있는 마을 사람들 사이에서 아버지를 찾기 시작했어요. 사람들은 원래는 잔치마당으로 사용됐는데 지금은 묘지처럼 보이는 공터에서 누더기 차림에 희미한 눈빛으로 피가 잔뜩 묻은 무기들을 들고 서 있는 남자들에게 둘러싸여 있었죠. 마치 좁은 우리에 빽빽하게 들어찬 가축들처럼요. 아버지가 보이지 않아서 어쩌면 불탄 집 뒤나 그런 곳에 나처럼 숨었을지도 모르겠다고 생각했어요. 강도떼의 우두머리인 그 남자는 여전히 말을 하고 있었어요. 우리를 해방하기 위해서만 온 게 아니라며, 우리 중 몇 명에게는 자기네 무리에 합류해서 다른 마을들을 해방하는 길에 함께할 기회를 주겠다고 했죠. 그 말에 마을 사람들이 동요하기 시작했어요. 한탄하거나 울기 시작했죠.

그때 어머니가 눈에 들어왔어요. 몇 주 전 태어난 여동생을 업은 채 다른 여자들 뒤에 서 있었어요. 아름답던 어머니의 얼굴은 다른 여자들처럼 공포로 잔뜩 일그러져 있었어요. 그러면서 눈으로는 열심히 누군가를 찾고 있는 것 같았어요. 갑자기 깨달았어요, 어머니가 나를 찾고 있다는 걸. 그 순간 그때까지 내가 경험했던 모든 것들을 뛰어넘어 내게 어머니가 있다는 것이 어떤 의미인지, 그리고 어쩌면 이미 아버지를 잃은 것처럼 어머니도 잃을지 모른다는 걸 깨달았어요.

강도들도 갑자기 거칠어졌어요. 다시 마구 폭력을 쓰기 시작했죠. 나이든 남자와 여자들을 발로 차고, 나보다 좀 더 큰 소년들 몇 명의 뒷덜미를 잡고 소리를 지르며 염소들을 모아오라고 명령했어요. 그런 다음 모여 있던 사람들을 한 줄로 길게 세웠어요. 사람들의 불안과 비명이 커졌고, 나 역시 나도 모르게 울고 있었어요. 강도들이 젊은 여자들 일부를 따로 한쪽으로 몰아놓았는데, 여자들은 강도들이 떠날 때 자기들을 끌고 가려 한다는 걸 깨닫고는 공포에 질려 옷을 쥐어뜯으며 울었어요.

그때 무서운 일이 일어났어요. 자기 아내가 끌려갈 거라는 걸 안 남자들 중 한 명이 서 있던 줄에서 나와 항의한 거예요. 자기 아내를 데려가는 걸 가만히 두고 보지 않겠다고. 보니까 아버지의 사촌인 알프레두 아저씨였어요. 유능한 어부였고 절대 다른 사람에 대해 나쁜 말을 하지 않는 사람이었죠. 그랬던 사람이 자신도 미처 몰랐던 용기를 보여준 거예요. 놀라 떨고 있는 자기 아내를 지키기 위해, 마치 완전히 새로운 다른 삶으로 들어가는 것처럼 대열에서 벗어나 우뚝 선 거죠. 그럼으로써 그는 자기 자신과 아내의 명예뿐 아니라 우리 모두를 지킨 거예요. 그 행동으로 우리 모두의 공포에 맞선 거였죠. 강도떼 우두머리가 뭐 저런 인간이 있나 이해할 수 없다는 눈빛으로 그를 뚫어지게 봤어요. 그러더니 부하들 중 제일 어린 소년에게 명령을 내렸어요. 열세 살쯤 됐을 그 소년은 주저 없이 앞으로 나오더니 들고 있던 도끼로 단번에 알프레두 아저씨의 목을 쳤어요. 바닥에 떨어진 아저씨의 머리가 모래를 붉게 물들였고, 땅에 쓰러진 몸의 목에서 피가 솟구쳤죠. 너무나 순식간에 벌어진 일이라, 처음엔 아무도 무슨 일이 일어난 건지 깨닫지 못했어요.

소년이 고요를 깨고 웃기 시작했어요. 도끼를 상의에 문질러 닦더군요. 그리고 계속 소리 내 웃었어요. 그때 난 알았어요, 그 소년도 무서워하고 있다는 걸. 보이지 않는 도끼가 항상 그의 목덜미에도 닿아있었던 거죠.

공포에 질린 사람들에게서, 내 친구, 이웃, 친척들에게서 비탄과 절규가 터져 나왔어요. 어머니가 두 손으로 눈을 가린 채 울었고, 그 모습을 보니 내가 너무 어리고, 이 상황이 너무 무섭고, 어머니를 도울 수 없다는 사실에 나 자신이 싫었어요. 이제 다시 사나워진 강도들이 마구 소리를 지르며 닥치는 대로 깨부수고, 손에 잡히는 대로 식량을 긁어모았어요. 어쩐 일인지 내가 숨어 있던 옥수수 바구니는 보지 못하고 지나치더니, 젊은 여자들을 끌고 가는 거예요. 순간, 끔찍하게도 어머니를 끌고 가는 걸 봤어요. 어머니는 아직 젊었고, 그래서 끌고 가려는 거였죠. 어머니가 끌려가지 않으려고 소리를 지르며 아버지 이름을 부르자 강도들이 어머니를 때렸어요. 하지만 어머니는 계속 저항했어요. 난 더 이상 옥수수 바구니 뒤에 숨어 있을 수가 없었어요. 바지를 입지 않은 상태였지만 그건 더이상 문제가 되지 않았어요. 그들이 내게서 어머니를 앗아가려는 걸 눈으로 보고 있을 순 없었어요. 나는 일어나서 발가벗은 몸으로 이미 녹색 파리 떼가 달라붙어 윙윙대는 알프레두 아저씨의 머리가 놓여 있는 모래땅 위로 달려나갔어요. 그리고 어머니의 카풀라나(capulana, 아프리카 여성들의 전통 의상)를 꽉 움켜잡았죠. 내 어머니에게 특히 관심을 보인 강도 우두머리가 의아한 눈빛으로 나를 봤어요. 그러다가 내가 아들이란 걸 알았죠. 사람들이 항상 어머니와 내가 많이 닮았다고 했거든요. 그 사람은 내가 어린 시절 그랬던 것처럼 어머니 등에 업혀 있던 내 여동생을 갑자기 낚아챘어요. 그러고는 여자들이 평상시 옥수수를 찧던 큰 절구로 가더니 내 여동생을 절구에 넣었어요. 그다음 무거운 절굿공이를 들어서 어머니에게 건넸어요.

– 나는 지금 배가 고프다. 뭘 좀 먹어야겠으니 옥수수를 빻아라, 절구 안에 있는 것도 같이.

어머니가 비명을 지르며 아기를 꺼내려 절구 쪽으로 가려고 애썼어요. 하지만 그 남자가 어머니를 막았어요. 그리고 어머니를 때려서, 어머니는 바닥에 쓰러졌죠. 그 남자는 동시에 내 팔을 잡았어요.

– 선택해라. 그가 어머니에게 외쳤어요. 그의 목소리는 마치 동물이 내는 소리처럼 이상하게 쉭쉭거렸어요. 이가 없기 때문이었죠.

– 아니면 이 애새끼 대가리를 잘라버릴 테니까. 그가 말을 이어갔어요. 시키는 대로 먹을 것을 주지 않으면 이놈 대가리를 잘라버리고 말겠다.

바닥에 쓰러져 있던 어머니는 비명을 지르며 여동생이 들어있는 절구로 기어가려 했어요. 겁에 질린 나는 오줌을 싸고 말았어요. 나를 붙잡고 있는 악마가 너무 크고 이해할 수 없는 존재여서 죽고만 싶었어요. 나는 죽고 싶었고, 어머니는 죽어야 하고, 내 여동생은 살아야 했어요. 그 순간 누구라도 동생을 절구에서 꺼내 등에 업어야 했어요. 내 동생에게 엄마와 마찬가지인 이모들 중 한 명이 동생을 살릴 수도 있었을 거예요. 그 누구도 절구 속에서 옥수수처럼 공이에 짓이겨져 죽을 순 없어요. 아무리 죽음이라도 그런 희생은 용납할 수 없어요.

이가 없는 남자가 갑자기 단념하는 것 같이 보였어요. 대기하고 있던 부하들에게 몇 가지 짧은 명령을 내리더군요. 그의 부하들이 뒤에서 염소들과 여자들, 그리고 마을에서 찾은 모든 식량을 머리에 인 어린 소녀들을 앞으로 몰아댔어요. 그들은 나와 어머니도 끌고 갔는데, 어머니는 절구 안에서 울기 시작한 여동생을 데려오기 위해 끝까지 그들의 손을 뿌리쳤어요.

우두머리가 절구에서 들려오는 울음소리를 들었던 모양이에요. 갑자기 알프레두 머리 바로 옆 땅바닥에 놓여 있던 절굿공이를 들어 올렸어요. 처음엔 그게 왜 자기 손에 있는지 모르는 것처럼 바라보더군요.

그러더니 한밤중에 맹수처럼 부하들을 이끌고 우리 마을에 들어와 해방이라는 이름으로 마을 주민들을 죽인 그 이 없는 남자가 공이를 들어 절구 안을 찧어댔어요. 내 동생이 더이상 울지 않을 때까지.

아기의 울음소리가 멈춘 걸 어머니가 들었어요. 어머니는 뒤를 돌아봤고, 무슨 일이 벌어진 건지, 이 없는 그 남자가 마지막으로 공이를 내려치는 것을, 그리고 절구 안이 고요해진 것을 보았어요.

그 순간은 마치 세상이 죽음을 맞은 것 같았어요. 우리 중 많은 사람이 살아있었지만 우리는 죽은 거나 마찬가지였어요. 요란하게 공기 중에 떠돌던 혼령들도 작고 차가운 죽은 돌멩이들의 비처럼 땅에 떨어졌어요.

그다음에 일어난 일들은 잘 기억나지 않아요. 강도들은 정신을 잃은 어머니를 들쳐 메고 갔어요. 여전히 발가벗은 채였던 나는 우리 누구도 알지 못하는 목적지까지 가는 도중에 가시덤불에 온몸이 찔려 엉망이었어요. 나는 우리가 유령처럼 무거운 발걸음으로 정처 없이 걷고 있다고 생각했어요. 이미 죽은 많은 사람이나 이미 죽은 강도들처럼 이미 죽은 공기를 마시면서, 더이상 살아있지 않은 땅을 느릿느릿 걷고 있다고. 우리에게는 살아있는 것이 더이상 아무것도 없었어요. 내 동생이 울음을 멈췄을 때 모든 생명도 함께 끝났어요. 가끔 덤불들 사이로 반짝이던 강도, 그 강의 물도, 하늘에서 불타던 태양도, 우리의 지친 발걸음도 다 죽어버렸어요. 우리는 삶을 두고 떠나온 죽은 사람들의 행렬이었어요. 우리는 영원한 무無로 걸어 들어가고 있었어요. 어두워지면 걷기 시작해서 먼동이 틀 때까지 계속 걸었어요. 우두머리가 보낸 척후병들이 우리 앞에서 움직였어요. 근방에 사람들이 있는 것 같으면 먼길로 돌아가야만 했죠. 낮에는 나무들이 빼곡한 작은 숲에 몸을 숨기고 어두워질 때까지 기다려야 했어요.

그때 강도들은 이미 여자들을 나눠 가졌어요. 하지만 내 어머니에 대해서는 누구도 특별한 관심을 보이지 않았어요. 어머니는 계속 울었고, 심지어 그들이 어머니를 마구 때리고 밟아도 울기를 멈추지 않았어요. 나는 항상 어머니 가까운 곳에 있었어요. 바지는 여전히 없었지만, 마을 여자들 중 한 명이 카풀라나를 찢어줘서 그것을 몸에 둘렀어요. 강도들은 마을 여자들에게 자기들이 먹을 음식을 만들게 했고 우리에게는 나눠주지 않았어요. 밥을 먹고 나면 여자들 몇 명을 덤불 뒤로 데려갔고, 그녀들이 돌아올 때면 옷이 찢겨 있거나 흐트러져 있었어요. 그녀들이 느끼는 치욕이 내 눈에도 보였어요. 강도들은 톤톤투를 수통에 담아 들고 계속 마셔댔어요. 가끔은 자기들끼리 치고받으며 싸우기도 했죠.

하지만 이 없는 우두머리가 척후병이나 파수꾼 임무를 내릴 때를 제외하고는 대부분 잠을 잤어요.

우리는 지친 발걸음으로 모든 살아있는 생명이 떠나버린 것처럼 보이는 땅을 걷고 또 걸었어요. 새들조차 보이지 않았어요. 나는 태양의 위치로 우리가 처음에는 북쪽을 향해 걷다가 어느 날인가 동쪽으로 방향을 돌렸다는 걸 알 수 있었어요. 하지만 여전히 목적지가 어디인지는 알 수 없었어요. 그들은 우리끼리 대화를 나누는 걸 허락하지 않았고, 우리는 가끔 그들 중 누군가가 우리에게 던지는 질문에만 대답할 수 있었어요. 강도떼에는 나보다 나이가 조금 많아 보이는 소년들이 있었어요. 아직 어린 나이인데도 그 소년들은 아주 나이 든 남자들처럼 행동했어요. 나는 도끼로 알푸레두 아저씨의 머리를 잘라버린 그 소년을 몰래 관찰했어요. 그 소년이 두려움으로 가득한 웃음을 짓던 생각이 났어요. 죽은 그의 조상들이 나중에 그의 혼을 어떻게 대할까 생각해봤어요. 그에게 벌을 줄 거라는 생각이 들더군요. 혼령들도 살아생전 지은 죄에 대해 분명히 서로 벌할 것이란 생각을 피할 수 없었어요.

어느 늦은 저녁 우리는 한 고원에 다다랐어요. 지난 며칠 동안 점점 가팔라지는 오르막을 걸어 올랐죠. 도착해보니 다른 강도들도 모두 와 있었고, 대충 지은 움막 몇 채가 서 있었고, 모닥불이 타고 있었고, 무기도 많았어요. 그곳은 젊은 혁명가들이 쉽게 찾아낼 수 없는 곳에 강도들이 만들어 놓은 여러 기지 중 하나였어요. 그곳에 도착한 첫날 저녁에 대해 기억나는 건, 우리 모두 많이 지쳐 있었다는 거예요. 어머니는 더이상 울지 않았지만 더이상 아무 말도 하지 않았어요. 나는 어머니의 마음이 불타버린 우리 마을에 남은 모든 이들에 대한 슬픔으로 완전히 마비되었다고 생각했어요. 강도들은 우리를 움막 하나에 몰아넣었어요. 나는 그 어두운 움막의 딱딱한 땅바닥에 누워 한참 동안 잠들지 못한 채 강도들이 야자술을 먹고 취해서 떠들고 서로 싸우고 음탕한 노래들을 고래고래 부르고 젊은 혁명가들을 욕하는 소리를 들었어요. 배가 고파서 잠이 오지 않았어요. 마치 배 속에 성난 짐승들이 있는 것 같았어요. 그 짐승들이 계속 내 배를 물어대고 배에 작은 구멍들을 내서, 그 구멍으로 내 몸의 힘이 천천히 다 새나가는 것 같았어요. 거의 말라버린 강바닥의 마지막 물방울처럼 말이에요. 어쨌든 그래도 결국엔 잠이 들었나 봐요.

아침이 밝았을 때 나는 깊은 잠에서 깨어났어요. 움막 밖으로 내몰려서 나가보니 강도들이 회의라도 하려는 듯 둥글게 원을 이루고 앉아 있었어요. 그런데 우두머리 자리에 앉아 있는 사람이 이 없는 그 남자가 아닌 것이 곧장 내 눈에 들어왔어요. 이제 강도들의 대장은 다른 사람이었어요. 좁고 가느다란 눈을 가진 땅딸막한 남자. 우리는 둥근 원 가운데로 밀려 나갔고, 앉으라는 명령을 받았어요. 날은 아주 후텁지근했고, 하늘 저 먼 곳에서 비를 잔뜩 머금은 검은 구름층이 거대한 그림자를 만들고 있었어요. 눈이 가느다란 남자는 멀쩡하고 깨끗한 군복을 입고 있었어요. 그가 우리 앞에 서더니 해방구인 고원에 온 것을 환영한다고 말했어요. 그리고 우리가 앞으로 그곳에 살게 될 거라고 설명하더군요. 우리도 여러 가지 방식으로 젊은 혁명가들과의 전쟁에 참여하게 될 것이며, 필요한 경우 기꺼이 우리의 목숨을 내놓을 준비가 되어 있어야 하고, 살고 싶으면 자기들이 내리는 모든 명령에 복종해야 한다고도 했어요. 그런 다음 우리에게 음식과 물을 줬어요. 우리 모두는 정말 배가 고팠지만 거의 음식을 먹지 못했어요. 뱃속의 위마저도 자신을 안 보이게 숨기려고 잔뜩 쪼그라들 만큼, 우리가 큰 공포를 느끼고 있었기 때문이에요. 이어서 나를 포함한 모든 소년들은 좁은 눈의 남자와 몇몇 무장한 강도들을 따라오라는 지시를 받았어요. 어머니가 저를 보내지 않으려고 붙잡았어요. 어머니의 손이 마치 갈고리발톱처럼 내 팔을 잡고 있었죠. 나는 어머니를 바라보며 지금은 내가 저들을 따라가는 게 최선이라고 말했어요. 꼭 돌아오겠다고. 지금 가지 않으면 어쩌면 나를 죽일지도 모른다고. 나는 일어서서 다른 아이들 뒤를 따라갔어요.

그게 내가 어머니를 본 마지막이었어요. 항상 내 이마를 쓰다듬던 어머니의 손이 갈고리발톱처럼 내 팔을 움켜잡았어요. 어머니의 손톱이 내 피부를 파고들어 피가 날 정도였죠. 어머니의 손가락이 내게 가지 말라고 말하고 있었어요. 어머니는 나까지 잃을까 봐 두려웠던 거예요.

나는 자리에서 일어났고 돌아보지 않았어요.

좁은 오솔길을 따라 걸어 다다른 곳은 크레바스처럼 고원을 가르고 있는 작은 골짜기였어요. 우리는 그곳에 머물렀는데, 함께 온 아이들의 수는 나를 포함해 내 두 손의 손가락 개수와 같았고, 그중 내가 가장 어렸어요. 다른 아이들은 내 친구이거나 형제거나 놀이친구였어요.

모든 게 아주 빨리 진행됐어요. 가느다란 눈의 남자가 갑자기 내게 다가와 아주 무거운 총을 건네더군요. 그러더니 내 집게손가락을 방아쇠에 갖다 대더니 내 앞에 있는 아이를 쏴 죽이라고 말했어요. 그가 무슨 얘길 하는 건지 바로 이해하지 못했으면서도 알 수 없는 두려움이 나를 휘감았어요.

– 살고 싶으면 저놈을 쏴 죽여야 해. 가느다란 눈의 남자가 다시 말했어요. 쏘지 않으면 넌 남자가 아니고, 남자가 아니면 살아있을 수 없어.

– 내 형제를 쏠 수는 없어요, 라고 내가 말했죠. 게다가 나는 남자가 아니라 아직 어린아이일 뿐이에요.

그 사람은 내 말을 듣지 않는 것 같았어요. 살고 싶으면 얼른 쏴, 저놈을 쏘라고, 라고만 하더군요.

내 앞에 서 있는 티코는 내 아버지의 남자 형제 중 한 명의 아들이고, 티코가 나보다 몇 살 위였지만 우리는 자주 같이 노는 사이였어요. 그런 티코가 지금 내 앞에 서서 울고 있었어요. 티코를 보며 나는 결코 그를 쏠 수 없다는 걸 알았어요. 내 목숨이 달려 있다고 해도 그건 할 수 없는 일이었어요. 가느다란 눈을 가진 남자의 말이 장난이 아니라는 걸 나도 알고 있었어요. 그의 말대로 하지 않으면 그는 아마도 그의 두 손으로 나를 죽이고 말 테죠.

그 순간 나는 비록 아이의 몸이었지만 어른이 되었어요. 분명 내 죽음을 의미할 수밖에 없는 결심을 했죠. 하지만 내가 해야만 한다고 확신하는 그 일을 하지 않는다면 내 삶은 모든 의미를 잃게 될 게 분명했어요. 내 형제를 쏠 수는 없었어요.

절구 안에서 죽임을 당한 내 어린 여동생을 생각했어요.

내가 죽을 때 동생이 내 머릿속에 있기를 원했어요. 강도들이 나를 때려죽이면 나는 동생과 다시 만나게 되리라는 걸 알고 있었으니까요.

나는 집게손가락을 방아쇠에 대고 총구를 재빨리 가는 눈의 남자에게 돌린 다음 방아쇠를 당겼어요. 총알이 그의 가슴 한가운데를 맞혔고, 그는 바닥으로 나가떨어졌어요. 아직도 죽기 전 그의 놀란 표정이 생생하게 기억나요. 나는 총을 내던지고 우리가 왔던 오솔길을 향해 냅다 뛰었어요.

뛰는 동안 내내 누군가 등 뒤에서 내게 총을 쏠 거라고 생각했어요. 머릿속에서는 어린 여동생이 떠올랐어요. 내 맨발이 돌투성이 바닥을 가볍게 스칠 정도로 빨리 뛰었어요. 뛰고 있는 건 사실 내가 아니라 내 안의 생명이었고, 나는 그들이 곧 나를 따라잡을 것이고 그러면 나는 죽임을 당할 것이라는 걸 알고 있었어요. 후에 나는 우리가 사는 동안 우리가 하는 행동만이 우리 자신인 순간들이 있다는 걸 배웠죠. 그 당시 나는 오직 달리고 있는 한 쌍의 발과 다리일 뿐이었어요.

오솔길이 갈라지는 지점에서 나는 우리가 왔던 길이 아닌 다른 길을 선택했어요. 더이상 갈 곳이 없는 급경사면에 다다랐어요. 더이상 길이 없었지만 그래도 난 계속 달렸어요. 경사면의 가파른 가장자리를 따라가다 보니 천천히 아래로 내려가기 시작했고, 네발로 기듯 간신히 그 가장자리를 넘어 발아래 펼쳐진 계곡 아래로 미끄러져 내려갔어요. 내 뒤를 쫓았을 사람들은 결국 나를 따라잡지 못했고, 계곡 아래 평지에 도착해서야 나는 멈춰 서서 처음으로 뒤를 돌아봤어요. 이제 어디에도 강도들은 보이지 않았어요. 나는 매우 평평하고 끝이 보이지 않는 계곡 안으로 계속 들어갔어요. 날이 어두워졌을 때쯤 어떤 나무가 있는 곳에서 멈춰 섰고 그 나무의 꼭대기까지 올라갔어요. 목이 몹시 말랐지만 나는 남아있는 마지막 힘을 모아 나무를 타고 올라갔어요.

이른 새벽 동이 트자 나는 다시 걷기 시작했어요. 어디로 가고 있는 건지도 몰랐지만, 어머니와 죽은 여동생을 생각했고, 아버지와 불타버린 마을을 생각했어요. 내가 죽이지 않은 티코 생각도 했고, 거의 눈을 감고 있는 것처럼 가느다란 눈을 가진 그 남자 생각도 했어요. 나는 아직 어린아이였어요. 하지만 사람을 죽였죠.

오후 늦게, 갈증에 입술이 다 터져버렸을 때, 나는 좁은 개울에 다다랐어요. 배가 부를 정도로 물을 마시고 나서 빽빽한 덤불 그늘에 앉았어요. 나는 여전히 강도들이 나를 놓아줄 것이라고 확신하지 못했어요. 뭘 해야 할지도 몰랐어요. 그 좁은 개울가에서 느꼈던 막막한 외로움이 지금도 생생해요.

마치 세상이 몰락했는데 나 혼자만 살아남은 것 같았어요. 어느 방향으로 가든 나 혼자뿐일 것 같았죠.

그런데 그건 내 착각이었어요. 덤불 그늘에 앉아있다가 좁은 개울 건너편에서 사람 하나를 발견했어요. 바로 그 사람이 후에 나를 이곳 도시로 데려다준 백인 난쟁이에요.

넬리우가 이야기를 멈췄을 때는 이미 날이 밝고 있었다. 비가 가늘게 내리기 시작했고, 나는 밀가루 포대를 지붕처럼 둘러 넬리우가 비에 젖지 않게 했다. 넬리우의 이마를 만져보니 다시 열이 올라 있었다. 약초를 더 가져오기 위해 일어나려다가 그가 지금까지 들려준 이야기에 대해 잠시 생각했다. 넬리우가 총에 맞은 그날 밤 극장 무대에서 무슨 일이 있었던 건지 나는 여전히 알지 못한다. 넬리우는 거기서 뭘 했던 걸까? 누가 그 아이에게 총을 쐈을까?

넬리우는 잠이 들었다.

나는 일어나서 뻐근한 허리를 폈다. 그런 다음 내가 알지 못하는 꿈을 꾸고 있을 그를 두고 자리를 떴다.

셋째 날 밤

다음 날 밤 나는 넬리우가 그날 밤에 죽을 수도 있겠다고 생각했다. 그가 왜 총에 맞았는지 내가 알기도 전에. 넬리우는 계속 그의 몸 안에서 광란하고 있는 고열에 빠져 있었다. 넬리우가 헛소리를 하며 매트리스 위에서 몸을 뒤척일 때면, 마치 치명적인 말라리아에 걸려 죽음 직전 단계에 있는 사람을 보는 것 같았다. 나나 다른 누군가가 그 아이를 위해 해줄 수 있는 것은 더이상 아무것도 없어 보였다. 넬리우는 결국 자신의 이야기를 끝맺지 못하고 삶을 끝내게 되리라.

하지만 넬리우는 이 위기를 이겨냈다. 넬리우는 그의 몸을 지배하려는 창상열보다 강했다. 아침이 밝아올 때쯤 그의 이마는 식어 있었고, 넬리우는 다시 편안하게 잠이 들었다. 심지어 잠이 들기 전에 빵을 달라고도 했다. 낮에는 나도 잠에 빠졌다. 약초를 더 받으러 갔다가 무울레느 부인에게 빌려온 돗자리를 펴고 누웠다. 부인은 믿을 만하다는 생각이 들어서 나는 그녀에게 사정을 조금 얘기했다. 물론 모든 걸 다 사실대로 이야기하진 않았다. 거리의 아이 넬리우가 극장 지붕 위에 누워있다는 것도, 그 아이가 누군가의 총에 맞았다는 것도 말하지 않았다. 그냥 내 도움이 필요한 누군가가 다쳤다고만 말했다. 그녀는 더이상 묻지 않고 새로운 약초들을 섞기만 했다. 그녀가 빻아준 약초 중에 붉은색이 선명하게 빛나는 작은 잎들이 있었는데, 처음 보는 잎이었다. 하지만 그게 뭔지 나는 묻지 않았다. 물어봤자 그녀는 어차피 대답하지도 않았을 것이다. 그녀는 한때 젊은 정치위원이 그녀의 뱀들을 뺏으려 했을 때 그에게 보여주었던 것과 똑같은 고고함으로 나를 대했을 것이다.

넬리우가 다시 이야기를 시작했을 때는 이미 늦은 밤이었다. 나는 함께 일하는 반죽 담당자를 퇴근시키고 빵가게에서 나 홀로 밤을 보내기 위한 모든 준비를 끝냈다. 내 신경이 온통 오븐에서 멀리 떨어진 곳, 넬리우가 누워있는 지붕에 가 있다는 사실을 아무도 눈치채지 못한 것이 분명했다.

그런데 사고가 일어나기 전날 넬리우의 총상과 연결 지

을 만한 어떤 일이 있기는 했다. 우리가 만든 빵을 판매하는 아가씨들 중 한 명인 호자가 평소 극장과 빵가게 앞에 머물던 거리의 아이들 한 무리가 안 보인다는 말을 했었다. 거리에 나가보고 나는 그들이 넬리우의 무리라는 걸 곧바로 알았다. 그래서 '코'라고 불리는 다른 부랑아 소년에게 그 무리가 왜 안 보이냐고 물었다.

– 없어졌어요. 가버렸다고요. 어쩌면 더 나은 거리를 찾았는지도 모르죠. 더 비싼 자동차들이 많은 곳. 자동차를 더럽히고 세차를 해주면 돈을 더 많이 받을 수 있는 그런 곳 말이에요.

그 순간 호기심과 넬리우에 대한 염려 중 무엇이 더 강했는지 솔직히 말하긴 어렵다. 내 조상의 혼을 걸고 말하자면 염려가 더 강했을 것이다. 그래서 나는 그즈음 무슨 일이 있었는지 넬리우에게 묻지 않을 수 없었다. 넬리우는 내 질문에 별로 놀란 것 같지 않았다. 정확한 답을 피하는 것 같긴 했으나 그의 대답은 단호했다.

– 아직은 그 얘길 할 때가 아니에요. 아직 여기 도시까지 오지도 못한걸요.

그런 다음 넬리우는 내 눈을 빤히 바라보더니, 내가 쓰레기통 옆에서 주워 온 더러운 매트리스 위에 누운 비쩍 마르고 창백한 열 살짜리 아이가 아니라 산전수전 다 겪은 현명한 노인처럼 말했다.

– 나는 내 삶을 유지하기 위해 이야기하고 있는 거예요. 강도들에게서 도망칠 때 내 생명 자체가 달리고 있었던 것처럼, 있었던 모든 일을 털어놓는 그 말들 속에 지금 내 생명이 놓여 있어요.

그 순간 나는 넬리우가 자신이 죽을 것임을 이미 알고 있다는 걸 직감했다. 넬리우는 그 사실을 처음부터 알고 있었다. 그가 자기 삶에 대해 말하는 대상은 내가 아니었다. 자기 자신에게, 그리고 그가 지붕 위에 누워있는 동안 그의 주변을 보이지 않게 떠돌고 있는 혼령들, 그의 조상들의 혼령들에게 말하고 있는 것이었다. 그 혼령들은 그가 그들에게로 오기를, 그리고 우리 모두의 삶 이전과 이후에 존재하는 그 삶으로 오기를 기대하며 그의 주변을 떠돌고 있었다.

나는 그를 더이상 채근하지 않았다. 그의 긴 이야기의 여정이 결국 누군가 그에게 총을 쏜 그 밤에 이르게 되면 내 모든 궁금증이 풀릴 테고, 그동안만큼은 그가 살아있으리라는 걸 이제는 나도 알고 있었다.

셋째 날 밤에는 그의 가슴을 싸고 있던 붕대를 새것으로 바꿔주었다. 무울레느 부인에게서 헝겊띠들을 샀다. 보아하니 깃발을 찢어 만든 것이었는데, 어느 나라 깃발인지는 알 수 없었다. 어쩌면 어두운 다락방에 숨겨져 있었던, 그것을 발견한 사람도 어떻게 처리해야 할지 몰랐던 옛 식민지 시절의 군대 깃발들 중 하나였을지도 모르겠다. 부인은 그 헝겊 띠들을 약탕에 적셔 주었고, 바닷바람에 공기가 식어서 시원해질 때쯤 붕대를 바꿔주라고 알려주었다. 석유램프의 흔들리는 불빛 속에서 살펴보니 총알들이 뚫고 들어간 두 구멍이 점점 거무스름해지고 있었다. 등쪽에 총알이 나간 흔적이 아예 없는 것으로 봐서, 총알들이 넬리우의 몸에 남아있는 것이 분명했다.

총을 쏜 사람은 넬리우의 바로 앞에서 쐈을 것이다. 넬리우의 셔츠에 화약 흔적이 없었던 걸 보면, 그 누군가가 아주 가깝게 서 있었음이 틀림없다.

넬리우는 자신을 쏜 사람이 누군지 안다. 그렇다고 해서 넬리우가 그 사람이 왜 자신에게 총을 쐈는지까지 안다는 것은 아니다.

아니면 혹시 알고 있었을까? 넬리우가 지붕 위에 누워 혼령들이 자신을 데리러 오기를 기다렸던 그 밤들 동안 나는 그가 자신에게 일어난 일에 대해 한 번이라도 흥분하거나 화를 내는 걸 본 적이 없다. 그런 일이 일어날 것을 예상했던 걸까? 나는 답을 알고 싶어 미칠 지경이었지만 딱 한 번만 물었고, 그 질문을 던진 후 내가 알게 된 사실은 그가 자기 삶에 대해 실제로 산 대로 이야기를 풀어놓고 있다는 것이다. 이야기 속 모든 사건은 시간 순서대로 펼쳐졌고, 그의 말을 통해 같은 순서로 새로운 형상을 입었다.

시간은 하루하루 순서대로 흘러간다.

넬리우의 가슴에 감긴 끈적거리고 딱딱해진 붕대를 무울레느 부인이 붉은 이파리가 든 약탕에 적셔 준 헝겊띠로 갈아주었다. 아주 조심했지만 넬리우를 아프게 할 수밖에 없었다. 넬리우는 아픔을 참느라 이를 악물어야 했고, 내가 총상을 입은 부위에 달라붙은 붕대 조각 하나를 잡아뗄 때는 몇 초간 정신을 잃기도 했다. 붕대를 갈고 난 다음 한동안은 아무 말 없이 누워있었다. 넬리우에게 어머니를 떠올리게 한 그 여인은 우리 극장 지붕 저 아래 어둠 속에 서서 공이로 절구 속 옥수수를 찧고 있었다. 간밤에 넬리우가 해준 이야기가 생각나 소름이 끼쳤다. 나는 우리 인간 속에 자리한 악마가 대체 어디에서 온 건지를 계속 생각했다. 어째서 야만은 항상 그 야만을 그리도 비인간적으로 만드는 인간의 얼굴을 하고 있을까?

셋째 날 밤에는 제빵실의 일이 아주 많았다. 마담 이즈메랄다가 우리 도시에서 활동 중인 어떤 종파로부터 다른 빵보다 굽는 시간이 더 오래 걸리는 특별한 종류의 빵을 만들어달라는 주문을 받았다. 나는 이미 그 빵을 여러 번 만들어봤기에 그 빵을 구울 때는 특별히 신경을 많이 써야 한다는 걸 알고 있었다. 어쨌든 긴 시간의 작업을 끝내고 지붕 위로 돌아오니 넬리우가 깨어 있었다. 나는 얼른 그에게 물을 먹였다. 밤하늘은 아주 맑았고, 별들도 아주 가까워 보였다. 옥수수를 찧던 여인이 일을 다 끝냈는지, 더이상 공이질 소리가 들리지 않았다. 대신 다른 여인이 큰 소리로 맘껏 웃는 소리가 들려오더니 곧 멈췄다. 개들이 어둠 속에서 끙끙거리며 짝짓기를 했고, 털털거리는 엔진소리를 내는 화물차 한 대가 극장 앞 도로를 지나갔다.

넬리우의 이야기는 강도들로부터 한참을 도망친 후 기진맥진하여 앉아있었던 개울가로 다시 돌아갔다. 이야기를 다시 이어가는 그의 목소리가 전날 밤의 목소리와 달랐다. 전날 밤에는 신중한 목소리였고 때로 슬프거나 딱딱하기도 했다. 그런데 이제는 더이상 강도들에게 쫓기지 않는다는 사실에 대한 기쁨이 목소리에 묻어 있었다.

앉아있던 개울 건너편에서 누군가를 발견했을 때 넬리우는 그 물체가 처음에는 짐승인 줄 알았다. 마을 노인들에게서 들었던 보기 드문 백호 중 하나인가 싶었다. 백호는 앞으로 있을 큰 사건들을 예고하는데, 그것이 좋은 일일지 나쁜 일일지는 아무도 알 수 없다고 했다. 그런데 자세히 보니 짐승이 아니라 사람이었다, 작고 흰 사람 시드자나(xidjana, 알비노). 작고 하얀 강도일지도 모른다는 생각에 넬리우는 얼른 몸을 숙였다. 하지만 개울 건너편에 있던 난쟁이가 이미 넬리우를 보았고 넬리우가 쓰는 언어와 거의 같은 말로 넬리우를 향해 소리쳤다. 날카롭고 째지는 목소리였다.

– 어린애 혼자 이 개울가에서 뭘 하는 거지? 근처에 마을이라곤 전혀 없는데, 너 같은 어린애가 혼자 여기서 뭘 하고 있냐고? 길을 잃었니?

– 네, 길을 잃었어요.

– 그럼 예상치 못했던 것들을 보게 될 게다. 이쪽으로 건너오렴. 개울에 빠진 저 나무 아래쪽에 물이 좀 얕은 곳이 있을 거야.

넬리우는 반쯤 썩은 나무줄기가 바닥 진흙 속으로 빠져 있는 곳에서 개울을 건넜다. 넬리우가 도착했을 때 난쟁이는 책상다리로 땅바닥에 앉아 개울물에 깨끗하게 씻은 풀뿌리를 씹고 있었다. 그의 옆에 정교한 금속장식이 달린 가죽으로 된 큰 가방이 있었다. 넬리우가 그런 물건을 본 건 난생처음이었다. 가방이 조금만 더 컸다면 난쟁이 아저씨의 이동식 집이 될 수도 있겠다는 생각을 했다.

난쟁이는 곁에 있던 천 조각을 풀더니 뿌리 하나를 집어 넬리우에게 건넸다. 한참을 굶었던 넬리우는 얼른 뿌리를 받아들고 허겁지겁 씹기 시작했다. 뿌리에서는 쓴맛이 났다. 한 번도 본 적 없는 뿌리였던 터라 넬리우는 불타버린 자기 마을의 땅에서 나던 것들과는 완전히 다른 것들이 자라는 그런 곳에 와 있다고 생각했다.

– 그렇게 급하게 먹으면 안 돼!

난쟁이가 새된 소리로 말했고, 넬리우는 혹시 자기가 난쟁이와 알비노로 변장한 강도의 손아귀에 들어온 것인가 싶어 갑자기 겁이 났다. 넬리우는 곧바로 먹는 속도를 늦췄다. 둘은 아무 말 없이 먹는 데 집중했다. 아직 자기 이름도 말해주지 않은 난쟁이가 조금 떨어져 앉아 있었지만, 넬리우는 그에게서 나는 꽃향기를 맡을 수 있었다. 남자에게 예쁘게 보이려고 한껏 꾸민 여자에게서 나는 것과 같은 달콤한 향이었다.

뿌리를 먹기 시작한 지 한참이 흘렀다. 난쟁이는 여전히 말이 없었다. 뿌리를 다 먹고 결국 풀만 남아서 그 부분으로 이를 문질러 닦은 후에야 난쟁이가 다시 입을 열었다.

– 이름이 뭐니?

온 세상이 다 들릴 만큼 큰 소리로밖에 말하지 못하는 것처럼 그가 소리쳤다.

– 넬리우.

난쟁이가 유심히 넬리우를 관찰했다.

– 그런 이름은 처음 듣는데. 흑인 남자의 이름이 아니야.

짧고 아무 의미도 없는, 백인의 이름인걸.

– 아버지 만형의 이름을 따른 거예요.

난쟁이가 잠깐 생각하는 듯 가만히 있다가 말했다.

– 그 이름은 널 행복하게 만들지 못할 게다.

무슨 뜻인지 더 자세한 설명은 없었다. 다시 길을 떠나려는 듯 잠시 후 난쟁이가 일어섰다. 넬리우도 따라 일어났다. 넬리우는 난쟁이보다 자신이 더 크다는 사실을 확인했다.

– 어디로 가는 길이냐? 난쟁이가 소리쳤다.

– 몰라요, 라고 대답하면서 넬리우는 난쟁이의 날카로운 목소리가 자신에게 전염이 되었다는 사실을 깨달았다. 어디로 갈지 몰라요! 넬리우가 소리쳤다.

– 소리치지 말거라! 난쟁이가 소리 질렀다. 내가 바로 네 옆에 서 있잖니. 잘 들린다. 내 다리와 팔은 비록 짧지만 내 귀는 크고 깊단다.

그런 다음 그는 잠시 입을 닫고 생각에 빠졌다.

– 정해진 목적지로 가고 있는 사람은 목적지가 없는 사람과 함께하기 어렵단다. 하지만 한번 해보자꾸나. 나와 함께 가도 좋다, 대신 네가 내 가방을 들거라.

– 어디로 가는데요? 넬리우가 물었다. 이름은 뭐예요?

– 야부 바타. 난쟁이가 대답하며 가방을 넬리우의 머리에 얹었다. 다행히도 가방은 무겁지 않았다.

– 가방엔 뭐가 들었어요?

– 넌 궁금한 게 왜 이리 많은 게냐? 난쟁이가 소리쳤다. 가방은 비어 있다. 넣어 갈 만한 것을 찾을 때를 대비해서 가지고 다니는 거야.

둘은 길을 떠났다. 난쟁이는 걸음이 빨랐다. 휜 다리로 마른 땅을 두드리듯 치고 나갔다. 둘은 개울을 따라 남쪽으로 향했다.

몇 시간을 걸었다. 해가 지평선에 점점 가까워지고 있을 때, 난쟁이가 갑자기 무슨 생각이 떠오르기라도 한 것처럼 멈춰 섰다.

– 내가 어디로 가고 있느냐고 물었던 네 질문에 이제 답을 하마. 내게 진정한 목적지를 알려줄 길을 찾아 떠나는 꿈을 꿨단다.

넬리우는 가방을 내려놓고 얼굴의 땀을 닦았다.

– 어떤 길이요?

– 어떤 길이요? 난쟁이가 화가 난 듯 넬리우의 말을 따라 했다. 내 꿈에 나왔던 길 말이다. 진정한 목적지로 나를 데려다줄 길. 너무 많이 묻지 마라. 아직 한참을 가야 하니까.

– 그걸 어떻게 알아요?

야부 바타는 대답하기 전에 의아하다는 듯 넬리우를 바라봤다.

– 사람이 꿈꾸는 길, 어떤 사람을 진정한 목적지로 데려다줄 길은 가까이 있을 수가 없단다, 라고 난쟁이가 대답했다. 중요한 것은 항상 찾기 어려운 법이지.

저녁놀이 지평선에 빨갛게 불타오를 때쯤 둘은 머물 곳을 정했다. 넓은 평야 멀리 서 있는 빈 흰개미탑이 있는 곳이었다. 외롭게 서 있는 나무 위에 독수리 한 마리가 앉아서 경계의 눈초리로 두 사람을 보고 있었다.

– 여기에서 자려고요? 넬리우가 물었다. 나무 위에 올라가서 자는 게 낫지 않을까요? 야생동물들이 올 경우를 대비해서.

– 넌 정말 아무것도 모르는구나, 야부 바타가 성을 냈다. 아무것도 배운 게 없어. 넌 길 잃은 네게 내 가방을 들게 해준 걸 고맙게 알아야 해. 우리가 잘 곳은 당연히 흰개미탑 안이란다. 이제 잔말 말고 날 좀 도와라.

야부 바타는 허리띠에 매달고 있던 넓은 칼로 힘차게 흰개미탑의 딱딱한 껍질을 부쉈다. 그 모습을 보고 넬리우는 그가 아주 힘이 세다는 걸 알았다. 넬리우는 야부 바타를 돕기 위해 그가 부순 딱딱한 진흙 덩어리들을 치웠다. 마침내 흰개미집 안의 굴로 들어가는 입구가 열렸다.

– 안에다 풀을 좀 집어넣거라.

– 왜요?

– 넌 여전히 질문이 많구나. 암말 말고 시키는 대로 하렴.

넬리우는 야부 바타가 충분하다고 할 때까지 풀을 긁어 모아 굴 안에 넣었다. 야부 바타는 주머니에서 부싯돌을 꺼내 불을 지폈다. 흰개미집 안의 풀이 활활 타올랐다. 놀란 넬리우는 갑자기 성큼 뒷걸음질을 쳤고 그 바람에 야부 바타의 가방에 걸려 넘어질 뻔했다. 개미집 안에서 뱀 두 마리가 빠져나와 풀밭 속으로 사라졌다.

– 자, 됐다. 이제 들어가서 누워도 된다.

야부 바타가 가방을 입구 앞에 세워 입구를 가렸기 때문에 흰개미집 안은 아주 좁았다. 둘의 몸이 서로 닿았고, 강한 향수 냄새가 넬리우의 코를 찔렀다. 하지만 야부 바타에게서 왜 여자 냄새가 나는지는 물어볼 수 없었다. 난쟁이이자 알비노인 그가 여러 가지 신비로운 힘을 가졌을지도 모를 일이라, 쓸데없이 심기를 건드리고 싶지 않았다. 일단은 그의 빈 가방을 머리에 이고라도 그와 동행하게 된 것이 다행스러웠다.

– 너 강도떼를 피해 도망친 거지? 어둠 속에서 돌연 야부 바타의 목소리가 들려왔다. 길을 잃은 게 아니고. 왜 내게 거짓말을 했지?

넬리우는 야부 바타가 자신의 생각을 읽었다고 믿었다. 절대 죽지 않는 알비노에게 숨길 수 있는 비밀은 없었다. 알비노들이 영원히 산다는 건 누구나 아는 사실이다. 그들에게는 혼령이 없어서 다른 생으로 넘어갈 필요가 없고, 그래서 그들은 항상 현재에 존재하며, 피부가 희고 눈에 보이는 존재이다. 어떻게 그런 사실을 잊었단 말인가!

– 강도들이 한밤중에 마을을 습격해서 불을 질렀어요. 마을 사람들을 많이 죽였어요. 개들도 때려죽였죠. 내게 형을 죽이라고 했어요. 그래서 도망쳤어요.

야부 바타가 어둠 속에서 한숨을 쉬었다.

– 그들은 너무 많은 사람을 죽여. 그가 슬픈 목소리로 말했다. 결국엔 사람들을 다 죽이고 말 거야. 그러면 뱀들이 지구를 지배하겠지. 그리고 혼령들은 죽은 사람들, 그래서 찾을 수 없는 사람들을 찾아 하염없이 떠돌게 될 거야.

– 옛날부터 계속 있었어요? 강도들 말이에요. 강도들의 어머니들은 누구예요?

– 이제 잘 시간이다. 야부 바타가 언짢은 목소리로 말했다. 질문은 태양이 모든 어리석음을 비웃는 시간에나 하는 거야. 그만 자자. 내일 또 먼 길을 가야 할 테니. 그렇지 않겠니?

둘은 칠흑 같은 어둠 속에 가까이 붙어 누워있었다. 넬리우의 목덜미에 야부 바타의 숨결이 느껴졌다. 그의 편안한 호흡에 두려움도 사라졌다. 마치 두려움도 잠을 자러 간 것처럼. 넬리우가 잠들기 전 마지막으로 한 생각은, 바지를 하나 구할 수 있도록 야부 바타가 그를 도와줄 수 있을까 하는 것이었다.

뜨거운 태양이 내리쬐는 가운데 많은 날이 흘렀지만 야부 바타는 꿈에서 본 길을 찾지 못했다. 먹을 건 종종 부족했고, 야부 바타는 넬리우에게 바지를 구해주겠다고 약속했지만, 넬리우는 여전히 찢어진 카풀라나를 아랫도리에 걸치고 있었다. 둘은 높은 산들로부터는 점점 멀어졌지만 그래도 강도들의 활동 구역을 벗어나지는 못했다. 허깨비 같은 사람들 몇몇이 쪼그리고 앉아 정신 나간 듯 멍하니 앞을 바라보고 있는 불타버린 마을들을 몇 개나 지났는지 모른다. 야부 바타는 멀리서 사람들의 모습이 보일 때마다 걸음을 멈췄다. 강도들일지 모른다는 의심이 조금이라도 들면 둘은 풀밭에 납작 엎드려 몸을 숨겼고, 주변에 더이상 아무도 없다는 확신이 들 때에서야 비로소 다시 가던 길을 갔다. 둘은 대부분 말없이 걷기만 했다. 넬리우는 야부 바타가 질문에 대답하는 걸 썩 좋아하지 않는다는 걸 알았다. 그래서 그가 갑자기 동행이 싫어져 자신을 떨어뜨려 놓고 갈까 무서워서 이야기를 나눌 생각이 있다는 확신이 들지 않는 한 입을 열지 않았다. 야부 바타의 기분이 먹을 것의 여부에 따라 달라진다는 것도 알게 되었다. 한번은 옥수수와 강에서 잡은 물고기 몇 마리로 제대로 배부르게 먹은 적이 있었다. 그러자 야부 바타가 그 새된 목소리로 노래를 부르기 시작했다. 노랫소리가 얼마나 컸던지 넬리우는 강도들이 멀리서 그 소리를 듣고 몰래 접근해 오지 않을까 두려웠으나, 다행히 강도떼는 나타나지 않았다. 포만감에 잠시 코까지 크게 골며 자던 야부 바타가 잠에서 깨어 벌떡 일어나 앉더니 넬리우를 바라봤다.

– 나는 멀록산맥에서 왔단다. 아버지가 아직 살아있다면 분명히 내가 집을 떠났을 때보다 더 많은 가축을 키우고 있을 거야. 어머니는 양탄자를 짰고, 삼촌은 흑단목으로 조각품을 만들었지. 나는 팔은 비록 이리 짧지만 숙련된 대장장이란다. 내 꿈만 아니었다면 나는 여전히 대장장이로 살고 있을 게다. 내 아내는 어쩌면 여전히 나를 기다리고 있을지도 모르지. 물론 모두 크고 너처럼 흑인인 네 명의 아이들도 마찬가지고.

넬리우는 야부 바타가 꿈에서 본 그 길을 찾아다닌지 아마 몇 달 정도 되었으리라 생각했다. 어쩌면 우기가 끝났을 때부터일 것이라고. 하지만 그의 질문에 야부 바타에게서 돌아온 대답은 전혀 예상 밖이었다.

– 넌 아직 너무 어려서 한 달이 긴 시간이라고 생각하는구나. 나는 십구 년 팔 개월 나흘째 길을 찾고 있단다. 운이

좋으면 앞으로 십구 년이 지나기 전에 길을 찾을 수 있을 테고, 운이 없거나 내 수명이 짧다면 영영 못 찾겠지. 그렇다면 죽어서 조상들 옆에 살면서라도 계속 찾아야지.

넬리우는 한참 동안 가만히 앉아서 야부 바타가 한 말에 대해 곰곰이 생각했다. 그러다 갑자기 불안해졌다. 난쟁이가 혹시 꿈에서 본 그 길을 찾을 때까지, 어쩌면 앞으로 십구 년 동안, 계속 자신이 가방을 이고 다닐 것으로 생각하는 건 아닐까 싶어서였다. 넬리우는 쉽게 흥분하고 화를 내는 야부 바타에게 용기를 내어 자신이 걱정하는 바를 이야기해야 할지 한참 동안 망설였다. 하지만 결국은 그렇게 해야 한다는 생각이 들었고, 그래서 조심스럽게 입을 열었다.

– 난 십구 년씩이나 아저씨와 함께 갈 수는 없을 것 같아요.

– 그럴 것으로 생각하지도 않았다. 야부 바타가 언짢은 목소리로 대답했다. 네 얼굴을 매일 보는 게 슬슬 지겨워지기 시작했으니까. 바다에 도착하면 서로 헤어지자꾸나. 그럼 너는 너대로 네 길을 가렴.

– 바다요? 그게 뭐예요?

아버지가 언젠가 반대편 물가가 보이지 않을 만큼 넓은 강에 관해 이야기한 적이 있었다. 때때로 부르짖는 듯한 큰 소리를 내며 땅에 부딪히고 사람도 짐승도 집어삼키는 거대한 물에 대해 들었던 기억이 흐릿하게 떠올랐다. 그때는 그것이 아버지가 자신과 형제들에게 즐겨 이야기해주던 동화 중 하나라고 생각했었다. 그렇다면 바다라는 게 정말로 세상에 존재하는 것이었단 말인가?

– 바다까지 아저씨와 함께 가고 싶어요.

– 이제 그리 멀지 않단다. 어쨌든 십구 년이 걸리진 않을 게야.

일주일 후, 오후에 두 사람은 바다에 도착했다. 좀 높은 언덕 위에 도착했을 때 야부 바타는 갑자기 걸음을 멈추고 앞쪽을 가리켰다. 넬리우는 몇 발짝 뒤에 떨어져 있었다. 눈앞에 펼쳐진 푸른 물을 본 넬리우는 마치 땅에 뿌리를 내리기라도 한 것처럼 한 발짝도 움직일 수 없었고 머리에 인 가방을 내려놓는 것조차 잊어버렸다. 말로 설명할 수는 없었지만 넬리우가 곧바로 분명하게 받은 느낌은 집에 온 것 같다는 것이었다.

바다란 것이 정말 있는지조차 확신이 없던, 아버지가 만들어낸 이야기일 거라고 믿었던 그였다. 그런데 지금 눈앞에 펼쳐진 바다를 보고 있자니 곧바로 고향에 온 것 같은 느낌이 들었다.

그러니까 사람은 한 번도 가본 적 없는 곳에서도 집 같은 편안함을 느낄 수 있는 모양이었다. 아니면 인간의 본성은 혹시 태어나는 순간부터 바다 근처에 있으면 집에 있는 것 같은 안온함을 느끼도록 각자의 의식 속에 기록되어 있는 것일까? 넬리우는 야부 바타 곁에 서서 눈앞에서 계속 확장되는 것 같은 바다를 바라보며 그런 생각을 했다. 일부러 하려고 애쓰지 않아도 자기도 모르게 드는 생각, 살면서 한 번도 해보지 않은 종류의 생각이라 넬리우 자신도 놀랐다.

야부 바타가 말을 거는 바람에 생각을 더 발전시킬 수는 없었다.

– 헤엄을 칠 줄 모르면, 바다는 위험하단다.

– 헤엄이 뭐예요?

야부 바타가 한숨을 내쉬었다.

– 우리가 곧 헤어진다니 참 다행이다. 너는 당최 아는 게 없어. 그리고 모든 걸 물어보는구나. 네 질문에 다 대답하다가는 나는 금방 늙고 말 게다. 헤엄이란 건 말이다, 물에 떠서 앞으로 나아가는 거란다.

악어가 가득한 강 근처에서 자란 넬리우에게 사람이 물에서 움직인다는 건 상상도 못 할 일이다. 물은 마시고, 씻고, 옥수수와 카사바cassava를 요리할 때 사용하는 것이다. 그런데 물에 떠서 움직인다고?

두 사람은 물이 일렁일렁 움직이는 바닷가로 내려갔다.

– 젖으면 안 되니까 가방을 내려놓지 말거라. 여기를 떠날 때 젖은 가방을 이고 갈 생각은 없으니까.

야부 바타는 바지를 걷어 올려 짧고 흰 다리를 드러낸 채 물에 들어갔다. 넬리우는 가방 옆에 서 있었다. 바닷물이 다가오면 재빨리 가방을 뒤로 빼기 위해서였다. 발밑의 흰모래는 아주 뜨거웠다. 야부 바타는 물속에서 이리저리 움직이기도 하고 얼굴에 물을 끼얹기도 했다. 물 밖으로 나와서는 넬리우에게 똑같이 해보라고 했다.

– 상쾌해진단다. 심장은 더 천천히 뛰고, 피는 더 고요히 흐르고.

넬리우도 물에 들어갔다. 몸을 숙여 물을 마셨는데, 끔찍한 맛이었다. 넬리우는 놀라서 물을 뱉었고, 야부 바타는 만족스러운 얼굴로 모래 위에 앉아 그런 넬리우를 보며 웃었다.

– 신은 바다를 만들 때 지혜를 썼단다. 사람들이 파란 바닷물을 몽땅 마셔 버릴까 봐 짜게 만든 거지.

물에서 나온 넬리우는 야부 바타 옆에 앉았다. 두 사람은 말없이 몇 시간 동안 그대로 앉아서 명암을 바꿔가며 끊임없이 움직이는 물을 바라보았다. 야부 바타가 그물과 바구니를 어깨에 메고 지나가는 어부들에게서 물고기를 샀고, 둘은 모래언덕 뒤의 바람이 불지 않는 곳에서 불을 피워 물고기를 구웠다. 밤에는 모래 위에 대자로 누워 하늘의 별을 보았다. 조금 떨어진 곳에서 해안에 부딪는 파도 소리가 들려왔다.

– 난 내일 너를 떠날 게다. 야부 바타가 갑자기 고요를 깨고 말했다. 약속한 대로 너를 바다에 데려다줬으니까.

– 바지도 한 벌 약속하셨는데요, 넬리우가 대답했다.

– 뻔뻔한 놈 같으니라고. 야부 바타가 짜증을 냈다. 사람들은 수많은 약속을 하고 그걸 다 지키고 싶어 하지. 하지만 우리가 바란다고 모든 게 다 가능한 건 아니야. 사람들은 영원히 살고 싶어 해. 하지만 그건 불가능하다고. 적이 있으면 사람들은 적에게 불행이 닥쳐서 저절로 망해 없어지길 바라지. 그것도 항상 가능한 건 아니야. 바지를 갖고 싶은 사람도 있겠지. 그건 때로 가능할 수도 있어. 어른이 되면 너도 이해하게 될 거야.

– 뭘 이해해요? 실망한 만큼 불만스럽다는 걸 숨기지 않은 채 넬리우가 물었다.

– 다른 사람이 한 약속을 잊을 줄도 알아야 한다는 걸 이해하게 될 거란 말이지.

– 난 그렇게 생각하지 않아요.

– 우리가 내일 헤어진다는 게 정말 다행이다. 야부 바타가 화가 나서 다시 말했다. 넌 호기심만 많은 게 아니구나. 나이 들고 현명한 사람이 삶에 관해 이야기하는데 거기에

반기까지 드는구나.

두 사람 사이에 다시 침묵이 흘렀다. 별들이 기다려 주었다.

– 내일 내가 잠에서 깨면 야부 바타는 가고 없을까요?

– 그건 물론 네가 얼마나 일찍 일어나느냐에 달렸지. 그런데 나는 네가 눈을 떴을 때 내가 없었으면 좋겠구나. 난 작별하는 걸 좋아하지 않아. 호기심 많은 버릇없는 아이와의 작별이라도 말이야.

넬리우는 야부 바타의 호흡이 느려지고 결국 코를 골기 시작할 때까지도 한참 동안 가만히 누워있었다. 다음 날이면 혼자 남게 될 거란 사실을 마치 이제야 의식한 것 같았다. 넬리우는 일단 누군가 항상 자기 곁에 있는 걸 더이상 당연하게 받아들이지 않는 법을 배워야겠다고 생각했다. 아버지 에르메네질두는 사람에게 일어날 수 있는 가장 나쁜 일은 아무도 없이 혼자가 되는 것이라고 여러 번 넬리우에게 말했었다. 가족이 없는 사람은 아무것도 아니라고. 그건 마치 그 사람 자체가 존재하지 않는 것과 같다고. 사람은 가진 걸 모두 잃을 수 있고, 톤톤투를 많이 마시면 심지어 이성을 잃을 수도 있다고. 그렇더라도 모든 걸 이겨내고 살아남을 수 있지만, 다른 사람 없이, 가족 없이, 어머니와 형제자매들 없이는 그럴 수 없다고.

어쩌면 이것이 강도들이 넬리우에게 행한 가장 나쁜 짓

이었을까? 강도들은 그에게서 가족을 빼앗아갔다. 시원한 모래 위에 누워 야부 바타의 코고는 소리를 듣고 있자니 넬리우는 갑자기 슬퍼졌다. 마음으로는 야부 바타 곁에 가까이 가서 눕고 싶었다. 그의 심장 소리가 들릴 만큼 가까이. 하지만 그럴 용기가 없었다. 그렇게 하면 분명히 야부 바타가 잠에서 깨어 화를 낼 것이다. 넬리우는 그대로 누운 채 강도들의 무기에서 나온 흰 불빛 때문에 밤잠에 들어있던 마을의 어둠이 깨져 버린 그 밤부터 지금까지 있었던 일을 되새겨보았다. 죽은 어린 여동생을 생각했고, 자신이 죽인 가느다란 눈을 가진 남자를 생각했고, 아직 살아있을 티코를 생각했다. 내일이면 완전히 혼자가 될 것이다. 넬리우는 바지도 구하지 못했고, 더구나 어디로 가야 할지도 모른다. 그 질문이 야부 바타에게 던지는 그의 마지막 질문일 거라는, 넬리우가 지금까지 살면서 던진 가장 중요한 질문일 거라는 생각을 했다.

어느 방향으로 가야 할까? 넬리우의 미래는 어디에 있을까? 미래란 게 있기나 할까? 강도들이 나타나서 개들마저 죽였던 그 밤에 미래는 사라지고 만 것일까? 아니면 더이상 걸어서 건널 수 없는 여기 이 바다에 그 미래가 있을까? 여기가 길의 끝이고, 여기가 그의 미래의 거처일까?

그런 생각을 하다가 잠이 들었지만 편안하고 깊은 잠을

잘 수는 없었다. 넬리우는 밤새 야부 바타가 벌써 일어나 갈 준비를 하는 꿈을 꿨다. 하지만 이른 새벽 동이 틀 무렵 넬리우가 잠에서 깨어보니 그의 옆에 아직 가방이 그대로 있었다. 야부 바타는 사리를 벗은 채 알몸으로 바다 안에 서 있었다. 물에서 씻고 있는 그의 구부정한 몸이 수면 위로 도드라져 보였다. 넬리우는 사람이 벌거벗은 몸으로 바다에 서 있으면 모습이 아주 또렷하게 보인다는 생각을 했다. 바다 앞에서 바라보니 사람이 정말로 어떻게 생겼는지 분명하게 보였다.

모래사장으로 돌아온 야부 바타는 넬리우가 잠에서 깨어 있는 것이 반갑지 않은 표정이었다. 그는 사리를 입은 후 연노랑 곱슬머리에서 물을 털어냈다.

– 내가 질문이 너무 많다고 아저씨가 생각한다는 거 나도 알아요. 그래서 아저씨가 가기 전에 딱 한 가지만 물어보려고요.

야부 바타는 갑자기 곧 닥칠 이별에 슬퍼지기라도 한 것처럼, 가방 옆 모래밭에 앉더니 두 손으로 자신의 머리를 감쌌다.

– 난 가끔 내가 꿈에서 본 그 길을 찾을 수 있을지 자신에게 묻곤 해. 나는 매일 밤 멀록산맥에 있는 우리 마을에 돌아

가서 내 대장간에 서 있는 꿈을 꾸지. 하지만 잠에서 깨면 나는 항상 낯선 곳에 있어. 나는 신이 인간에게 어째서 꿈을 꾸는 능력을 줬는지 진짜 알고 싶단다. 어쩌자고 결코 찾지 못할 길을 꿈에서 보게 했을까? 왜 꿈에서는 대장간으로 돌아가게 만들고, 꿈에서 깨면 바닷가 모래밭에 있게 만든 걸까?

야부 바타는 머리를 두 손에 파묻은 채 사람들이 왜 꿈을 꾸는지 한참을 곰곰이 생각했다. 그러더니 갑자기 벌떡 일어나서 넬리우를 보았다.

– 뭘 묻고 싶은 게냐?

– 난 어느 방향으로 가야 할까요?

야부 바타가 생각이 많은 듯 고개를 끄덕였다.

– 네가 지금까지 한 질문 중 가장 좋은 것이구나. 내게 해줄 대답이 있으면 참 좋겠다만, 네가 어디로 갈지는 너 자신만이 대답할 수 있단다.

– 바지가 있는 곳으로 가고 싶어요, 라고 넬리우가 단호하게 말했다.

– 바지는 어디에든 있단다. 네게 가장 좋은 건, 정남쪽으로 바다를 따라가는 것이란 생각이 드는구나. 거기에 가면 사람들이 있고, 도시들이 있단다. 그리로 가려무나.

– 여기에서 먼가요?

– 딱 하나만 묻는다고 했잖니! 내가 대답하면 넌 바로 다

음 질문을 던지는구나. 같은 길이라도 멀 수도 가까울 수도 있지. 네가 어디에서 오고 어디로 가느냐에 달린 거다.

야부 바타가 갑자기 웃기 시작했다. 갑자기 이성을 잃기라도 한 듯 손으로 모래를 한 줌 잡더니 머리 위로 던졌다. 그리고 다시 안정을 찾더니 말했다.

– 제기랄, 네가 보고 싶을 것 같구나.

야부 바타가 가방을 열어 작은 가죽주머니를 꺼내더니 주머니에서 지폐 몇 장을 꺼내 넬리우에게 건넸다.

– 이걸로 바지를 한 벌 사거라. 그 바지를 벗고 입을 때마다 너는 나, 야부 바타를 떠올리게 되겠지.

– 난 아저씨에게 줄 게 아무것도 없어요.

언젠가 뭔가 줄 때가 되면 다른 사람에게 주라고 말하며 야부 바타는 주머니를 가방에 다시 집어넣었다. 그런 다음 자리에서 일어나 가방을 들었다.

– 삶에는 단 두 개의 길이 있단다. 하나는 인간을 바로 불행으로 이끄는 어리석음의 길, 자기가 알고 있는 것과 다르게 행동할 때 따르게 되는 길이지. 다른 길은 우리가 좇아야 하는 길이란다. 인간에게 옳은 목표를 보여주는 그런 길.

야부 바타는 말을 마치고는 해변을 따라 떠나갔다. 한 번도 뒤돌아보지 않았다. 넬리우는 하얀 모래 위에서 반짝이는 강한 햇빛에 두 눈이 아파질 때까지 야부 바타의 뒷모습을 바라보며 그를 눈에 담았다. 넬리우가 마지막으로 본 것은 흐릿한 점 하나였고, 그 점은 결국 태양의 열기 속에서 가는 연기가 되어 날아갔다.

넬리우는 바다를 따라 남쪽으로 걸었다. 자신을 둘러싸고 있는 거대한 외로움을 생각하지 않으려 애썼다. 오랫동안 그의 머리에 이고 다녔던 가방이 야부 바타만큼이나 그리웠다. 하지만 그를 다시는 보지 못할 것이라는 걸 이미 알고 있었다. 넬리우는 야부 바타가 그의 길을 찾았는지 아닌지 결코 알 수 없을 것이다.

이틀 후 넬리우는 딱 하나뿐인 도로를 중심으로 낮은 집들이 모여 있는 작은 도시에 도착했다. 넬리우는 흔들거리는 나무옷걸이에 옷가지들이 걸려있는 한 집 앞에서 걸음을 멈췄다. 오랫동안 굶주린 듯 비쩍 말라빠진 인도인이 어두운 현관에서 나타났다. 넬리우는 그에게서 검붉은 색 면바지를 하나 샀다. 바지값을 내자마자 넬리우는 집 뒤로 가서 찢어진 카풀라나를 벗고 바지를 입었다. 카풀라나 천은 강한 햇볕을 가릴 용도로 솜씨 좋게 머리에 둘렀다. 도로 쪽으로 돌아 나오자 인도인은 문 앞에서 새 바지들을 옷걸이에 걸고 있었다.

– 어디로 가는 길이니? 인도인이 넬리우에게 물었다.

– 남쪽으로요.

– 그 바지는 오랜 여행을 하기에 충분하단다. 꿈꾸는 표정으로 인도인이 말했다

넬리우는 다시 바닷가를 따라 걸었다. 밤이면 모래언덕 뒤에서 잠을 청했고, 동이 트면 바지를 벗고 물에 들어가 야부 바타가 그랬던 것처럼 몸과 얼굴을 씻었다. 배가 고프면 가던 길을 멈추고 어부들을 도와 배를 육지로 끌어내거나 그물을 정리했다. 그러면 어부들은 넬리우에게 먹을 것을 주었고, 그렇게 배를 채운 후 넬리우는 다시 길을 따라 걸었다. 풍경은 계속 바뀌었어도 바다는 항상 같은 모습이었다. 멀리 산들과 들판, 부러진 회색 나무들로 이루어진 숲들, 늪지대와 사막이 보였다. 넬리우는 어디로 갈지 깊이 생각하지 않고 그냥 걸었다. 넬리우는 여전히 무언가로부터 도망치고 있었고, 자신이 어디로 가고 있는지 분명하게 알려줄 어떤 신호를 기다리고 있었다. 밤이 되면 달이 가느스름한 초승달에서 천천히 보름달이 됐다가 다시 점점 줄어들어 사라지는 모습을 지켜보았다. 벌써 꽤 많은 날을 걸어왔다고 생각했지만 바다는 끝이 없는 것처럼 보였다. 때로 사람들을 만났고 그들과 며칠 동안 동행하기도 했지만 넬리우는 대부분 혼자 걸었다. 만나는 사람마다 넬리우에게 어디로 가는 길이냐고 물었다. 그때마다 넬리우는 강도들과 그들의

습격으로 불타버린 마을에 관해 이야기했지만, 형을 죽이길 거부하고 그 대신 좁고 가느다란 눈을 가진 남자를 총으로 쏴 죽인 이야기는 숨겼다. 그래서 어디로 가는 중이냐는 질문이 반복되면 넬리우는 모른다고 대답했다. 그러면서 넬리우는 사람들은 항상 다른 이들이 어디로 가고 있는지 궁금해한다는 것을 알게 되었다. 낯선 사람과 여행자를 서로 연결해주는 것이 바로 그 질문이었다.

어느 날 이른 오전, 넬리우는 강 하구에 도착했다. 근처에 다리가 있긴 했으나 끊어진 채였다. 넬리우는 자신을 강 건너편으로 배에 실어 날라줄 누군가를 찾아야겠다는 생각을 했다. 그때 물가 돌에 앉아 있는 한 사람을 발견했다. 그 사람에게로 다가가다가 넬리우는 갑자기 불안해졌다. 그 사람의 피부는 비늘로 덮여 있었다. 늙은 여인이라기보다는 짐승에 가까운 모습이었다. 하지만 그 사람은 이미 넬리우가 다가오는 소리를 들었고, 고개를 돌려 멍한 눈으로 넬리우를 바라보았다. 그 순간 넬리우는 그 존재가 사람으로, 한 여인으로 변장한 할라카우마라는 걸 깨달았다. 혹시 어쩌면 그 반대일지도 몰랐다. 늙은 여인이 영리한 늙은 도마뱀으로 변장한 것일지도. 넬리우는 그 여인에게 가까이 다가가면서도 그녀의 혀가 그에게 닿지 않을 만큼의 거리를 두었다. 넬리우는 자신이 운이 좋다고 생각했다. 할라카우마를 만나면 조언을 청할 수 있다. 어떻게 하면 나라를 잘 다스릴 수 있는지 속삭이듯 건네는 할라카우마의 조언에 왕들마저도 귀를 기울였다고 했다. 넬리우는 젊은 혁명가들의 첫 지도자가 도마뱀들로 가득한 정원을 가지고 있었고, 정기적으로 도마뱀들을 불러 모아 자문을 얻었다는 이야기를 들어본 적이 있었다. 넬리우는 땅바닥에 앉았고, 도마뱀은 그의 움직임을 응시했다.

– 방해해서 죄송한데요, 조언이 좀 필요합니다. 저는 이미 여러 날을 걸어왔는데 아직도 어디로 가야 할지 모릅니다. 어떤 신호가 나타나기를 기다리는데 나타날 기미가 안 보이네요.

– 너처럼 어린아이가 가야 할 길은 오직 하나뿐이란다. 도마뱀이 종이 울리는 것 같은 목소리로 대답했다. 너의 길은 집으로 가는 길이어야 한단다.

넬리우는 무슨 일이 있었는지 짧게 설명했다. 그러면서 도마뱀이 지루해져서 쉭쉭 소리를 내며 강 하구의 키 큰 풀숲으로 사라져 버릴까 봐 걱정했다.

넬리우가 이야기를 끝내자 도마뱀은 곁에 놓인 꾸러미에서 병을 하나 꺼내 몇 모금을 마셨다. 야자술 냄새를 맡은 넬리우는 세상은 온통 놀랄 일 투성이란 생각을 했다. 사람들이 취하고 싶을 때 마셔대는 음료에 할라카우마도 탐닉할 수 있다는 사실을 지금껏 넬리우에게 말해 준 사람은 아무도 없었다. 도마뱀이 말했다.

– 난 늙었단다. 내 조언이 얼마나 도움이 될지 나도 모르겠구나. 사람들은 이제 지혜에 대한 존경심을 점점 잃어가고 있단다. 옛 지식의 일부라도 그나마 지닌 우리가 무슨 말을 하든지 간에 사람들은 모두 멍청이들이 보여주는 길만 좇는 것 같으니 말이다.

도마뱀은 술을 한 모금 더 마시고는 돌 위에서 그네를 타듯 앞뒤로 흔들거리기 시작했다. 넬리우는 대답을 듣기 전에 도마뱀이 잠들어 버릴까 봐 조마조마했다.

– 강을 건너라. 도마뱀이 마침내 뇌가 이미 다른 생각들로 가득 찬 것 같은 얼굴로 말했다. 강을 건너서 며칠 더 걸어가렴. 그러면 집들이 바닷가 언덕들을 따라 원숭이처럼 다닥다닥 올라가 있는 큰 도시에 이를 게다. 그곳에는 한 사람 더 많아지는 게 티도 안날 만큼 많은 사람이 살고 있단다. 그러니 거기에 가면 너도 지금까지의 네 존재를 잊고 네가 원하는 모습으로 다시 살아갈 수 있을 게다.

넬리우가 다른 질문을 더 건네기도 전에 도마뱀은 어색한 동작으로 풀숲 사이로 사라졌다. 넬리우는 도마뱀이 해준 말을 생각하다가 그것이 자신이 기다렸던 신호일 거라는 결론을 내렸다.

그러는 중에 한 남자가 카누를 강물에 밀어 넣고 있는 모습이 눈에 들어왔다. 넬리우는 자리에서 일어나 이미 노를 손에 들고 서 있는 남자에게로 걸어갔다.

한 시간 후 넬리우는 강 건너편에 내려 걷기를 계속했다.

어느 늦은 오후에 넬리우는 드디어 도시에 도착했다. 산 하나를 올라왔던 터라 아주 피곤했다. 그동안 얼마나 걸어왔는지도 알 수 없었다. 그의 두 발은 상처투성이였고, 그의 바지는 이미 낡고 더러웠다. 그의 눈에 바닷가 가파른 언덕들 경사면에 지어진 도시의 윤곽이 들어왔다.

넬리우는 마침내 목적지에 도달했다.

한 번도 와보지 않은 곳이었지만 도시를 보자마자 야부바타와 함께 처음 바다를 보았을 때 느꼈던 감정이 되살아났다. 완전한 미지의 세계를 바라보며 넬리우는 곧바로 집에 온 것 같은 편안함을 느꼈다. 그 도시는 놀랄 만큼 귀속감이 느껴지는 그의 두 번째 고향이었다. 전쟁이나 전염병, 또는 자연재해를 피해 도망쳐야 했던 사람들도 어딘가에는 그들을 기다리는 두 번째 집을 갖고 있으리란 생각이 들었다. 다만 중요한 것은 모든 힘이 소진되는 지점까지 계속 가야 한다는 것이다. 탈진의 상태에서도 의지의 마지막 부스러기를 온 힘을 다해 겨우 그러잡고 버티며 넘어가는 바로 그 지점에 우리가 그 존재를 알지 못했던 집이 우리를 기다리고 있다.

넬리우는 짧은 황혼이 하늘을 붉은색으로 물들이는 늦은 오후에서야 도시에 도착했다. 그리고 중심에서 좀 떨어진 곳의 부드러운 모래에 앉아 셀 수 없이 많은 집과 사람과 털털대는 자동차와 녹슨 버스를 관찰했다.

오두막 같은 것은 어디에도 보이지 않았고, 넬리우가 살던 마을 같은 것은 아예 없었다.

갑자기 두려움이 그의 몸을 휩쓸고 지나갔다. 혹시 도시가 강도떼 소유인 건 아닐까? 알 수가 없었다. 넬리우는 아직 도시 안으로 발을 내디딜 엄두가 나지 않았다. 다음 날 아침까지 기다리기로 했다. 도시도 좀 거리를 두고 넬리우가 왔다는 사실에 익숙해져야 할 필요가 있었다. 넬리우는 삶을 영위하는 것이 이제 자신에게 닥친 가장 중요한 과제라는 사실을 알았다. 한 인간에게 주어진 가장 중요한 과제.

그렇게 넬리우는 바닷가에서 하룻밤 몸을 누일 잠자리를 찾았다.

다음 날 넬리우는 사람들과 도로들과 무너질 듯한 집들이 자신을 삼키도록 몸을 맡겼다.

하루 동안은 그저 그곳에 있어 보았다.

여기까지 이야기했을 때 먼동이 트기 시작했고, 넬리우는 매우 지쳐 있었다. 목소리가 너무 작아서 그의 말을 듣기 위해서는 그의 얼굴 가까이에 몸을 굽혀 귀를 대야 할 정도였다. 넬리우는 말을 마치자마자 바로 잠이 들었다.

나는 그가 혹시 다시 깨어나지 않을까 봐 걱정스러운 마음에 오랫동안 그의 곁에 앉아 있었다. 그리고 그렇게 되면 이제는 벌써 한참 지난 것 같은, 넬리우가 총에 맞은 그날 밤 극장에서 무슨 일이 일어난 건지 결코 알 수 없게 되리라는 생각을 했다.

젖은 손수건을 그의 뜨거운 이마에 올려놓고 계단을 내려갔다. 멀리서 마담 이즈메랄다의 목소리가 들려왔다. 그녀는 가끔 직원들이 제때 출근을 하는지 확인하기 위해 일찍 나오곤 했다.

나는 어두운 계단에서 걸음을 멈췄다. 혹시 그녀가 계단에서 내려오는 나를 보고 넬리우가 건물 지붕 위에 누워있는 걸 눈치채는 건 아닐까? 절대로 끝나지 않기를 바라는 이야기에 내가 밤새 귀를 기울이고 있었다는 사실을 눈치채는 건 아닐까?

알 수 없었다. 남은 계단을 내려갔다.

넷째 날 밤

내가 계단을 내려갔을 때 마담 이즈메랄다는 나를 보지 못했다.

빵가게와 극장 앞 도로에서는 이날 아침 큰 소동이 일어났다. 제빵사들, 반죽 담당자들, 판매 담당 아가씨들, 경비들까지 모두 마담 이즈메랄다를 중심으로 가게 문 앞에 모여 바깥을 내다보고 있었다. 다른 사람들만큼 호기심이 많았던 나도 한순간 지붕 위에 누워 창상열에 시달리고 있는 넬리우를 까맣게 잊었다. 나는 가끔 호기심만큼 인간을 지배하는 것도 없다는 생각을 한다. 그렇기에 내가 넬리우를 잠깐 잊은 것도 어느 정도는 용서할 수 있다. 나는 옆에 있던 제빵사, 아마도 알베르투였던 것 같은데, 그에게 무슨 일인지 물어보았다. 동시에 거리의 아이들로 이루어진 대규모 무리가 소란스럽게 도로 위에서 이리저리 움직이고 있는 모습이 눈에 들어왔다. 아이들은 도로교통을 방해하고, 집들 앞에 있는 쓰레기통의 쓰레기를 마구 던지고, 소리를 질러댔다.

– 넬리우가 없어졌대, 라고 알베르투가 대답했다.

무언가가 내 심장을 움켜잡는 것 같았다.

– 넬리우? 어떤 넬리우?

주위에서 사람들이 하는 모든 말을 듣는 뛰어난 재능이 있는 마담 이즈메랄다가 뒤로 돌더니 놀란 눈으로 나를 보았다.

– 넬리우가 누군지 모르는 사람이 없는데. 그녀가 날카로운 목소리로 말했다. 지금까지 누구에게도 매 맞은 적 없는 신과 같은 넬리우 말일세.

– 물론 넬리우가 누군지 저도 알죠. 미안한 표정으로 내가 말했다. 그런데 그 애가 없어졌어? 마담 이즈메랄다가 다시 도로로 시선을 돌리자, 내가 다시 알베르투 쪽을 보며 물었다.

– 없어졌대. 거리의 아이들은 누군가가 넬리우를 잡아갔다고 의심하는 것 같아.

– 넬리우를 누가 잡아가겠어?

– 저 애들은 무슨 작당이 있었다고 믿나 봐. 넬리우를 때

리는 데 한 번도 성공하지 못한 모든 이들이 한편이 돼서 그랬을 거라는 거지.

– 그럴 가능성은 희박한 것 같은데. 살짝 주저하며 내가 말했다. 넬리우를 잡아 가둬둘 만한 곳이 있을까?

– 그걸 내가 어떻게 알아?

소란은 낮 동안 계속되었다. 수천 명은 될 것 같은 거리의 아이들이 계속 소동을 벌였다. 출동한 경찰들은 위에서 뭔가 지시가 떨어지길 기다리며 보도에서 그 소동을 지켜보고 있었다. 하지만 무거운 모자를 쓰고 땀을 흘리던 지휘관들은 아무런 명령을 내리지 않았다. 사람들이 두려워하는 메스티소(Mestizo, 중남미 원주민과 백인의 혼혈인)인 내무장관 디만드가 상황을 파악하기 위해 방탄차를 타고 지나가는 것을 보았다는 사람도 있었다. 오후쯤 돼서야 집 없는 아이들의 소란은 조금씩 가라앉았다. 아이들은 큰 무리를 지어 모였다가 작은 집단들로 나뉘었고 그렇게 도시 곳곳으로 흩어졌다. 나는 매우 피곤했음에도 불구하고 낮 동안 잠을 잘 만한 여유가 없었다.

형이 이웃 한 명을 내게 보냈다. 내가 며칠째 집에 들어오지 않자 혹시 아프기라도 한 것인지 알아보기 위해서였다. 나는 빵을 담는 갈색 봉지 겉면에 형에게 전하는 편지를 썼다. 요즘 일이 너무 많아서 집에 갈 시간이 없다고. 별일 없이 잘 있으니 걱정하지 말라고. 좀 씻으려고 빵가게 뒤쪽으로 갔다. 사람들에게 잘 보이지 않는 공간인 녹슨 양철지붕 뒤에서 옷을 벗고 펌프 아래에서 몸을 씻었다. 그런 다음 무울레느 부인에게 가서 약탕에 담근 새로운 헝겊띠들을 샀다. 내 눈엔 어딘가에 부상을 입어 내가 돌보고 있는 사람이 넬리우일 거라고 부인이 이미 추측하고 있는 것처럼 보였다. 암모니아와 뭔지 모를 향료들 냄새가 가득 찬 어두운 그녀의 차고에 서 있는 동안 나는 그녀에게 비밀을 털어놓는 것이 어떨지 심각하게 고민했다. 지붕 위에 있는 넬리우를 한 번 살펴봐 달라고 그녀에게 부탁해 볼 수도 있지 않을까? 소란을 피우던 거리의 아이들 수천 명을 보면서 나는 내가 얼마나 큰 책임을 떠맡은 것인지 알게 되었다. 만약 넬리우가 죽고, 내가 그 아이를 의사에게 보이지도 않고 지붕 위에서 돌보기만 했다는 것을 사람들이 알게 되면 어떻게 될까? 넬리우가 더이상 아무 말도 할 수 없는 상태에서 그 지붕 위에 있는 게 그 아이 본인의 바람이었다고 내가 말해봤자 누가 믿어주겠는가? 아마도 사람들은 나를 거리로 끌어낼 것이고, 경찰은 못 본 척 시선을 돌릴 것이고, 사람들은 나를 때려죽이거나 돌로 쳐 죽인 다음 내 몸에 휘발유를 부어 태워버릴 것이다.

하지만 나는 무울레느 부인에게 아무 말도 하지 않았다.

이미 늦은 것 같다는 생각이 들기도 했다. 나는 넬리우를 책임지기로 했고, 넬리우가 자기를 지붕에서 내려 달라고 부탁하기 전까지는 그 책임을 혼자 감당할 것이다. 무울레느 부인 집에서 나온 다음 큰 시장에 가서 먹을 것을 샀다. 구운 닭고기와 채소를 샀는데, 다른 것을 사기엔 돈이 충분하지 않았다. 시장은 소란스러웠다. 거리의 아이들이 넬리우를 찾기 위해 휩쓸고 다니지 않더라도 그곳에는 배가 고파 구걸하고 있는 사람들이 그 어느 때보다도 많이 눈에 띄었다. 난민들이 끊임없이 도시로 몰려들고 있다는 사실을 나도 알고 있었다. 강도떼가 나라 곳곳에서 마을들을 습격했는데, 강도떼가 나타나면 젊은 혁명가들의 군인들조차 도망을 치고, 점점 더 많은 사람들이 앞뒤 볼 것 없이 집과 마을을 버리고 피난길에 오른다고 했다. 나는 넬리우가 내게 했던 이야기를 생각했고, 이 나라에 닥친 끔찍한 운명을 조금이나마 이해했다. 끝나지 않는 전쟁이 가족들을 갈라놓았고, 때로는 형과 동생이 서로에게 무기를 겨눴다. 그렇게 벌어진 모든 일 뒤에는 강도들 머리 위로 연결된 줄을 움직여 그들을 조종하는 보이지 않는 손들이 있었다. 바로 불가피하게 이 나라를 떠나야 했고 이제 귀환을 준비하는 백인들이었다. 내 머릿속에 동 조아킹이 세웠던 수많은 동상이 다시 우리 도시의 광장들에 서 있는 모습이 그려졌고, 지금 벌어지고 있는 모든 일에 대한 분노가 갑자기 치밀었다. 그들은 넬리우만 집 떠난 떠돌이 생활로 내몬 것이 아니라 온 국민을 피난길에 오르게 했다. 서로 평화롭게 사는 것 말고는 바라는 것이 없었던 죄 없는 평범한 사람들, 배고픈 이방인을 그냥 보내지 않고 조금이라도 먹을 것을 나눠줄 줄 아는 그런 사람들을. 그런 생각을 하며 시장에서 빵가게로 돌아오는데, 이미 이 도시가 내게 다른 모습으로 보였다. 이 도시는 우리를 파괴하려 하는 강도떼와 동상들로부터 우리가 반드시 지켜야 하는 마지막 보루이다.

앞으로 어떤 일이 일어날지 궁금했다. 왜 그런지 나 자신에게조차 설명할 수 없었지만, 넬리우가 빵가게 지붕 위에 누워있다는 사실이, 그 아이가 아직 살아있다는 사실이 이 도시에 사는 모든 사람에게 중요해진 것 같았다. 넬리우가 내게 해준 이야기는 우리 모두와 관련 있는 이야기였다.

남은 돈으로 셔츠를 파는 거리의 아이에게 셔츠를 한 벌 샀다. 싼 가격만큼이나 질이 좋지 않았다. 하지만 넬리우가 계속 같은 셔츠를 입고 누워있는 게 마음에 걸렸다. 잔뜩 땀에 절고 더러워진 그 셔츠를 깨끗하게 세탁하려면 꽤 시간이 필요했다. 빵가게로 돌아오자마자 넬리우가 아직 자고 있는지 보려고 곧장 지붕으로 올라갔다. 넬리우의 발치에 처음 보는 회색 고양이 한 마리가 웅크리고 있었다. 벼룩투성이일 것이 분명하니 쫓아버리는 게 좋을 것 같다고 생각했다가 그냥 두기로 했다. 넬리우는 깊은 잠에 빠져 있었다. 이마는 더이상 새벽녘처럼 뜨겁지 않았다. 나는 연돌 위에 앉아서 넬리우를 관찰했다. 내 앞에 있는 사람이 열 살짜리 아이인지 아니면 노인인지 말하기가 여전히 어려웠다.

해가 질 무렵 고양이가 갑자기 일어서더니 소리 없이 지붕을 넘어 어둠 속으로 사라졌다. 넬리우는 자고 또 잤다. 나는 시장에서 산 음식의 반을 먹고 밤 작업을 시작하기 위해 제빵실로 내려갔다. 새로 온 반죽 담당자가 밀가루, 달걀, 설탕, 물 그리고 버터를 어떤 순서로 섞어야 하는지 아직 잘 몰라 옆에서 지켜봐 주는 동안 나는 오늘 있었던 일을 넬리우에게 말해 줘야 할지 고민했다. 넬리우가 어떤 반응을 보일지 확신이 없었다. 많은 사람이 자기를 그리워하며 찾고 있다는 걸 알면 좋아할까? 아니면 낙담할까? 솔직히 말해 내가 원하는 건 그 무엇보다도 넬리우가 내 이야기를 듣고 대체 무슨 일이 있었던 건지, 누가 자기를 죽이려고 했던지를 내게 이야기하게 되는 것이다.

나는 넬리우가 맞은 총알이 누군가가 잘못 쏜 것이 아니라고 처음부터 확신했다. 내가 알지 못하는 어떤 악의 하수인이 의도적으로 넬리우에게 총을 겨눈 것이 분명했다. 혹시 감은 듯 가느다란 눈을 가진 그 남자가 넬리우의 흔적을 따라 도시까지 와서 넬리우를 찾아낸 것은 아닐까도 생각했었다. 하지만 그럴 것 같진 않았다. 그 일이 왜 한밤중에 조명이 켜진 극장 무대에서 일어났는지도 이해할 수 없었다.

나는 게으르고 자기가 하는 일에 별 흥미도 보이지 않는 반죽 담당자를 꾸짖었다. 마담 이즈메랄다에게 이르겠다고 을러대기도 했다. 하지만 그는 나를 비웃기만 했고, 밀가루와 물을 성의 없이 대충 섞으면서 단조로운 멜로디를 흥얼거렸다. 나는 자정이 지나서야 겨우 그를 집으로 보낼 수 있었다. 첫 번째 빵들을 만들어 빵판을 채웠다. 판들을 오븐에 넣은 후 서둘러 지붕으로 올라갔다. 바다에서 고요한 바람이 불어오고 있었다. 멀리서부터 번개를 품은 먹구름이 다가오는 것이 보였다.

깨어 있던 넬리우는 나를 보고 미소를 지었다. 시장에서 사온 음식과 무울레느 부인에게서 받아온 약초를 섞은 물을 넬리우에게 건넸다.

– 잠을 한참 잤어요. 그리고 꿈을 꿨어요. 꿈에서 내가 걸어왔던 길을 또 걸었어요. 야부 바타를 다시 만났고요.

– 야부 바타는 찾던 길을 찾았대? 조심스럽게 물었다.

넬리우가 의아한 표정으로 나를 보았다.

– 왜 그걸 물어야 하죠? 야부 바타는 현실에서 그 길을 찾고 있었어요. 꿈에서 그를 만났는데 그걸 뭐 하러 물어봐요?

넬리우가 죽기까지 그리고 그때 있었던 모든 일에 대해 기억할 만한 설명을 듣기까지 지붕 위에서 보낸 그 밤들로부터 일 년이 지난 지금도 나는 야부 바타의 길에 대한 내 질문에 넬리우가 한 대답을 이해했다고는 말하지 못하겠다. 넬리우가 내게 뭔가 중요한 것을 말하려고 했던 건 어렴풋이 알겠다. 하지만 그때만 해도 내 머리는 그 아이의 모든 말들을 꿰뚫어 볼 만큼 성숙하지 못했었다. 그런데 과연 그런 순간을 경험할 만큼 내가 오래 살 수 있을지도 가끔 의심스럽다.

붕대를 바꿔주었다. 상처가 더 검어진 것을 보니 두려움을 숨기기가 어려웠다. 상처에 생긴 염증에서 벌써 약하게 죽음의 냄새가 올라오는 듯했다.

– 널 병원으로 데려가야 할 것 같은데.

– 아직 아니에요. 때가 되면 내가 말할게요.

넬리우의 대답이 너무 단호해서 더이상 다른 말을 할 수 없었다. 넬리우가 기사 동상에서 기어 나와 세상에 모습을 드러낸 이후로 항상 그 아이를 둘러싸고 있는, 항변할 수 없는 독특한 자명함의 기운은 매우 아픈 상태인 지금에조차 그 아이에게서 사라지지 않았다.

넷째 날 밤, 넬리우는 도시에서 자신의 집이 되어주고 그의 생각 속에서 항상 돌아갈 수 있는 비밀의 공간인 동상에 대해 특히 많은 이야기를 했다.

넬리우는 도시에 도착한 다음 날 새벽녘에 드디어 시내로 들어갔다. 전날 밤은 해변에 있는 뒤집어놓은 어선 아래에서 보냈다. 사람과 짐을 넘칠 듯 가득 실은 화물차들, 녹슨 버스들, 수많은 수레와 자동차들과 걷는 사람들의 물결을 따라 시내에 들어섰다. 높은 건물들을 보고 놀란 넬리우는 그 건물들의 깨진 유리창들 뒤로 보이는 사람들이 자기 머리 위로 떨어지지 않을까 무서웠다. 넬리우는 사람들 대열에 합류했으나 완전히 그들의 일부가 되지는 않았다. 무리에 휩쓸려가면서 자신이 대체 어디로 가고 있는지를 생각했다. 도시에 들어와 보낸 첫 며칠을 생각하면 끝없이 걸었던 기억만 남아있다. 밤낮없이 걸었고, 처음에는 혼란과 경악을 느끼며 걸었으나, 점점 걷는 것이 즐거워졌고, 결국엔 모든 일이 일어나는, 모든 사건과 사람 들이 단 하나의 지점에 모여 있는 어떤 중심에 도달한 것 같은 느낌이 들었다. 그렇게 넬리우는 도시를 만났다. 쓰레기통에서 음식 찌꺼기를 찾아냈고, 넬리우와 마찬가지로 거리에서 사는 다른 아이들이 하는 짓을 그대로 따라 하면서 살아남는 법을 배워갔다.

첫날 밤은 도시 외곽에 있는 공동묘지에서 잠을 잤다. 그 기회에 친구가 한 명 생기는 것이 아닐까 기대했지만 큰 실망만 경험했다. 시간이 가장 길게 느껴졌던 첫날, 아스팔트와 거친 포석 위를 걷는 데 익숙하지 않은 넬리우의 맨발은 상처투성이가 되었다. 게다가 여러 번 발을 헛디뎌 도로와 보도에 나 있는 구멍들에 빠지기도 했다. 그렇게 걸어 다니면서 넬리우는 쇼윈도에 전시된 물건들을 구경해야 할지 계속 길을 가야 할지 매번 빠르게 결정을 내려야 한다는 걸 알게 되었다. 남자와 여자가 격하게 싸우고 있는 모습을 흥미롭게 구경하려면 더이상 앞으로 나아갈 수 없었다.

저녁 어스름이 깔릴 때쯤 넬리우는 도시 변두리에 도착했다. 담장 가운데 반쯤 무너진 창살문 뒤쪽으로 나무들이 보였다. 넬리우는 밤에 노숙자들을 쫓는 어떤 맹수들이 있다면 그 나무들 위로 피신하면 되겠다는 생각을 했다. 조심스럽게 문 안쪽으로 들어가 보니 그곳은 공동묘지였다. 이 공동묘지는 넬리우의 마을에서 죽은 사람들을 장사지내던 곳과는 완전히 달랐다. 그의 마을에서처럼 단순하게 봉분을 만들고 막대기 두 개를 십자 모양으로 묶어서 세워놓은 그런 무덤이 아니라, 깨지기도 했고 비바람에 상하기도 했지만 사기로 만들어진 사진틀이 세워져 있고 제대로 된 테두리가 쳐진 무덤들이 있었다. 그러나 대다수 무덤이 부서져 있었다. 마치 죽어서 다시 혼령과 재결합한 사람들이 아니라 죽은 묘비들을 위한 묘지에 와 있는 것 같았다. 몇몇 무덤은 작은 집만큼이나 컸다. 그런 무덤들은 모두 흰 석고십자가로 장식되어 있었고, 그중 몇몇에는 입구에 철책도 쳐 있었다. 매우 피곤했던 넬리우의 눈에 무덤들 사이에 담요나 종이상자를 펼쳐 덮고 웅크린 채 누워있는 사람들이 보였다. 큰 무덤들 앞에서는 여자들이 불을 피워놓고 음식을 만들고 있었고, 그 뒤에선 가족으로 보이는 사람들이 식사가 준비되길 기다리고 있었다. 넬리우는 길에서 봤던 나무가 자신이 타고 올라갈 만큼 크지 않다는 걸 깨달았다. 아직 누군가의 선택을 받지 못한 것처럼 보이는 거의 다 부서진 큰 무덤 하나가 눈에 띄었다. 넬리우는 그 안으로 기어들어가 어둠 속에서 몸을 웅크리고 앉았다. 그러고는 곧장 잠이 들었다. 그에게 그 어떤 나쁜 짓도 하지 않을 사람들과 혼령들에게 둘러싸여 있다는 안도감과 함께.

새벽에 눈을 뜬 넬리우는 그 더러운 무덤 안에 있는 사람이 자신만이 아니란 걸 알았다. 반대쪽 벽 앞에 한 남자가 매트리스 위에서 이불을 턱까지 끌어올려 덮고 자고 있었다. 옷걸이에는 정장 한 벌과 셔츠와 넥타이가 걸려있었다. 벽면의 벽돌 하나가 떨어져 나간 곳에는 면도용 거울도 놓여 있었다. 넬리우는 무덤을 빠져나가려고 조용히 몸을 일으키다가 이불 밖으로 빠져나와 있는 남자의 발을 보았다. 처음에는 남자가 신발을 신은 채 자는 줄 알았다. 조심스럽게 몸을 굽히고 찬찬히 살펴보고서야 넬리우는 그것이 진짜 신발이 아니라는 걸 알았다. 자기 발에 신발을 그려 놓은 것이었는데, 빨간 가장자리와 파란 끈이 있는 흰색 신발이었다. 넬리우가 이불 밖으로 나와 있는 그 발을 자세히 살펴보려는 순간, 남자가 갑자기 일어나 앉았다. 마치 뼈와 가죽밖에 없는 것처럼 마른 몸인데 눈빛은 찌를 듯 날카로웠다. 넬리우가 느끼기에, 남자는 상대편의 손아귀에서 단번에 몸을 빼는 싸움꾼처럼 번개같이 잠에서 빠져나온 것 같았다.

– 넌 누구니? 어젯밤에 내가 집에 돌아와 보니 네가 여기 누워있더구나. 널 깨우고 싶진 않았다. 여기는 내 집이지만 말이야. 나는 좋은 사람이거든.

– 여기에 주인이 따로 있는 줄 몰랐어요.

– 이 도시의 모든 집은 다 주인이 있고 그곳에는 저마다 사람들이 살고 있단다. 남자가 다시 말을 받았다. 사람은 너무 많은데 집은 부족하니까 말이다.

– 그럼 그만 가볼게요.

– 그런데 내 구두는 왜 그렇게 뚫어지게 보는 게냐?

– 발인 줄 알았거든요. 그런데 제 착각이었네요.

– 난 항상 신발을 신고 잔단다. 그렇지 않으면 누가 내 구

두를 훔쳐 갈 위험이 너무 커서 말이야. 내 구두를 훔쳐 가려면 그 도둑은 내 발도 잘라야 하니, 그러면 정말 큰 불행이 아니겠니?

그런 다음 남자는 넬리우에게 정장이 걸린 옷걸이가 그의 집게손가락과 줄로 연결되어있는 것을 보여줬다. 누군가 밤중에 그의 정장을 훔치려고 하면 그 줄이 움직여서 그가 잠에서 깰 것이다.

– 나를 세뇨르 카스티구라고 부르렴. 남자는 그렇게 말하며 일어서서 옷을 입었다. 넌 이름이 뭐니? 뭔가 할 줄 아는 게 있니? 아니면 너도 다른 많은 사람처럼 그렇게 나태하고 무지할 뿐이니?

– 저는 넬리우라고 합니다.

그렇게 대답하고 나서 넬리우는 자기가 뭘 할 수 있는지 생각해 보았다. 그리고 대답했다.

– 전 큰 가방을 머리에 이고 다닐 수 있어요.

세뇨르 카스티구가 재미있다는 표정으로 넬리우를 바라보았다.

– 훌륭한 직업이구나. 세상엔 아둔한 머리에 큰 가방을 이고 균형을 잘 잡을 줄 아는 사람들이 필요하단다. 혹시 거울을 떨어뜨리지 않고 잘 들고 있을 수 있겠니?

세뇨르 카스티구가 능숙한 솜씨로 넥타이를 매는 동안

넬리우는 거울을 들고 있었다.

넥타이를 다 맨 그가 만족스러운지 고개를 끄덕이더니 거울을 다시 제자리에다 놓고는 이불을 갰다. 그런 다음 넬리우에게 따라오라는 손짓을 했다. 경첩에 비스듬히 걸려있는 문을 통과하기 직전에 그가 걸음을 멈추고 넬리우를 물끄러미 보더니 말했다.

– 넌 너무 깨끗해.

남자가 갑자기 몸을 숙여 손으로 흙을 집더니 넬리우의 얼굴에 문질렀다. 넬리우가 거부하는 몸짓을 하자 세뇨르 카스티구가 넬리우의 팔을 세게 붙잡고는 계속 흙을 묻혔다.

– 넌 살고, 살아남고 싶은 게냐 아니냐? 보아하니 도시에 온 지 얼마 안 된 것 같은데. 나는 지금 너에게 살아남을 기회를 주려는 게다. 네가 내가 말하는 대로 한다면 말이다. 알겠니?

넬리우는 고개를 끄덕였다.

– 내 뒤에서 몇 발짝 떨어져 따라오거라. 우리 둘은 서로 모르는 사이인 거다. 내가 걸음을 멈추면 너도 멈추고, 내가 걸으면 너도 따라오면 된다. 우선 그것만 기억해라. 나머지 다른 것들은 나중에 알려주마.

두 사람은 시내로 들어갔다. 한 도로 모퉁이에서 세뇨르 카스티구는 걸음을 멈추고 양파를 샀다. 넬리우는 남자가 시킨 대로 몇 미터 뒤에 떨어져 서 있다가 다시 그림 구두를 신은 남자 뒤를 따라갔다. 둘은 큰 도로가 나올 때까지 가파른 언덕길을 내려갔다. 넬리우가 전날 지났던 도로였다. 둘은 백인들이 유리잔이나 도자기 잔에 담긴 음료를 마시며 앉아 있는 한 카페를 지나갔다. 카페를 지나자마자 세뇨르 카스티구가 갑자기 오줌 냄새가 진동하는 한 어두운 계단으로 넬리우를 끌고 들어갔다.

– 큰 가방을 머리에 이고 다니는 건 사람에게 잘 어울리는 그럴 듯한 일이야. 세뇨르 카스티구가 미소를 지으며 말했다. 하지만 지금은 네게 사람이 할 수 있는 모든 일의 기본, 한 인간이 가질 수 있는 가장 정직한 직업을 가르쳐 주마.

– 저도 정말 배우고 싶어요.

– 그건 바로 구걸이란다. 더럽고 불쌍하고 배고파 보여서 동정심을 자극하는 것. 우리의 이웃들이 적선을 할 수 있도록 도와주는 것. 바로 그거지. 자, 이제 너는 거리로 나가는 거야. 백인들이 지나가면 손을 내밀고 울면서 돈을 구걸하는 거다. 배가 고파 먹을 것이 필요하다고, 네가 책임져야 하는 동생들이 있다고 하는 거야. 아버지는 죽었고, 어머니도 죽었고, 세상에 의지할 사람이라곤 아무도 없다고. 알아들었지?

– 우리 어머니는 살아있어요. 넬리우가 항의했다. 아버지

도 살아계실 거예요.

그 순간 세뇨르 카스티구가 화를 터뜨렸다. 그의 두 눈에서 불꽃이 일었다.

– 넌 살고, 살아남고 싶은 거야 뭐야? 남자는 마구 소리를 지르며 두 손으로 갈고리발톱처럼 넬리우의 양팔을 잡고 흔들어댔다. 내가 네 부모가 죽었다면 죽은 거야. 지금, 네가 구걸하는 바로 이 순간.

– 난 이유도 없이 그냥 울 순 없어요.

세뇨르 카스티구가 가방에서 양파를 꺼내더니 이로 한 입 베어내고는 넬리우의 목덜미를 잡았다. 그러고는 양파를 넬리우의 눈에 문질렀다. 고통스럽게 따가운 넬리우의 눈에서 눈물이 흐를 때까지. 그런 다음 넬리우를 거리로 밀어냈다. 넬리우는 남자가 시킨 대로 했다. 지나가는 백인들에게 손을 내밀고 웅얼거리며 며칠째, 일주일째, 한 달째 아무것도 먹지 못했다고 설명해보려 애썼다. 한 여자가 갑자기 넬리우 앞에 걸음을 멈췄다. 피부가 장밋빛처럼 고운 뚱뚱한 여자였다.

– 넌 지금 거짓말을 하는구나. 한 달이나 아무것도 못 먹었다면 넌 벌써 죽었어야 해.

여자는 그렇게 말하더니 아무것도 주지 않고 가버렸다.

세뇨르 카스티구는 계속 넬리우의 뒤쪽에 서 있었다. 그러다가 누군가 걸음을 멈추고 넬리우에게 지폐를 한 장 건네기 위해 주머니들을 뒤지기 시작하면, 그는 마치 지나가는 사람처럼 다가왔다가 다시 잽싸게 뒤쪽으로 사라졌다.

넬리우는 나중에야 그 이유를 알았다. 뜨거운 햇빛 아래서 넬리우가 피로와 갈증으로 지쳐버린 한낮이 되어서야 세뇨르 카스티구는 이제 좀 쉬자고 말했다. 둘은 넬리우가 며칠 전 멀리서 보았던 항구 쪽으로 내려갔다. 어떤 집 앞에 이르자 세뇨르 카스티구가 벽에 난 입구를 가리고 있는 흰 플라스틱띠들로 이루어진 커튼을 옆으로 젖히고 안으로 들어갔다. 내부는 캄캄했다. 넬리우는 아직도 눈이 심하게 따가워 앞을 잘 볼 수 없었다. 이가 다 빠졌고, 더럽고, 발효된 와인 냄새를 풍기는 한 여자가 세뇨르 카스티구에게 맥주 한 병과 음식 접시를 들고 왔다. 카스티구는 넬리우를 위해 빵 한 조각과 물을 주문했다. 돈을 내기 위해서인지 카스티구가 가방에서 지갑을 하나 꺼내더니 씩 미소를 지었다.

– 파란 모자 쓴 남자 기억나니? 너한테 아무것도 적선하지 않으려 했던?

넬리우는 고개를 끄덕였다. 세뇨르 카스티구가 꺼내든 지갑을 보자 넬리우는 명확하지는 않지만 뭔가 어렴풋하게 짐작할 수 있었다. 세뇨르 카스티구는 식사를 하면서 취할 만큼 술을 많이 마셨다. 넬리우는 그와 함께 있는 것이 점점 불편해졌다. 뭘 해야 할지 모르지만 그렇다고 구걸을 하고 싶진 않았다. 구걸이 한 인간이 수행할 수 있는 가장 정직한 직업이라는 말에 동의할 수 없었다. 그 말이 맞는 거라면 고향마을에 살던 사람들이 왜 거지에게 경멸과 동정을 표했겠는가? 감정은 종종 구분하기가 어려운 법이다.

세뇨르 카스티구가 갑자기 가방에서 지갑을 하나 더 꺼냈다. 이어서 또 하나, 그리고 여자용인 듯한 빨간 지갑도. 어떻게 했는지는 정확히 모르지만, 넬리우는 그 남자가 소매치기라는 걸 깨달았다. 그래서 사람들이 넬리우에게 적선하기 위해 멈춰 섰을 때마다 그들에게 다가왔다가 다시 재빨리 물러났던 것이다. 넬리우는 세뇨르 카스티구에게서 도망치기로 곧바로 마음을 먹었다. 넬리우가 도시에서 살아남을 수 있는 또 다른 방법이 분명히 있을 것이다. 그런데 맞은편 의자에 앉아 있는 남자는 마치 넬리우의 머릿속을 훤히 들여다보고 있는 것만 같았다. 남자가 테이블 위로 몸을 굽히더니 한 손으로 넬리우의 턱을 잡고 술에 취한 눈으로 넬리우를 바라보며 말했다.

– 잊어버려라. 도망갈 수 있다는 상상은 하지 말고. 네가 뭘 하든 나는 널 찾아낼 테니까. 여기 도시에 있는 경찰은 모두 내 친구야. 그들에게 너를 찾아달라고 하면 다 도와줄 거거든. 그러니까 도망갈 생각은 꿈도 꾸지 마.

넬리우의 턱에서 손을 놓은 카스티구는 계속 맥주를 마시며 훔친 지갑들에서 돈을 꺼내 모았다. 이 없는 여자가 옆에 서서 그 모습을 지켜보았다. 여자가 가끔 지폐를 한두 장 슬쩍하려고 하면 세뇨르 카스티구는 경계를 늦추지 않고 매번 그녀의 손을 찰싹 때렸다. 마치 둘 간의 잔인한 게임 같았다. 넬리우는 가능한 한 그의 손이 닿지 않도록 의자를 뒤로 빼고 앉았다. 도둑과 경찰이 친구라는 말도 이상했다. 어쩌면 도시에서는 모든 것이 다른 곳과 정반대인 것 같다는 생각이 들었다. 그렇지만 세뇨르 카스티구가 그런 말로 자신에게 겁을 주려 했다는 건 분명히 알 수 있었다. 그로부터 도망치지 않으면 모든 것이 더 나빠질 것이다. 그가 계속 그렇게 넬리우의 눈에 양파를 문지른다면 넬리우는 머지않아 눈이 멀고 말 것이다.

테이블 맞은편에 앉은 세뇨르 카스티구가 잠이 들었을 때 기회가 왔다. 그는 머리를 뒤쪽 벽에 기댄 채 입을 벌리고 코를 골기 시작했다. 이 없는 여자는 탄 기름 냄새가 나는 다른 방으로 사라지고 없었다. 넬리우는 조심스럽게 자리에서 일어나 문 쪽으로 뒷걸음질했다. 소리가 나지 않게 조심하면서 플라스틱 커튼을 옆으로 젖혔다. 햇빛 한줄기가 세뇨르 카스티구의 얼굴을 살짝 스쳤지만 그의 잠을 깨우진 않았다. 넬리우는 밖으로 나오자마자 냅다 뛰었다. 금방이라도 세뇨르 카스티구의 손이 뒷덜미를 잡을 것 같았다. 아니면 복수하기 위해 저승에서 돌아온 가느다란 눈의 그 남자나 강도떼의 그 이 없는 남자에게 잡힐지도 모를 일이었다. 넬리우는 전력을 다해 달렸다. 한참을 달려 끊임없이 사람들이 모여드는 큰 시장 앞 인파 속에 들어온 후에야 넬리우는 달리기를 멈추고 숨을 돌렸다. 깨진 분수들 중 한 곳에서 목을 축이고 가짜 물고기의 입에서 뿜어져 나오는 물줄기를 받아 얼굴의 땀을 닦았다. 그러는 동안 내내 눈에 띄는 행동을 하지 않기 위해 조심했다. 세뇨르 카스티구가 분명 자신의 뒤를 쫓고 있으리라 생각하며 사방을 주시했다. 시장 주변에는 경찰관들도 많이 눈에 띄었다. 넬리우는 경찰들이 소지한 총이 강도들이 지니고 있었던 것과 같은 것임을 알아보았다. 경찰들과 강도들이 어떻게 똑같은 총을 사용하는 걸까? 경찰들이 그 소매치기 아저씨와 연결되어있는 것이 정말 사실일까? 경찰들이 분수대 쪽으로 다가오는 것 같아 넬리우는 얼른 도망쳤다. 넬리우의 옷 주머니에는 구걸해 얻은 지폐들이 들어있었다. 세어보니 야부 바타가 바지를 사라고 주었던 돈의 사 분의 일쯤이었다. 최소한으로만 먹는다면 이틀은 버틸 수 있을 것이다. 그렇게 이틀 동안은 거지처럼 살 것이다. 그다음에는 살아남기 위해 무엇을 해야 할지 결정해야만 한다.

넬리우는 바닷가를 따라 도시 외곽 쪽으로 난 긴 도로들 중 하나를 따라 걸었다. 비바람에 낡고 상한 벤치들과 야자나무가 길 양편에 늘어서 있었다. 바다에서 시원한 바람이 불어왔고, 야자나무가 그늘을 제공해 주었다. 바다로 곧장 연결된 계단이 눈에 들어왔다. 넬리우는 그 계단에 앉아 상처투성이 두 발을 물에 담갔다. 그곳에서 여유를 부리며 한참 동안 쉴 엄두는 나지 않았다. 그러다 세뇨르 카스티구의 눈에 띄기라도 하면 끝장이다. 그렇게 되면 바다로 뛰어드는 것 외에는 도망갈 방법이 없다.

그날 밤 넬리우는 도시 외곽의 한 도로에 버려진 채 서 있던 녹슨 자동차 안에서 잠을 청했다. 안에 아무도 없다는 걸 확인한 후에 넬리우는 뒷좌석만 남아있는 그 차 안으로 들어가 어떻게든 편안한 자세를 취해 보았다. 주위에서 쥐들이 바스락거리는 소리가 났다. 잠은 편안하지 않았다. 이런저런 꿈들이 집요한 손가락들처럼 그를 건드리며 귀찮게 했다. 꿈에서 아버지를 보았고, 고향마을은 불에 타기 전 모습 그대로였다. 직접 보이지는 않았으나 근처 어딘가에 어머니도 있는 것 같았다. 자주 그랬듯 구름 한 점 없이 맑은 날이었다. 그런데 뭔가 이상했다. 차가운 돌풍 같은 느낌이 있었다. 처음에는 그게 뭔지 몰랐다. 그러다 태양이 없다는 사실을 깨달았다. 넬리우는 고개를 들어 하늘을 보았다. 빛은 매우 강했으나 빛의 원천이 없었다. 마치 누군가 태양을 하늘에서 도려낸 것 같았다. 그럼 빛은 어디에서 온 걸까? 그 순간 넬리우는 그때가 사실은 밤이라는 걸 깨달았다. 강도들이 나타나서 갑자기 자신을 에워쌌고, 넬리우는 도망치려 안간힘을 썼다.

돌출된 쇠 모서리에 무릎을 부딪는 바람에 잠에서 깼다. 차 앞에 떠돌이 개 한 마리가 서서 넬리우를 보고 있었다. 멀리서 누군가의 웃는 소리가 들렸고, 라디오 소리도 들렸다. 한밤중인 것 같았다. 넬리우는 꿈 때문에 슬퍼졌다. 가장 견디기 힘든 건 외로움이라는 생각을 했다. 먹을 것은 살아남기 위해 어떻게든 구할 수 있을 것이다. 하지만 외로움은 어떻게 달래야 할까? 질문에 대한 답은 찾지 못한 채 넬리우는 새벽이 되자마자 자동차를 나섰다.

바로 같은 날 넬리우는 앞으로 그 도시에서 사는 동안 자신의 집이 되어줄 동상을 발견했다. 언제 나타날지 모르는 세뇨르 카스티구의 위협적인 그림자를 피해 정처 없이 걸으며 자신의 외로움을 달래줄 뭔가를 찾아다니다가, 넬리우는 시내의 한 구역에 다다랐다. 처음 와 보는 곳이었다. 높은 건물들 사이에 자그마한 광장이 있었다. 원형에 가까운 장터 광장이었다. 광장 중앙에는 키 큰 기사 동상이 하나 서 있었다. 넬리우는 그때까지 동상도, 말도 본 적이 없었다. 그래서 처음에는 당나귀인 줄 알았다. 용기를 내서 동상 아래 그늘에 앉아 있던 나이 많은 남자들 중 한 명에게 저렇게 큰 당나귀가 정말 있느냐고 묻자, 모두 넬리우를 비웃었다.

– 그런 걸 물어보는 놈이 바로 제일 크고 멍청한 당나귀지!

노인들은 자신들의 못된 대답이 나름 재치있다고 느꼈는지 만족스러운 듯 끼룩거리며 웃어댔다. 넬리우는 자신의 질문이 경솔했음을 깨달았다. 나이든 남자들은 젊은 사람들이 멍청한 짓이나 말을 하면 아주 즐거워한다는 걸 넬리우도 경험으로 알고 있었다. 지팡이를 짚고 그르렁거리는 기침을 해대는 한 노인이 동상의 동물은 당나귀가 아니라 아랍종 카발루(cavalo, 말)라고, 그리고 말 위에 앉아 있는 남자는 악명 높은 지사 동 조아킹의 조상 중 하나인 유명한 군사령관이라고 설명해주었다. 더불어 알게 된 사실은 이제는 지나가버린 식민지 시절을 달갑지 않은 방식으로 떠올리게 하는 동상들을 철거하고 제거하려는 젊은 혁명가들의 정치 활동이 완전히 성공하지는 못했다는 것이다. 노인은 생각이 많은 얼굴로 말했다.

– 동상들을 근절할 수는 없거든. 철거해서 녹여버릴 순 있지만, 벌레를 밟아버리듯 완전히 근절할 순 없는 법이야.

넬리우는 자기가 보고 있는 그 동상이 사람들이 철거하는 걸 잊어버린 동상이라는 걸 알게 되었다. 나중에서야 그 책임이 누구에게 있는지 큰 다툼이 일었고, 그로 인한 논란이 지금도 여전히 남아있다고도 했다. 어쨌거나 그래서 사람들은 동상을 계속 세워두었다. 넬리우는 동상을 한 바퀴 돌고 또 한 번 돌았다. 말 위에 앉은 남자는 머리에 투구를 쓰고 칼을 뽑아 들고 있었는데, 그 칼은 광장 반대편에 있는 인도 상인의 옷감 가게를 가리키고 있었다. 넬리우는 노인들과 적당히 거리를 두고 동상 기단 앞에 자리를 잡고 앉으면서 앞으로 여기, 잊힌 동상에 머물러야겠다고 생각했다. 도시의 다른 곳들과 달리 사람들이 바삐 뛰지 않고 천천히 품위 있게 걸어 다니며, 차들이 적고 광장을 둘러싼 높은 건물들이 도시의 소음을 막아주는 이 작은 광장, 넬리우는 이곳에 머물고 싶었다. 도시를 향한 긴 여정에서 잠자리가 되어주었던 바닷가 모래언덕 뒤에서 느꼈던 고요와 안정감이 느껴지는 곳이었다. 그의 고향마을 근처에 있는 검은 나무숲속의 빈터 같기도 했다. 넬리우는 오후 내내 동상 발밑에 앉아서 그림자가 움직이면 노인들과 함께 그늘을 따라 자리를 옮기며 광장에서 일어나는 일들을 관찰했다. 인도 상인들과 머리부터 어깨까지 차도르로 가린 채 꼼짝 않고 어두운 가게 입구에 서서 손님을 기다리는 그들의 아내들이 보였다. 키 큰 아카시아 그늘에는 여자들이 돗자리를 깔고 앉아 과일과 채소와 카사바 뿌리를 작은 피라미드처럼 쌓아 놓고 팔고 있었다. 여자들 주위에는 그녀의 아이들이 웅크리고 앉아 있었다. 더위 속에서 그들 중 한 여자가 잠이라도 들면 곧장 나머지 여자들 중 한 명이 잠든 여자의 아이를 돌봤다. 여자들은 종종 아무 말 없이 가만히 앉아 있었고, 때로는 노래를 불렀고, 이따금 목소리를 높이며 싸우기도 했지만 싸움은 일어날 때만큼이나 갑자기 끝났다. 넬리우는 여자들이 하는 말을 다 알아듣지는 못했다. 그녀들의 언어는 넬리우의 말과는 아주 달랐다. 하지만 그 싸움을 지켜본 나이든 남자들의 험담에 의하면, 여자들은 원래 별로 중요하지도 않은 사소한 일로 다툰다는 것이었다. 여자들 흉을 보던 나이든 남자들은 이어서 인생에서 가치 있는 일이란 게 도대체 뭔지에 대해 말다툼을 하기 시작했다.

광장 건너편에 작은 성당이 있었는데, 검은 옷을 입은 신부가 일정한 시간 간격으로 문을 열고 밖을 내다보았다. 위로가 필요한 불안한 영혼들의 예상치 못한 방문을 기다리기라도 하는 모습이었다. 하지만 성당을 찾는 사람은 없었고, 문을 닫고 들어간 신부는 잠시 후 다시 문을 열고 밖을 내다보았다. 신부는 백인이었다. 수염은 많은데 머리에 머리카락 한 올 없는 민머리였다.

장터 광장의 나머지 건물들에는 많은 사람이 살고 있었다. 건물 곳곳에 빨래가 걸려있고, 보도에서는 아이들이 빽빽대며 놀고 있었다. 아이들이 너무 떠들면 나이든 남자들이 주먹을 들어 보이며 위협했으나 아이들은 별로 신경 쓰지 않았다. 넬리우는 여러 번 그 아이들에게 달려가 같이 놀고 싶은 뜨거운 열망을 느꼈다. 그러나 넬리우는 자신에게 그런 시절은 이미 지나가 버렸다는 것을 알고 있었다. 넬리우는 자신의 유년기와 자신의 나이를 이곳 도로들이 자신을 삼키기 전 마지막 밤을 보낸 해변에 보이지 않는 껍질처럼 벗어두고 왔다. 넬리우가 나이든 남자들과 함께 기사 동상 그늘에 앉아 있는 것 자체가 강도들이 마을을 불태워버린 그 밤에 일어난 큰 변화를 보여주는 표시였다. 이 광장에서 넬리우는 처음으로 자신을 채우고 있던 불안을 다스릴 수 있겠다는 생각이 들었다. 마치 도시 가운데에서 마을 하나를 찾은 것 같았다.

같은 날 저녁 넬리우는 집도 구했다. 나이든 남자들은 차례로 일어나서 저마다의 은신처로 가기 위해 어둠 속으로 사라졌다. 해는 떨어졌고, 인도 상인들은 오지 않은 마지막 손님들도 집에 가고 없다는 사실을 슬프지만 어쩔 수 없이 인정하고, 가게 문을 잠근 후 무거운 철창문도 닫았다. 그들의 자리를 이제 흑인 야간경비들이 대신했다. 길고 해진 코트를 입고 담요와 기름진 닭다리가 들어있는 봉투를 들고 나타난 그들은 가게 앞에 짐을 푼 후 불을 피우고 차를 끓였다. 인도 상인들이 자동차를 몰고 사라진 다음에야 그들은 음식을 먹기 시작했고, 그런 다음 잠을 자기 위해 자리에 누웠다. 엄마들은 놀던 아이들을 불러들였고, 빨랫줄에 걸려있던 빨래도 걷었다. 카레와 피리피리(주로 아프리카에서 재배하는 작고 매운 고추) 향이 인도양에서 불어오는 바람과 섞였다. 넬리우만 기사 동상 아래 혼자 남았다. 넬리우의 저녁식사는 낡은 기름통에 숯불을 피워 음식을 만들던 한 남자에게서 산 닭고기 한 조각이었다. 넬리우는 세뇨르 카스티구에게서 도망친 후 찾게 된 이 자리를 떠나고 싶지 않았다. 넬리우는 세상의 비밀은 도망을 쳐 본 사람만이 발견할 수 있다는, 그렇지 않은 사람은 그 비밀들을 영영 찾을 수 없다는 생각을 했다.

어스름 속에서 갑자기 동상의 말 배 부분에, 들어 올린 앞발 바로 옆에 해치의 뚜껑 같은 것이 보였다. 녹슨 손잡이를 잡아당기자 뚜껑이 열렸고, 넬리우는 말에게 내장이 없다는 걸, 동상 내부에 텅 빈 공간이 있다는 걸 알게 됐다. 넬리우는 말 속으로 들어갔다. 말의 콧구멍과 투구를 쓴 검투사의 눈구멍을 통해 별빛처럼 약한 빛줄기가 동상 안으로 들어왔다. 넬리우는 자신이 앞으로 살게 될 집을 찾았다는 걸 곧바로 깨달았다. 동상 내부는 그 안에서 넬리우가 똑바로 일어설 수 있을 만큼 높았다. 넬리우는 새집을 갖게 되어 말할 수 없이 기뻤다. 칼을 빼 들고 있는 남자가 항상 넬리우의 머리 위에서 그를 지켜줄 것이다. 말의 내부 공간에서 그의 꿈들은 안전한 여행을 할 것이다. 이곳에서 넬리우는 어른이 되고, 아내를 얻고, 아이들이 자라는 모습을 보게 될 것이다. 그날 밤 넬리우는 많은 상상을 했다. 불안은 서서히 줄어들었다. 마침내 잠이 들었을 때 넬리우의 머리는 말의 왼쪽 뒷다리 위에 놓여 있었고, 말의 구부린 무릎은 넬리우의 목덜미를 받치는 베개가 되었다.

동이 틀 무렵 어떤 남자가 동상 앞에서 미친 듯 웃는 바람에 넬리우는 잠에서 깼다. 말의 배에 난 입구로 나와 보니 검은 옷을 입은 신부가 작은 성당 문 앞에서 정신없이 왔다 갔다 하고 있었다. 두 팔을 공중에 대고 흔들면서 마치 혼자가 아니라 보이지 않는 어떤 사람이 곁에 있기라도 한 것처럼 중얼거리며 말을 하고 있었다. 신부는 누군가를 야단치고, 성난 몸짓을 하고, 가끔 미친 듯 웃음을 터뜨렸다. 넬리우는 신부가 밤중에 성당 앞에 모여든 축복 받지 못한 악한 혼령들을 꾸짖고 있는 것이라고 생각했다. 나중에 동상 기단의 그늘에 다시 자리를 잡고 앉은 나이든 남자들의 말을 듣고서야 넬리우는 그 늙은 신부 마누엘 올리베이라가 오래 전에 미쳤다는 걸 알았다. 젊은 혁명가들이 권력을 잡고 도시에 입성했을 때 신부는 곧바로 정신착란을 일으켰는데, 원인이 두려움이었는지 분노였는지는 알려지지 않았다. 설교단에 서서 어찌나 심하게 젊은 혁명가들을 저주하는 설교를 했던지 성당을 다니던 교구 신도들 중 누구도 감히 미사에 참석할 엄두를 내지 못했다. 젊은 혁명가들은 권력을 잡자마자 보안경찰을 설치하고 그 조직에게 현 체제와 생각이 다른 사람들, 특히 식민지 시절이 더 살기 좋았다고 생각하는 사람들을 감시하고 체포할 수 있는 광범위한 권한을 부여했는데, 신도들은 보안경찰에 잡혀갈까 두려워 더이상 미사에 오지 않았다.

마누엘 올리베이라는 성당의 신도석이 텅 비어있어도 같은 내용의 설교를 계속했다. 가끔 보안경찰의 일원이 매번 정해진 시간보다 길어지는 그의 미사에 참석하곤 했는데, 그러면 마누엘 신부는 신도석에 앉아 있는 사람이 있다는 사실에 고무되어서 젊은 혁명가들에 대한 공격의 강도를 더욱 높였다. 젊은 혁명가 정부는 처음에는 늙고 미친 신부를 관대하게 대했다. 사람들을 성당에 가지 못하게 함으로써 신부가 빈 성당에서 설교하게 만드는 것으로 만족했다. 그러나 신부가 성당 내부를 벗어나 성당 문 앞에 나무상자를 놓고 올라서서 지나가는 사람들을 대상으로 설교를 하기 시작하자, 정부의 인내심도 바닥을 드러냈다. 공권력은 마누엘 올리베이라를 멀리 북쪽 지역에 있는 반체제자 재교육 수용소로 보냈다. 그곳에서 신부는 새로운 체제에 대한 허황된 비방을 그만두지 않는다면 성당 앞 계단에서 총살될 수 있다는 이야기도 들었다. 결국 신부는 성당으로 다시 돌아왔다. 사람들은 신부가 언젠가는 체제 비방에 싫증을 낼 것이라고 생각했고, 결국 그렇게 되었다. 신부는 이제 성당에서 침묵으로 시간을 보내면서 왜 성당을 찾는 신도가 없는지, 대체 무슨 일이 있었던 건지 그의 신이 그에게 설명해주기만을 하염없이, 소용없이 기다리고 있다. 다만, 이른 아침 시간에는 아직 어렴풋이 남아있는 예전 광기가 다시 나타났다. 야간경비들에게는 그것이 인도 상인들이 오기 전 그들의 잠을 깨워주는 꽤 정확한 신호였다. 가게 주인들이 오면 그들은 아무 일도 없었다고, 자기들이 밤새 자지 않고 확실하게 가게를 지켰다고 주장할 것이다. 신부가 텅 빈 성당의 고요 속으로 다시 돌아갈 때쯤 야간경비들은 그들의 담요를 챙겨서 서둘러 그들의 주간 일터로 향했다. 넬리우는 나이든 남자들에게 이 모든 이야기를 들었다. 그들 중 누구도 그들을 태양으로부터 보호해주는 동상에 숨겨진 공간이 있다는 사실을 알지 못했다. 넬리우는 성당 옆 건물에 사는 여자들 중 한 명이 음식이 담긴 그릇을 성당 문 앞에 놓아두는 걸 보며, 이곳이 강도들이 불태워버린 그의 고향마을 같다고 생각했다.

그때부터 넬리우는 두 눈을 크게 뜨고 모든 걸 관찰하면서 도시에서 살아남는 법을 배워갔다. 한 번은 우연히 세뇨르 카스티구를 다시 봤는데, 그는 심하게 취해 있었고 그가 입은 정장은 찢어지고 더러운 얼룩으로 가득했다. 넬리우는 이미 더이상 그가 두렵지 않았다.

넬리우는 거리에서 사는 집 없는 또래 아이들을 관찰하는 데 많은 시간을 할애했다. 멀리 떨어진 곳에서 세차하고, 구걸하고, 뭔가를 팔고, 기회가 있을 때마다 뭔가를 훔치는, 살아남기 위한 그들의 노력을 지켜보았다. 나이 많은 아이들이 더 어린 아이들을 어떻게 마음대로 다루는지도 봤고, 그리고 자기도 그들과 같은 처지라는 생각을 했다. 처음에 도시 이곳저곳을 돌아다녔을 때 도로에 쓰레기나 구멍들이 없고 아주 조용한 지역에 간 적이 있었다. 균열 없이 깨끗하고 크고 하얀 집들이 높은 철제울타리 뒤에 숨은 넓은 정원 안에 자리 잡고 있었다. 그곳에도 넬리우와 같은 또래의 아이들이 있었다. 하지만 넬리우는 얼마 안 있어 그 아이들이 자신을 전혀 인식하지 않는다는 걸, 자신이 투명인간이기라도 하듯 그들의 시선이 자신을 꿰뚫고 지나간다는 걸 알게 되었다. 그가 속해 있다고 생각하는, 그처럼 살아남기 위해 스스로 살아가는 아이들과는 다른 아이들이었다.

더불어, 어떤 아이든 갑자기 거리에 나타나서 자리를 잡으려고 해도 이미 그곳에서 자신들의 구역을 지키며 사는 아이들에게 받아들여지지 않으면 삶이 참 힘들어진다는 것도 깨달았다. 그렇게 새로 나타난 많은 아이들이 쫓겨나고, 매 맞고, 물러났다가도 결국 갈 곳이 없어 다시 돌아오곤 했다. 그들 중 일부는 언젠가는 완전히 사라져 보이지 않게 되지만, 그들의 행방을 묻는 사람은 아무도 없었다. 넬리우는 말의 배 속에서 잠이 들지 못한 채 머리를 말의 왼쪽 뒷다리에 기대고 생각에 잠겼다. 혹시 흔적 없이 사라진 거리의 아이들을 위한 특별한 하늘나라가 있을까? 거리의 아이들만 사는 세상, 그래서 그 아이들이 그들 멋대로의 인생, 춤추는 인생, 배를 곯더라도 웃음 가득한 인생을 지속할 수 있는 세상이.

넬리우는 문장을 다 끝내지도 못한 채 입을 다물었다. 아침이 다가오는지 동쪽 하늘에 벌써 일출을 알리는 붉은색을 띤 노란빛이 연하게 비치고 있었다. 넬리우의 얼굴이 아주 피곤해 보였다. 잠시 후, 잠이 들었으려니 생각하고 있는데 넬리우가 갑자기 다시 말하기 시작했다.

– 기회는 생각지도 않게 갑자기 찾아왔어요. 어느 날 거리의 아이들 한 무리에 들어갈 기회가 생겼어요. 형도 알 거예요. 항상 이 거리에 있는 그 무리 말이에요. 어느 날 모든 것을 바꿔버릴 사건이 일어났어요. 내가 거기에 있었던 건 순전히 우연이었어요. 하지만 인생이란 게 원래 우연한 순간들로 이루어진 긴 사슬 아니던가요?

기다렸지만 이야기는 더이상 이어지지 않았다. 넬리우는 눈을 감았고, 금세 잠이 들었다. 넬리우는 간헐적으로 숨을 내뱉었다. 그 아이의 가슴에 감긴 붕대를 풀면 드러날 상태가 벌써 두려웠다. 하지만 아직은 삶이 그 아이를 꼭 붙잡고 있다는 걸 나는 알고 있었다. 넬리우가 극장과 빵가게 앞 도로에 살면서 살아남기 위한 재주를 부리던 그 아이들 무리의 일원이 된 다음 무슨 일이 있었는지 내가 모르게 그냥 두지는 않을 것이다.

속편이 있으리란 걸 나는 확신했다.

일어나서 지붕 가장자리로 가 도시를 바라보았다. 피로가 몰려왔다.

같은 날 늦게 무울레느 부인에게 다녀온 후 나는 기사 동상이 있는 광장에 갔다. 넬리우가 했던 이야기 그대로 동상 그늘에 나이든 남자들이 앉아 있었다. 말의 다리가 있는 곳에 앉아서 넬리우의 공간으로 들어가는 입구 뚜껑을 바라보았다. 아주 잠시 그 뚜껑을 열고 안에 들어가 보고 싶은 유혹에 흔들렸다. 하지만 그러지 않았다. 그랬다면 넬리우를 모욕하는 게 될 터였다. 얼른 그 자리를 떴다. 먹을 것을 사기 위해 빵 판매 담당 아가씨들 중 한 명에게 돈을 빌렸다. 마담 이즈메랄다에게 빈약한 내 월급을 받으려면 아직 열흘이나 있어야 했다. 그것도 그녀에게 현찰이 있을 때만 가능한 일이라, 월급날이 꼭 지켜지는 경우는 많지 않았다.

날이 매우 더웠다. 수평선 위로 시커먼 비구름이 몰려오고 있었다. 넬리우가 깊은 잠에 빠진 채 누워있는 지붕으로 서둘러 돌아가서, 빈 밀가루 포대로 미리 만들어 놓았던 비가림막을 설치했다.

설치가 끝나자마자 비가 내리기 시작했다.

넬리우는 아무것도 모른 채 잠을 잤다.

다섯째 날 밤

비가 물러가자 신선하고 맑은 밤이 도시 위에 내려앉았다. 세차게 내린 비로 지붕이 아직 젖어 있었기 때문에 나는 날짜 지난 신문지들을 깔고 굴뚝 옆에서 몇 시간 동안 잠을 청했다. 시계 바늘이 자정을 향해 가고 있을 때쯤, 나는 반죽 담당의 칠칠치 못한 작업을 감독하기 위해 막 뜨거운 제빵실로 향하는 나선형 계단을 내려가려던 참이었다. 넬리우가 갑자기 고요를 깨고 화장실에 가고 싶다고 말했다. 넬리우가 매트리스 위에서 보낸 며칠 밤낮 동안 거의 먹은 것이 없었기에 나는 그 생각을 하지도 못했고, 그래서 아무런 준비도 해놓지 않았었다. 재빨리 계단을 내려가 뒷마당으로 갔다. 그곳에는 빵 판매 담당 아가씨 한 명이 주간 근무조의 제빵사 한 명과 함께 있었다. 둘이 뭘 하는 중이었는지는 모르겠지만, 나도 모르게 내 얼굴이 달아오르는 걸 느꼈다. 나는 쓰레기를 밖으로 운반할 때 쓰는 양동이들 가운데 하나를 얼른 집어 들고 다시 지붕으로 올라갔다. 뒤에서 나의 출현으로 짜증이 난 제빵사가 불평을 터트리는 소리와 판매담당 아가씨의 당황한 듯 킥킥거리는 웃음소리가 들려왔다. 나는 신문지를 찢어서 양동이 옆에 펼쳐 놓고 넬리우를 일으켜 세운 다음 그가 혼자 있을 수 있게 자리를 비켜주었다. 돌아와 보니 넬리우는 다시 매트리스에 누워있었고, 많이 힘들었는지 땀을 잔뜩 흘린 모습이었다. 나는 넬리우가 좀 더 편하게 일을 보게 해주지 못한 것이 미안했다.

– 일하러 가야죠. 넬리우가 말했다.

– 금방 올게. 반죽 담당이 마담 이즈메랄다가 원하는 빵을 만들려면 밀가루와 소금을 얼마나 넣어야 하는지 잘 몰라서 말이야.

양동이를 들고 지붕을 내려갔다. 야간작업을 위한 모든 일을 준비하는 데 두 시간이 걸렸다. 작업을 시작하려는데 반죽 담당의 눈빛이 흐릿했다. 그가 소루마를 피웠다는 걸, 그래서 정신이 먼 곳에 가 있다는 걸 안 나는 참을 수가 없었다. 자제력을 잃은 나는 그의 얼굴 한가운데로 주먹을 날렸다. 그리고 그의 얼굴에 대고 소리를 질렀다. 이제 더이상은 못 참겠다고, 네놈이 얼마나 불성실한지 마담 이즈메랄다에게 보고하면, 아마 그 자리에서 네놈 모가지를 잘라버릴 거라고. 그다음엔 모든 게 더 느려졌다. 반죽 담당은 제대로 서 있지도 못했고, 그런 그를 혼자 창고에 보낼 수 없어서 결국 내가 직접 무거운 밀가루 포대들을 운반해야 했다. 게다가 그날 밤에는 오븐에 사용하는 땔나무가 또 말썽이었다. 첫 번째 빵 팬을 넣기 위해 오븐 온도를 올리는 데 다른 때보다 시간이 한참 더 걸렸다. 최대한 바삐 서둘러서 반죽을 밀고 빵을 구웠다. 마침내 반죽 담당을 집으로 보내고 지붕으로 돌아갔을 때는 이미 한밤중이었다. 넬리우는 깨어 있었다. 기쁘게도 넬리우는 내가 매트리스 옆에 놓아두었던 과일과 버터를 듬뿍 바른 빵을 다 먹은 상태였다. 게다가 그날 일찍 내가 빨아놓았던 셔츠까지 입고 있었다. 어쩌면 기적이 일어난 것이 아닐까 싶었다. 용변을 봤다는 건 위가 생각보다 심하게 상하지 않았다는 의미였다. 음식을 먹었다는 건 생명이 되살아나고 있다는 신호였다. 어쩌면 무울레느 부인의 약초가 정말로 상처를 낫게 했을 수도 있다.

그러나 붕대를 바꾸려고 풀자마자 나는 가슴이 다시 내려앉았다. 상처는 더 까매졌고, 곪아서 나쁜 냄새가 났다. 나는 넬리우에게 그의 몸 상태를 알려야 한다고, 빨리 병원에 가서 그의 몸을 해치고 있는 총알들을 빼내지 않으면 죽을 것임을 말해야 한다고 느꼈다. 하지만 넬리우는 미소 띤 얼굴로 고개를 저으며 말했다.

– 때가 되면 말할게요.

나는 넬리우가 아프지 않게 조심하면서 할 수 있는 한 아주 꼼꼼하게 상처를 깨끗이 닦아냈다. 그 아이가 아픈 걸 티 내지 않으려고 무척 애쓰고 있다는 걸 느낄 수 있었다. 깨끗한 헝겊으로 다시 상처를 싸맨 다음 넬리우에게 물을 마시게 했다. 그런 다음 넬리우는 다시 매트리스에 누웠다. 석유 램프의 불빛 속에서 지난 나흘 동안 말할 수 없이 초췌해진 그의 안색이 선명히 드러났다. 검은 피부가 당겨져 보일 정도로 광대뼈가 도드라졌고, 두 눈이 푹 꺼졌고, 입술도 터졌으며, 곱슬머리까지 조금씩 빠지기 시작했다. 매일 밤 살아온 이야기를 하는 대신 안정을 취하는 게 넬리우에게 더 도움이 되겠다는 생각을 했다. 그러면서도 궁금증이 이는 것을 부인할 수 없었다. 넬리우의 이야기를 낱말 하나하나까지 자세히 듣고 싶었다. 그의 이야기가 어딘가 내 이야기인 것 같기도 했기 때문이다. 나는 참고 기다려야 한다는 걸 알고 있었다. 그나마 이야기를 쉬는 동안의 고요와 휴식이 그 아이에게 조금이라도 도움이 될 것이기 때문이다.

그러나 넬리우가 내게 매트리스 위에 앉으라고 하며 이야기를 다시 이어가기 시작했을 때, 나는 그에게 몸을 아껴야 하니 이야기를 멈추라고 차마 말하지 못했다. 이전 밤들처럼 넬리우는 도시에서의 그의 삶에 관한 이야기를 이어갔다. 동트기 바로 전에 빗방울이 조금 떨어졌다. 그러나 그것뿐이었다. 그 외에는 내내 모든 것을 덮어버리는 듯한 고요만이 있을 뿐이었다. 가끔 어둠 속 어디에선가 돌아다니는 개들이 짖는 소리가 고요를 깨뜨리기는 했다.

넬리우는 우연이란 것에 어떤 힘이 있는지 종종 궁금했다. '만약 …했다면'과 '만약 …하지 않았다면'이란 말은 다른 모든 말들보다 중요하다. 누구도 이 말들을 무시할 수 없고, 이 말들이 우리 인생의 한 축을 담당하는 예측 불가능함에 대한 상징으로 늘 우리 곁에 존재한다는 사실을 그 누구도 부인할 수 없다. 넬리우는 정처 없이 도시 이곳저곳을 걸어 다닐 때 강렬한 경험들을 했었는데, 그 어느 날 아침 극장과 빵가게로부터 아주 가까운 곳에서 집 없는 아이 한 명을 곤봉으로 마구 때리는 광포한 경찰관 무리를 발견했다. 넬리우가 전부터 봐왔던 아이였다. 집 없는 아이들 한 무리의 우두머리로, 이름이 코즈무스(Cosmos, 포르투갈어로 우주라는 뜻)였다. 아이들 무리를 이끌고 담당구역을 감시하는 우두머리들 대부분처럼 그 아이도 다른 아이들보다 나이가 몇 살 많았다. 열셋이나 열넷 정도일 것이다. 코즈무스가 넬리우의 눈에 띈 이유는 그 애가 자기보다 어린 아이를 때리는 경우가 아주 드물고, 어린 아이들에게 소리를 지르거나 불필요한 일을 시키지도 않았기 때문이다.

그 소년이 경찰들에게 속수무책으로 맞고 있는 모습을 본 넬리우는 무슨 일인지는 몰라도 당연히 그 아이를 도와야 한다고 생각했다. 넬리우는 뭘 해야 할지 얼른 머리를 굴렸다. 다시 한 번 우연이 그를 도왔다. 넬리우가 서 있는 곳은 교통량이 많아서 신호등이 설치되어 있는 한 도로의 모퉁이였다. 몇 주 전 넬리우는 그 신호등을 수리하는 모습을 지켜본 적이 있었다. 위아래가 붙은 작업복을 입은 남자 둘이 신호등 옆에 있는 녹슨 양철상자를 열고 여러 스위치를 켰다 껐다 하며 신호를 조절했다. 양철상자 자물쇠는 이미 그때도 고장 나 있었다. 물론 아는 사람 눈에만 보일 뿐이었다. 넬리우는 오래 생각할 것도 없이 거리의 아이들 모두가 피곤할 때면 아무렇게나 도로 위에 앉거나 누워서 잠을 청하듯 양철상자 옆에 무릎을 꿇고 앉았다. 그런 다음 자는 척하면서 조심스럽게 양철상자의 문을 조금 열고 가느다란 팔을 안으로 집어넣어 더듬더듬 스위치들을 찾아 이것저것을 눌러댔다. 곧바로 교통 혼란이 일어났다. 빨간불과 녹색불이 결투라도 하듯 이쪽저쪽에서 깜박거리며 들어왔고, 넓은 교차로 가운데에선 자동차들이 서로 풀리지 않는 실타래처럼 뒤얽혀버렸다. 모두가 경적을 울려댔고, 늘어선 자동차들의 줄이 금세 아주 길어졌고, 무슨 일이 일어난 건지 알 수 없는 운전자들이 차에서 내려 근처에 있는 사람 아무나를 붙들고 화를 냈다. 교차로에서 벌어진 엄청난 혼란을 본 경찰관들이 코즈무스를 풀어주고 혼란 속으로 뛰어들었다. 그러는 사이 넬리우는 양철상자 곁을 떠났고, 신호등은 다시 정상으로 작동하기 시작했기에, 조금 전에 대체 무슨 일이 있었던 건지 설명할 수 있는 사람은 아무도 없었다. 넬리우는 잔뜩 부은 얼굴로 분을 삭이지 못해 눈에 눈물이 그렁그렁한 채 보도 가장자리에 앉아 있던 코즈무스 옆에 가 앉았다. 그러고는 자기가 한 일을 코즈무스에게 이야기했다. 넬리우는 코즈무스가 자기 말을 믿어 주리라는 것을 전혀 의심하지 않았고, 넬리우의 생각은 틀리지 않았다. 코즈무스가 이야기를 다 들은 후 웃기 시작했다. 그러더니 흩어졌던 무리의 다른 아이들이 자기 주변으로 다시 모이자 조금 전에 있었던 일을 이야기했다.

– 너는 어느 편이야? 코즈무스가 넬리우에게 물었다.

– 나는 아무 편도 아니야.

– 넌 이제 우리 편이야.

그때부터 넬리우는 큰 외로움을 떨쳐버릴 수 있었다. 넬리우에게 새로운 삶이 시작됐다. 코즈무스(우주), 트리스테자(슬픔), 만디오카(뿌리채소), 페카두(죄), 나시멘투(근원) 그리고 알프레두 봄바(펌프)와 함께하는 삶이었다. 넬리우는 그들과 거의 모든 것을 나누었다. 나누지 않은 유일한 것은 넬리우의 동상이었다. 코즈무스는 넬리우가 왜 다른 아이들처럼 법무부 건물 계단에서 종이상자 안에 들어가 자지 않는지 궁금해하며 물었다. 넬리우는 자기에게 매일 밤 다른 곳에서 잠을 자야 하는 병이 있다고 대답했다. 넬리우가 얼마나 설득력 있게 얘기했던지, 코즈무스는 그 말을 바로 믿었다. 그러면서 돈을 모으자는 제안을 했다. 넬리우의 이상한 병을 고칠 수 있는 사람은 쿠란데이루밖에 없고, 그러자면 많은 돈이 필요하기 때문이라고 했다. 넬리우는 망설임 없이 그러면 정말 좋겠다고 대답했다. 어차피 그만한 돈은 절대 모을 수 없으리라는 걸 알았기 때문이다.

넬리우는 다른 아이를 밀어낼 필요 없이 자연스럽게 무리에서 자리를 잡았다. 무리의 일원 모두는 각자 정해진 위치가 있고, 아래로 내려가거나 위로 올라갈 수 있는데, 오로지 코즈무스만이 그 서열을 정할 수 있었다. 기분에 따라 결정하기도 했고, 현명하고 확실한 판단하에 바꿀 때도 있었다. 하지만 넬리우는 처음부터 무리 안에서 자기만의 위치를 따로 가지고 있었다. 처음에는 코즈무스가 그랬고, 다음에는 다른 아이들도, 심지어 지능이 좀 떨어지는 트리스테자까지도 넬리우는 다른 어떤 누구와도 다르다는 것을 깨달았다. 넬리우는 아주 다른 부류의 사람이었다. 다른 아이들과 똑같이 행동하고 그들의 언어와 습관을 빠르게 습득했지만, 그래도 넬리우는 낯선 사람이었다. 그것도 그냥 낯설고 다른 게 아니라 무리의 아이들이 넬리우가 왜 다른지 물어볼 생각조차 하지 못할 방식의 낯섦과 다름이었다.

어느 날 밤 코즈무스는 꿈을 꾸었는데 한참 후에야 다른 아이들에게는 말하지 않고 넬리우에게만 그 꿈 이야기를 했다. 그의 꿈에서 넬리우는 과일이나 생선처럼 햇볕에 말린 사람이었는데, 다른 어떤 것보다도 맛이 좋았고 누구라도 충분히 허기를 달랠 수 있을 만큼의 양이었다. 코즈무스는 넬리우에게 이 꿈이 무슨 뜻인지 설명해 줄 수 있는지 물었다. 단둘이만 있게 되었을 때 질문을 했는데, 한 무리의 우두머리로서 누군가에게 뭔가를 물어본다는 것이 좋지 않기 때문이었다. 그는 모든 것에 대해 답을 알고 있는 사람이어야 했다. 그런데 넬리우는 그 꿈이 오로지 코즈무스만이 해석할 수 있는 신의 계시임이 분명하다고 말했다. 그리고 자기는 사람들이 꿈에서 신의 계시를 받는 경우가 아주 드문 먼 지역에서 온 사람이라 꿈을 해석할 능력이 없다고 대답했다. 넬리우의 대답에 크게 감동한 코즈무스는 무리의 아이들 모두에게 다가오는 일요일에 깨끗이 씻고 자기를 따라

대성당의 저녁미사에 참석하라는 지시를 내렸다. 그러나 트리스테자가 웃음을 참지 못하고 알프레두 봄바가 성당 돌바닥에 누워 잠이 든 바람에 모두 성당에서 쫓겨났고 다시는 성당에 발을 들여놓지 못했다.

– 하나님은 쓰레기통에도 계시다고!

화를 내며 그들을 내쫓은 성당지기의 등에 대고 코즈무스가 소리쳤다. 그런 다음 아이들은 걸음아 나 살려라, 하고 도망쳤다. 붙잡히지 않으려고 아이들은 서로 다른 방향으로 흩어졌다가 극장 앞으로 다시 모였다. 코즈무스는 아이들이 만디오카를 구타하는 걸 내버려 둘 만큼 화가 많이 나 있었다. 코즈무스가 검은 옷을 입은 한 사제의 넓은 주머니에서 몰래 꺼낸 전례서를 바지 주머니가 가장 큰 만디오카에게 재빨리 건넸는데, 만디오카가 도망치다가 그것을 잃어버렸기 때문이다. 코즈무스는 그 후 오랫동안 오로지 집 없는 아이들의 삶과만 관련된 자기만의 종교운동을 시작하면 어떨까 고민했다. 자신을 통해 어딘가 반드시 있을 흩어진 부랑아 무리의 신을 되살려내고 싶었다. 그러나 연중 가장 더운 시기가 다가오고 있던 터라, 코즈무스는 모든 게 너무 힘겨울 것 같았고 결국 더이상 아무것도 추진하지 않았다.

코즈무스는 넬리우가 때를 봐서 자신의 지휘권에 도전해 권력을 빼앗으려고 자기 무리에 들어온 것이 아니라는 걸

일찌감치 알아챘다. 처음에는 오히려 그런 점이 그를 불안하게 만들었다. 그런 경우를 경험해본 적도 들어본 적도 없기 때문이었다. 처음에는 넬리우가 자신을 속이고 있다고 의심해서 페카두와 만디오카에게 몰래 지시를 내렸다. 넬리우가 겉으로 보이는 것처럼 겸손하고 앞에 잘 나서지 않는 소극적인 사람이 아닐 수도 있으니, 유도신문을 해서 알아보라는 것이었다. 그러나 결국 넬리우가 정말로 처음 만났을 때 단숨에 자신에게 깊은 인상을 주었을 정도의 대단한 인물이란 사실을 확신하게 되었다. 넬리우는 넬리우일 뿐이었고, 보이는 그대로의 사람이었다. 코즈무스는 넬리우와 같은 사람을 한 번도 본 적이 없다. 어떻게 사람이 정확히 있는 그대로의 사람일 수 있을까? 넬리우에게는 뭔지 알 수 없는 그 이상한 병 말고는 그 어떤 비밀도 없어 보였다. 코즈무스는 나중에 이 모든 생각을 넬리우에게 얘기했다. 다른 세계로의 긴 여행을 위해 아무도 모르게 무리를 떠날 계획을 세울 때였다. 넬리우는 그런 이야기를 들으며 많이 놀랐다. 무리에서 자신의 존재가 코즈무스에게 그렇게 많은 감정을 불러일으켰을 줄은 꿈에도 생각하지 못했다. 오히려 꽤 오랫동안 넬리우는 무리의 다른 아이들이, 그중에서도 나시멘투와 페카두, 그리고 나중에는 늦게 무리에 들어온 데올린다도 자신의 존재를 싫지만 어쩔 수 없이 받아들이고 있다고 느꼈었다. 그때가 넬리우가 매 맞는 것을 피하는 탁월한 재주를 가지고 있다는 소문이 생겨난 때였다.

넬리우에게 자꾸 싸움을 거는 아이는 특히 나시멘투였다. 나시멘투는 말은 거의 못 하면서 대신 두 주먹을 휘두르고 뛰어오르고 발길질하는 것을 자신이 살아야 하는 세상을 설명하는 도구로 사용하는 공격적인 아이였다. 나시멘투가 그렇게 된 데는 이유가 있었다. 무리의 아이들은 모두 자기만의 살아온 이야기를 지니고 있었고, 모두들 어린 나이에도 불구하고 성숙한 인격체였으며, 이 무리는 도시 전체에서 가장 더러운, 그렇지만 가장 당당한 부랑아 무리였다. 경찰이 코즈무스에게 두려움이 뭔지 가르쳐주려고, 그래서 그 두려움을 코즈무스가 무리의 다른 아이들에게도 전달하게 하려고 그를 흠씬 두들겨 팬 것도 바로 이 더럽고 흐트러진 무뢰한들의 당당함 때문이었다는 걸 넬리우는 한참 후에 알았다. 그런데 코즈무스와 아이들에게 겁을 주려고 한 경찰의 계획은 성공하지 못했다. 반대로, 넬리우는 자신이 살아 움직이고, 껑충껑충 뛰고, 춤추고, 웃는 요새 안에 사는 것 같은, 그 요새 안에서 다른 아이들과 마찬가지로 자신 역시 철저하게 보호받고 있는 것 같은 느낌이 들었다. 시간이 흐르면서 넬리우는 무리에 속한 아이들을 한 사람 한 사람 알아가게 되었고, 그러면서 그들이 아이의 나이임에도 성숙한 어른임을, 아직 성적으로 성숙하지 못했음에도 나이든 남자들 같다는 걸 알게 되었다. 왜냐면 그들이 살아온 이야기 속에는 보통 사람들이 상상할 수 없을 경험들이 들어있기 때문이다. 그들 모두는 자신만의 드라마 속에서 영웅이고 악당이며 희생자였다. 그리고 그들의 이름과 검은 육체 속에 그 드라마가 여전히 살아 진동하고 있었다.

키도 크고 발도 크고 왼손 새끼손가락이 굽은 만디오카는 제일 큰 바지 주머니를 가지고 있었는데, 그 주머니들 안에 양파와 토마토를 기른다. 그 아이는 주머니들에 담긴 흙에 매일 아침 물을 주기에, 그에게서는 항상 물이 떨어졌다. 하지만 그것은 만디오카가 기억하지는 못해도 그의 의식 속에 깊이 자리하고 있는 고향마을, 강도떼가 다가온다는 경고를 듣고 그와 가족들이 도망쳐 나와야 했던 그 고향마을로 언젠가는 돌아가겠다는 그의 주문이자 그리움의 표현이었다. 만디오카의 가족은 수가 많았고 피난길에 버스를 탔다가, 이제는 안전하다고 믿었던 순간 갑자기 강도떼의 습격을 받았다. 버스는 불탔고, 만디오카는 수풀 더미로 내동댕이쳐졌는데, 나중에 외국에서 온 수녀들이 그를 발견했을 땐 탈수로 거의 죽기 직전의 상태였다. 수녀들은 끊임없이 기도하며 만디오카를 도시의 고아원으로 데려갔다. 만디오카는 걸음마를 떼자마자—그의 말로는 고아원에서 도망치기 위해 걷는 법을 배웠다는데—흙이 있는 시골 고향으로 가기 위해 도망을 쳤다. 하지만 기껏 다다른 곳은 도심이었고, 그렇게 만디오카는 네 살 때부터 집 없는 아이로 거리에서 살았다. 도처의 자선단체들이 여러 번 그를 다양한 고아원으로 보냈지만, 그때마다 만디오카는 다시 거리로 도망쳐 나왔다. 그 거리에서 언젠가는 고향으로 돌아가게 되리라고 믿었기 때문이다. 만디오카는 목욕도 하려 하지 않았고, 침대에 눕거나 깨끗한 옷을 입으려고도 하지 않았다. 바라는 것은 오직 그에게는 자신의 피 만큼이나 중요한 흙을 넣을 만큼 큰 바지주머니였다. 만디오카는 길에서 만난 모든 사람에게서 자기 아버지나 어머니를 찾으려고 했다. 부모님이 어떻게 생겼는지도 모르면서. 그리고 한 번도 보지 못한 심지어 실제로 있었는지조차 모르는 형제자매, 삼촌과 이모와 고모, 사촌들과 이웃들을 찾아다녔다. 만디오카는 종종 강렬한 슬픔에 빠지곤 했다. 하지만 그만큼이나 자주 법무부 건물 앞 사자 장식이 있는 계단의 돌난간 위에서 균형을 잡으며 그에게만 들리는 음악에 맞춰 춤을 추곤 했다.

키가 크고 주머니에 흙을 넣어 다니는 만디오카와는 달리, 나시멘투는 땅딸보였고 머리카락과 해진 옷의 보풀 속에 돌멩이들과 날카롭게 간 철침들을 넣어두고 있었다. 나시멘투는 매일 밤 꿈속에서 일그러진 모습의 괴물들이 자신에게 다가오는 통에 비명을 지르며 잠에서 깬다. 종이상자 속에서 구멍투성이 담요를 덮고 자는 다른 아이들은 매일 밤 나시멘투의 비명 때문에 잠에서 깨곤 했다. 아이들은 번갈아 가며 나시멘투를 안심시켰다. 괴물은 없고, 강도들도 없으며, 텅 빈 시내와 종이상자들과 찢어진 담요들이 있을 뿐이라고. 밝은 낮에도 나시멘투는 계속 괴물들을 쫓았다. 낮의 괴물들은 피할 수 없이 오고야 말 밤에 대한 두려움이었다. 나시멘투는 살아있는 한 밤과 괴물들과의 싸움을 계속해야 했다.

나시멘투는 불필요한 말을 하는 법이 없었다. 분홍색 수영 모자를 눈 바로 위까지 깊이 눌러쓰고 다니며 자기가 만나는 모든 사람들이 자신에게 나쁜 짓을 할 것이란 생각에 항상 사로잡혀 있었다. 그래서 공격으로 자신을 방어했다. 상대가 누가 됐건 아무나와 싸웠고, 녹슬고 고장 난 자동차든 쓰레기통이든 뭐든 때려 부쉈으며, 쥐도 고양이도 개도 때리고, 같은 무리의 다른 아이들과도 항상 치고받았다. 심지어 완전히 이성을 잃고 코즈무스에게 달려들 때도 가끔 있었다. 그러면 당연히 훨씬 힘이 센 코즈무스는 어쩔 수 없이 나시멘투의 머리를 하수구에 처박을 수밖에 없었다. 교외에 사는 도둑들이 밤에 훔친 자동차에 붙일 새 번호판을 주문하러 오는 자동차 정비소 뒤편에 있는 곳이었다.

나시멘투에게는 아무도 모르는, 심지어 그 자신조차 정확히 모르는 비밀이 하나 있었다. 딱 한 번, 와인이 반 정도 남아있는 병을 어디선가 발견한 나시멘투가 그 술을 단숨에 다 마시고는 취한 날이었다. 술김에 누군가에게 진실을 조금이나마 털어놓고 싶었던지, 넬리우를 그 대상으로 삼았다. 넬리우는 술에 취한 나시멘투가 쏟아내는 앞뒤도 안 맞고 알아듣기 어려운 토막 난 문장들을 통해, 그에게 무슨 일이 있었는지 짐작할 수 있었다. 넬리우는 다행히 피할 수 있었던 일을 나시멘투는 해야만 했는데, 스스로의 목숨을 구하기 위해 다른 사람을 죽인 것이다. 넬리우의 추측으로는 나시멘투가 자신의 아버지를 나무 몽둥이나 도끼로 때려죽인 듯했다. 그 후 나시멘투는 강도떼가 마을이나 버스를 공격하거나 들에서 일하는 사람들을 습격할 때면 항상 선발대로 보내는 악명 높은 소년병 부대에 소속되었다. 그가 어떻게 도시로 오게 됐는지 아는 사람은 아무도 없었다. 그런데 나시멘투는 혼자 온 것이 아니었다. 도시에 온 첫날부터 나시멘투에게는 수영 모자와 눈에 보이지 않는 동행, 즉 그를 괴롭히기를 멈추지 않는 괴물들이 있었다.

페카두에게는 머릿속이 아니라 실제로, 그가 살던 교외 소도시에 진짜 괴물이 있었다. 그의 아버지는 아무런 흔적도 남기지 않고 사라졌는데, 페카두가 유일하게 기억하는 건 아버지가 가족이 함께 살던 헛간 같은 집을 영원히 떠나면서 웃고 있었다는 것이다. 그의 기억 속 아버지는 얼굴 없는 웃음이었다. 페카두의 형제는 모두 일곱 명이었고, 시장에서 채소를 파는 어머니는 새벽 네 시에 일어나 무너질 것 같은 옛 투우장에 가서 채소를 싸게 사 왔다. 그런 다음 채소를 바구니에 담아 들고 시장에 나갔다가 어두운 저녁이 되어서야 집에 돌아왔다. 페카두는 어머니가 웃는 걸 본 적이 없다. 그렇다고 어머니가 슬픈 모습으로만 기억되는 것은 아니다. 일에 지쳐 피곤하고 쓸쓸해 보였던 모습도 기억에 남아있다. 아버지가 얼굴 없는 웃음이었다면, 어머니는 두 눈과 이 그리고 예전에는 분명히 있었을 미소까지의 모든 윤곽이 닳아버린, 풍화된 얼굴이었다.

어느 날 새로운 남자가 집에 들어왔다. 새로운 남자, 그늘에 앉아 밥을 달라고 말하는 새 아버지가 왔으니 이제 모든 게 좋아져야 할 터였다. 하지만 페카두는 그 남자가 집 문턱을 넘어 들어올 때부터 이미 그를 미워하기 시작했다. 페카두는 파드라스투(padrasto, 의붓아버지)를 원하지 않았고, 그 남자 역시 들어오자마자 페카두를 바닥에 내동댕이치고 페카두의 팔을 잡아 빼는 것으로 자신의 존재를 알린 걸 보면 그런 페카두의 생각을 읽었던 것 같다. 그런 다음 남자는 페카두의 형제들을 차례로 때렸다. 어머니가 가족의 생계를 책임져 줄 채소 바구니들을 들고 먼 길을 걸어 다니는 동안 그 남자는 아이들을 때리며 시간을 보냈다. 더이상 참을 수 없었던 페카두는 자신의 이름을 욕되게 하지 않을 결심을 하고 어머니의 매트리스를 차지하고 누운 그 남자의 머리를 벽돌로 내리쳤다. 벽돌을 든 그의 두 손에는 형제자매의 힘이 함께 실려 있었다. 그때 페카두는 여섯 살이었다. 그런 다음 바로 페카두는 집을 나왔다. 집에 그냥 남아있는 것만큼 최악의 상황은 없을 터였다. 처음 몇 해 동안 페카두는 어머니가 자신을 찾을 거라 기대했었다. 하지만 어머니는 그를 찾지 않았다. 페카두는 어머니가 시장의 매대 앞에 앉아 알파스(alface, 상추)와 가끔은 토마토도 파는 모습을 멀리서 지켜보기만 했다. 그러나 다시는 집으로 돌아가지 않았고, 결국 어머니도 얼굴 없는 웃음으로만 기억되는 아버지처럼 흐릿하고 먼 기억이 되어 버렸다.

그리고 무리의 아이들 중 가장 작고 외팔이인 알프레두 봄바가 있었다. 다른 도시에서 한쪽 팔이 없이 불가촉천민으로 태어난 알프레두 봄바는 굳이 행복을 찾아서가 아니라면, 적어도 덜 불행한 삶을 찾아 형 한 명과 함께 대도시로 왔다. 알프레두는 구걸할 때를 제외하고는 항상 과할 정도로 기분이 좋은 척했다. 구걸할 때는 눈물을 뚝뚝 흘리며 울 정도로 온갖 속임수에 능했다. 그에게 없는 것은 오직 팔 하나뿐이었지만, 행인들은 그에게 있는 게 하나도 없다고 생각했다. 그래서 앞으로 내밀고 있는 알프레드의 손을 본 사람들은 자신의 영혼을 구제하기 위해서라도 불쌍한 그 아이에게 돈을 건넸다. 코즈무스에게 매일 가장 많은 돈을 가져다주는 아이가 바로 알프레두 봄바였고, 무리의 재정에 가장 큰 공헌을 하는 것이 알프레두가 기쁨과 자부심으로 수행하는 필생의 과업이었다. 알프레두 옆에는 머리가 나쁜 트리스테자가 거의 항상 붙어 있었다. 트리스테자는 희망이 보이지 않는 가난의 의붓자식이었다. 그의 머리는 필요한 산소만큼이나 꼭 필요한 음식의 영양을 섭취한 적이 없고, 그래서 트리스테자는 아주 느리게 생각하는 것 말고는 배운 적이 없다. 그의 어머니에게 그는 그녀가 살아있다는 걸 알려주는 열두 번째의 괴로운 기억이었다. 열한 번째 아이에게 미제리아(비참함)라는 이름을 붙여주고 난 다음 그녀에게 남은 이름은 단 하나, 트리스테자뿐이었고, 그녀는 트리스테자가 태어난 날 죽었다. 죽기 직전 그녀는 지치고 허기진 간호사에게 그날 태어난 아들에게 바로 그 이름, 그녀에게 남은 마지막 이름, 트리스테자를 주고 싶다고 힘없는 목소리로 말했다.

넬리우는 눈을 동그랗게 뜨고 아이들의 이야기에 귀를 기울였고, 자신도 그들 중 한 사람이라는 사실을 확인했다.

그들은 모두 같은 출신성분과 같은 경험을 가졌다. 그들의 이야기 속에서 넬리우는 자신을 발견했고, 그들도 모두 불타버린 고향마을 같은 것을 마음에 품고 있다는 사실을 깨달았다. 말의 배 속에 누워 잠이 오기를 기다릴 때면 넬리우는 종종 무리의 아이들과 자기가 모두 한 어머니에게서 난 것 같다고 생각하곤 했다. 한때 젊고 활기가 넘쳤으나 나중에는 강도들과 괴물들과 가난 때문에 이도 다 빠지고 구부정한 그림자로 전락한 여자. 그러나 자기들을 정말로 하나로 묶어주는 건 아무것도 가진 것이 없다는 것, 원하지 않았음에도 억지로 세상에 태어났다는 것, 혹은 강도들과 괴물들이 만든 불행 속에 던져져 버렸다는 것임을 넬리우는 알고 있었다.

살아남기, 그것이 그들이 가진 유일한 과업이었다.

낮에는 도심의 넓은 가로수길에서 부자들이 그들의 번쩍거리는 자동차에서 내렸다가 다시 차를 타고 사라지는 모습을 쉽게 볼 수 있었다. 그중에는 백인도 흑인도 인도인도 있었다. 넬리우는 코즈무스에게 그 자동차들의 가격에 대해 들었다. 그 가격이 얼마나 현기증 나게 높았던지, 넬리우는 코즈무스가 자동차 가격이 아니라 어떤 별까지의 거리에 관해 얘기하는 것 같이 느꼈다. 그 부자들을 보노라면 넬리우의 눈에는 동시에 자신의 가난이 보였다. 뭔지 몰라도 언제나 급한 볼일로 바빠 보이는 부자들과 집 없는 아이들 무리 사이에는 낭떠러지가 있었고, 메울 수 없는 그 간격은 넬리우가 보기에 매일 커져만 갔다. 집 없는 아이들이 그 낭떠러지를 건널 때가 있다. 흑인이나 백인 또는 인도 남자가 중요한 업무를 보기 위해 서류가방을 들고 차에서 내릴 때 아이들이 잽싸게 그 낭떠러지를 건너와서 세차를 하거나 차를 지킬 수 있게 해달라고 요청했다. 넬리우는 코즈무스에게 그 남자들이 누구이고, 서류가방엔 뭐가 들어있으며, 왜 그 사람들은 항상 바빠 보이는지 물어본 적이 있다. 코즈무스는 대답을 하지 못했지만 그걸 알아두면 쓸모가 있겠다는 것을 인정했다. 적당한 기회가 왔을 때 코즈무스는 만디오카와 트리스테자에게 자동차 문을 따고 들어가 안에 있는 서류가방을 훔쳐 오라고 지시했다. 아이들은 주유소 뒤에 숨어서 가방을 열어보았다. 만디오카는 가방 안에 돈이 가득 들어있으리라고 추측했다. 그러나 자물쇠를 따고 가방 뚜껑을 열어젖혔을 때 아이들의 눈에 들어온 것은 말라비틀어진 도마뱀 사체였다. 불가사의한 순간이었다. 부자들의 엄청난 재력의 비밀이 죽은 도마뱀일 것이라고는 정말 상상도 하지 못했다.

– 동물 사체를 가방에 넣고 다니다니. 생각이 많은 듯 코즈무스가 말했다. 혹시 악귀에게서 지켜주는 특별한 도마뱀

인가?

– 보통 도마뱀인데. 만디오카가 도마뱀 사체를 꺼내 꼼꼼하게 살펴보고 킁킁거리며 냄새를 맡아본 후에 말했다.

– 분명히 무슨 의미가 있을 거야. 코즈무스가 말했다.

– 어쨌든 부자들 가방에 뭐가 들었는지 우리가 안다는 걸 확실하게 해두자고. 넬리우가 말했다.

이런 생각이 어디서 왔는지는 넬리우도 몰랐다. 그건 그의 머릿속에 떠오르는 많은 다른 생각의 경우에도 마찬가지였다. 넬리우는 혹시 자기 머릿속에 놀라운 생각들이 밖으로 나갈 적절한 순간을 기다리고 있는 비밀의 방이 있는 건 아닐까 상상해 보았다.

– 우리가 가방을 훔쳤다는 걸 들키지 않으려면 어떡해야 할까? 코즈무스가 물었다.

넬리우는 곰곰이 생각했다. 뭘 해야 할지 갑자기 생각이 떠올랐다.

– 산 도마뱀을 한 마리 잡아서 가방에 넣자. 그런 다음 가방을 다시 자동차에 가져다 놓는 거야. 만디오카와 트리스테자가 흔적이 남지 않게 자동차 문을 따야 해. 차 주인은 아마 죽을 때까지 고민하게 될 문제를 안게 되는 거지. 이제 우리가 그 사람을 지배하게 되는 거야. 죽은 도마뱀이 어떻게 산 도마뱀으로 바뀌었는지 우리는 알지만, 그 사람은 모

르니까.

코즈무스가 고개를 끄덕였다. 그러고는 알프레두 봄바를 시켜 나무줄기를 오르락내리락하거나 건물 벽면 틈새에 숨어 있는 도마뱀들 중 한 마리를 잡아 오게 했다. 알프레두 봄바는 한 나무 옆에 서서 손을 나무줄기에 댄 채 도마뱀 한 마리가 손에 아주 가까이 올 때까지 기다렸다. 그런 다음 손목을 잽싸게 움직였고, 도마뱀은 그의 엄지와 검지 사이에 딱 끼어 버렸다.

넬리우는 그런 기술을 어떻게 배웠는지 궁금했다.

알프레두 봄바는 넬리우가 그런 걸 물어보는 게 의아했다.

– 도마뱀이 곤충들을 어떻게 잡는지 잘 봤지.

주인의 요청에 따라 자동차를 지키고 있는 사람이 트리스테자였기 때문에 만디오카와 트리스테자는 아무런 장애 없이 한 번 더 자동차 문을 열고 가방을 돌려놓을 수 있었다. 차 주인이 돌아와서 자동차를 잘 지켜준 트리스테자에게 오천 메티칼짜리 지폐를 주었다.

그 순간부터 코즈무스와 넬리우는 새로운 발견에 푹 빠졌다. 둘은 원하는 곳에 보이지 않게 다가가서 나중에 사람들이 설명할 수 없는, 때로는 사람들을 경악하게 만드는 불가사의한 흔적을 남김으로써 세상을 지배할 수 있었다. 둘은 새로운 발견 거리가 없는지 도시를 둘러보았다. 가방 속 도마뱀으로 그들은 이미 우위를 점했고, 그래서 자신들의 가난에 도전할 것을 결심했다. 코즈무스가 모든 결정을 내렸다. 하지만 그 전에 그의 귀에 대고 속삭이는 사람은 넬리우였다. 결정을 내리면 둘은 다른 아이들에게 해야 할 일을 지시했고, 일이 끝나면 함께 모여 전리품을 보며 감탄했다.

무장한 경비원들 발아래 땅속의 구불구불한 하수도를 통해 아이들은 어느 날 밤 도시의 가장 큰 백화점 안으로 숨어 들어갔다. 코즈무스는 나시멘투와 알프레두가 백화점에 진열된 귀중품들을 주머니에 집어넣지 못하게 하느라 둘에게 주먹을 날려야 했다. 그들은 물건을 훔치러 온 게 아니라 자신들의 흔적을 남기고 전리품을 얻기 위해 온 것이기 때문이다. 코즈무스와 넬리우의 지시에 따라 아이들은 물건의 위치를 바꿨다. 라디오들을 대형 아이스박스 안에 넣고, 빈 빵 바구니들에 신발을 채워 넣고, 냉동된 닭들을 여성복 코너의 빈 옷걸이에 걸었다. 마지막으로 현관에 걸린 황동 기념패를 떼어냈다. 백화점 개점 기념으로 대통령이 내린 기념패였다. 그 자리에 페카두가 알프레두 봄바에게서 받은 죽은 도마뱀을 걸었다. 그리고 아이들은 백화점에 들어올 때처럼 소리 없이 캄캄한 건물을 빠져나갔다. 다음 날 코즈무스와 넬리우는 백화점이 문을 열 때 현장에 있었다. 그래서 경비원들이 대경실색하는 모습과, 이후 서둘러 현장에 온 백화점의 높은 사람들이 황동 기념패 외에는 도둑맞은 것이 없다는 사실에 어리둥절해하는 모습을 지켜볼 수 있었다. 경찰이 도착했을 때는 알프레두의 도마뱀 사체가 은색 쟁반에 놓여 있었고, 아무도 그것을 만지려 하지 않았다.

또 다른 날 밤에는 바닷가 언덕 위에 자리한 흰색 대형 호텔을 방문했다. 아이들은 가파른 경사면과 통해 있는 환기구를 통해 호텔에 숨어들었다. 원숭이처럼 서로의 어깨 위에 올라서서 환기구 입구까지 오른 다음 결국 대리석 바닥에 키 큰 화분들이 놓여 있는 큰 홀에 다다랐다. 아이들은 아주 조심스럽게 움직였다. 프런트 직원들과 경비원들과 잠 없는 손님들이 어렴풋한 불빛의 홀에서 밤을 새우고 있었기 때문이다. 푹신한 안락의자들이 놓인 카페에서 아이들은 금색 테두리가 있는 냉장 진열장 안에 아직 남아있던 과자를 먹었다. 이곳에서도 아이들은 큰 로비의 두 기둥 사이에서 번쩍이고 있는 기념패를 뜯어갔다. 오래전 동 조아킹이 참석했던 호텔 개업 기념식 때 설치된 것이었다. 알프레두 봄바는 도마뱀 사체를 황동 기념패를 떼어 낸 공간에 집어넣었다. 넬리우는 아이들과 다시 환기구를 통해 호텔을 떠나기 전에 과자 조각을 조심스럽게 죽은 도마뱀 입에 끼워 넣었다.

다음 날 호텔에서 무슨 일이 일어났는지는 직접 보지 못했다. 경비원들을 뚫고 호텔 회전문을 통과하는 건 절대 불가능한 일이기 때문이다. 하지만 충분히 상상하고도 남았다.

넬리우와 코즈무스는 점점 더 대담해졌다. 국회에 들어가서 의장봉 손잡이를 떼어내고 그 자리에 도마뱀을 손잡이처럼 끼워 넣었다. 아이들은 저마다의 우월함을 드러내면서 서로를 도발하고 서로에게 도전했다. 아이들은 장관 한 명이 경찰들의 호위를 받으며 막 극장 앞을 지날 때 오토바이에 탄 경찰 두 명을 아스팔트 바닥에 넘어지게 만드는 방식으로 부유함이 가지고 있는 과장된 자만심에 도전장을 던졌다. 호위대를 관찰해온 아이들은 호위대의 맨 앞에 서 있는 오토바이들이 항상 큰 교차로 직전에서 넓은 가로수길의 중앙선을 넘어간다는 것을 알게 되었다. 멀리서 사이렌 소리가 들려오기 시작하고 차들이 모두 길 가장자리로 비켰을 때, 트리스테자와 나시멘투는 얼른 중앙선 위에 검게 칠한 유리 조각들을 뿌린 후 주차된 자동차 뒤로 숨었다. 결국, 그곳을 지나던 경찰 오토바이가 쓰러지고 전체 행렬이 멈춰섰을 때, 검은 유리 조각들 사이에 도마뱀 한 마리가 놓여 있었다.

코즈무스와 넬리우는 그들이 할 수 있는 가장 큰 도전이 무엇이 될 것인가에 대해 길게 논의했다. 둘은 시립 교도소에 있는 모든 죄수들을 풀어주는 가능성에 무게를 두었다.

죄수들은 교도소를 나올 때 모두 죽은 도마뱀을 손에 들어야 한다. 오랫동안 그들은 어느 날 밤 그 도시의 라디오 방송국의 송신을 방해해 볼까도 생각했다. 하지만 결국 밤중에 대통령궁에 몰래 들어가서 대통령이 자는 침대 옆 협탁위에 도마뱀을 두고 나오기로 의견을 모았다. 그것이 그들의 마지막 도전이 될 것이다. 하지만 그 누구도 그들이 다시는 나타나지 않을 거라고 전적으로 확신하게 만들고 싶지는 않았다.

대통령 침실 방문을 준비하는 데에는 일 년 이상 걸렸다. 그러는 동안 그들의 끊임없이 소란스럽고 불안한 거리의 생활은 계속 이어졌다. 아이들은 구역을 지키기 위해 다른 무리와 싸워야 했고, 인도 상인들과 경찰과 또한 자기 자신과도 끝없이 반목해야 했다. 아이들은 차 주인이 자리를 비운 사이 차를 닦고 지켜주는 일을 했고, 먹을 것을 찾기 위해 쓰레기통을 뒤졌고, 알프레두 봄바의 구걸의 기술을 한층 더 발전시켰다. 때때로 세상이 그들을 귀찮게 할 때도 있었다. 그 주체는 대부분 그들의 언어를 거의 구사하지 못하는 백인들이었다. 백인들은 아이들을 그들이 먹을 것과 욕조와 하나님이 있는 큰 집이라고 묘사하는 어딘가로 데려가려 했다. 그러면 코즈무스는 주로 만디오카를 따라가게 해서 그곳이 어떤 곳인지 알아보게 했다. 하지만 만디오카는 대부분 바로 다음 날 돌아왔고, 그곳이 아이들을 변화시키려는, 거리에서 살지 못하게 하려는 시설일 뿐이라고 전했다.

이따금 차양 달린 모자를 쓰고 큰 카메라를 든 사람들이 나타나서 아이들에게 포즈를 취해 달라고 할 때도 있었다. 코즈무스는 곧장 돈을 요구했고, 그러면 카메라를 들고 있는 남자들과 손에 펜을 쥔 날씬한 여자들은 대개 기분 나쁜 표정으로 물러섰다. 어쩌다 카메라를 들고 있는 남자들이 돈을 주려고 할 때는 아이들도 기꺼이 포즈를 취해 주었다. 아이들은 배고픔, 아픔, 쓸쓸함, 더러움, 야비함, 도둑 근성, 순진무구함을 표현하는 데 아주 탁월했다. 코즈무스가 지시를 내렸고, 아이들은 각자 자신에게 어울리는 임무를 맡았다. 그렇게 번 돈으로는 대개 먹을 걸 샀다. 주로 닭을 사서 무너진 부둣가 담벼락 밑에서 구워 먹었다. 카메라맨들과 펜을 든 날씬한 여자들이 오는 날은 아이들이 배를 불릴 수 있는 날이었다. 배를 채운 아이들은 야자나무 그늘에서 쉬며 수다를 떨었다. 코즈무스는 다른 아이들이 자신을 어려워하며 거리를 두는 동안에도 넬리우는 옆에 눕게 했다. 코즈무스는 바다를 바라보고 마지막 닭다리를 뜯으며 온갖 이야기를 다 했지만, 자신에 관한 이야기는 절대 하지 않았다. 넬리우는 종종 코즈무스의 출신에 대해 생각했다. 하지만 어떤 질문을 한다 해도 코즈무스가 절대 대답하지 않으리라는 것을 넬리우는 알고 있었다. 넬리우는 가끔 코즈무스가 이미 완성된 사람이라는 생각을 했다. 태어났을 때 이미 지금 그대로의 코즈무스였고 앞으로도 변하지 않을 것 같았다. 그렇다면 코즈무스가 왜 절대 자신의 과거에 관해 이야기하지 않는지도 설명이 된다. 과거라는 게 아예 존재하지 않으니 이야기하지 않은 것이다.

배부른 날들 덕에 코즈무스는 이런저런 철학적이고 몽상적인 생각에 빠져들었다.

– 만약 네가 트리스테자나 알프레두, 또는 다른 아이들 중 누구에게라도 인생에서 가장 원하는 것이 뭐냐고 물으면, 그 아이들이 뭐라고 대답할 것 같아?

넬리우는 잠시 생각하다 대답했다.

– 여러 가지를 얘기할 것 같은데.

– 글쎄, 그럴까? 다른 어떤 것보다 더 절실한 게 뭘까? 어머니와 배부름과 먼 고향마을과 옷과 자동차와 돈, 이런 모든 것보다 더 중요한 것 말이야.

넬리우가 대답을 생각하는 동안 둘은 말없이 가만히 누워있었다.

– 신분증. 마침내 넬리우가 대답했다. 사진이 있는 신분증이 있으면 내가 다른 누구도 아닌 바로 나라는 걸 보여줄

수 있잖아.

– 네가 알아맞힐 줄 알았어. 우리가 원하는 게 바로 그거야, 신분증. 우리가 누구인지 우리 자신이 알기 위해서가 아니야. 우리는 이미 알고 있으니까. 신분증이 필요한 건, 우리가 우리 자신이 될 권리가 있다는 것을 증명하는 문서를 갖기 위해서야.

– 난 한 번도 신분증이란 걸 가져 본 적이 없어. 생각에 잠긴 넬리우가 말했다.

– 우리 신분증을 장만해야겠어. 대통령 침실에 들어가게 되면 거기서 신분증을 장만하자.

– 그러다 잡히면 어떻게 되는 거야? 대통령이 잠에서 깨서 우릴 발견하면 어떻게 되는 거지?

– 아마도 놀라서 누군가를 소리쳐 부르겠지. 아마 나시멘투 같을 거야. 괴물 꿈을 꾸고 있다고 생각하겠지.

– 내가 만약 대통령이라면, 난 뭘 할까? 넬리우가 말했다.

– 매일 배불리 먹겠지.

– 매일 배불리 먹은 다음엔?

– 강도들이 불태워버린 고향마을을 재건하겠지. 네 어머니와 아버지와 형제자매들을 찾아낼 테고, 야부 바타를 찾기 위해 노력하겠지. 이 없는 남자도 감옥에 집어넣어야 하고. 할 일이 많을 거야.

코즈무스가 하품을 했다.

– 내가 대통령이라면 나는 그 자리에서 물러날 거야. 코즈무스는 이렇게 말하면서 잠을 자기 위해 옆으로 돌아누웠다. 집 없는 아이들 무리의 대장이 대통령을 할 시간이 있겠어?

*

배부른 날이면 아이들은 해가 뜰 때쯤에야 문을 닫는 술집들이 있는 좁은 골목들과 항구 사이의 막힌 구역에 있는 유원지를 방문하는 것으로 하루를 마무리하곤 했다. 수중에 돈이 있더라도 입장료를 내고 들어간다는 건 그들에게는 있을 수 없는 일이었다. 한 번도 닦지 않은 전기레인지 열판에 묻은 기름 때문에 자욱하게 연기가 피어오르는 식당 주방들 중 한 곳 뒤에 그들만의 출입구가 있었다. 아이들은 담에 난 구멍을 통해 안으로 들어갔는데, 그 구멍은 일찍이 아이들이 직접 만들어 흙덩어리로 막아놓은 것이다. 아이들은 땀범벅인 얼굴로 뒤집개를 들고 레인지 앞에 서 있는 뚱뚱한 아델라이다와 친분이 있었다. 그녀는 백인과 흑인의 혼혈인 물라토였고 몸무게가 거의 백오십 킬로그램에 달했다. 그녀가 십 년 전 식당 주방장이 됐을 때 식당 주인은 그녀가 움직일 수 있도록 주방을 넓혀야만 했다. 그녀는 요리하면서 춤추고 노래했다. 그녀가 만든 음식은 대단히 훌륭하다고 할 순 없지만, 사람들은 그녀가 내오는 음식에는 남성과 여성 모두의 욕망과 기량을 상승시켜주는 마법 같은 효과가 있다고 말하곤 했다. 그 덕에 식당은 항상 손님들로 북적였다. 그 가치를 인정받아 높은 임금을 받는 아델라이다는 기꺼이 거리의 아이들이 이용하는 비밀 통로의 파수꾼 역할을 해 주었다.

유원지는 수많은 식당과 주점과 점포들로 이루어진 미로였다. 작은 점포들에서는 인도양의 섬들에서 온 어두운 피부색의 작고 신비로운 사람들이 손님들의 미래를 점치거나 손님들에게 문신을 해주었다. 광장 가운데에는 대관람차가 서 있었는데, 곤돌라들과 연결된 체인이 잔뜩 녹슬어 있어서 지난 이십 년 동안 아무도 그것을 탈 엄두를 내지 못했다. 그런데도 동 조아킹 시절에 대관람차를 수입한 소유주 세뇨르 호드리게스는 매일 저녁 손님을 기다리며 자리를 지켰다. 대관람차가 마치 소원의 분수라도 되는 듯, 사람들은 입장권은 사지만 오래 살고 싶은 마음에 탑승은 하지 않았다. 흡연으로 인해 심한 만성 기침에 시달리고 건포도를 입에 달고 지내는 세뇨르 호드리게스는 작은 매표소에 들어앉아 자신을 상대로 혼자 체스를 뒀다. 그리고 유원지에서 보낸 그 오랜 세월 동안 자신에게 지는 대단한 실력을 쌓았다.

그는 자신이 체스에 형편없다는 걸 알고 있다. 그러나 그의 안에는 불패의 숨은 천재가 살고 있었다. 대관람차 옆에는 로또판매대 여러 개와 범퍼카 타는 곳이 있었다.

젊은 혁명가들이 권력을 잡기 몇 년 전에 이미 고장이 난 큰 회전목마는 이제 수동으로 작동되고 있다. 회전목마 소유주들은 새로운 정권이 모든 백인들의 목을 칠 거라고 믿었기 때문에 황급히 도망쳤다. 그들은 모터오일을 몽땅 빼서 회전목마를 망가뜨렸다. 그 일은 유원지에 그들만 남아 있던 어느 밤에 이루어졌는데, 그들은 엄청난 양의 와인을 마신 후 모터가 망가질 때까지 회전목마를 탔다. 그런 후 다음날 도망갔는데, 도망치기 전에 또 마지막으로 한 일은 새 시대가 그들이 식민지 시절에 누렸던 편안한 삶을 계속 이어갈 수 없게 만든 것에 대한 보복으로 회전목마 위에 있는 말들의 머리를 모두 잘라버린 것이다. 그러나 아무도 잘린 말 머리들을 찾지 못했고, 머리 잘린 말들에게 새로운 머리를 달아 줄 사람도 아무도 없었다. 그래서 회전대 위에서는 여전히 머리 없는 말들이 달리고 있다. 코즈무스는 알프레두를 제외한 모든 아이들에게 회전목마를 돌리라고 명령했다. 머리 없는 말들의 왕국에서 알프레두는 혼자만 말을 타고 세계여행을 즐겼다. 이 행복한 순간을 위해서라면 알프레두는 평생 다른 아이들을 위해 구걸할 의향이 있었다. 아이들은 유원지를 돌아다니며 그 안에서 일어나는 모든 일들을 즐겼다. 갑자기 일어났다가 그만큼 또 갑자기 끝나버리는 싸움들을 흥미롭게 구경했고, 호객행위를 하는 반라의 여인들을 호기심 가득한 눈으로 관찰하며 큰 소리로 그들의 외모를 품평해대서 화난 여인들에게 혼쭐이 나곤 했다. 배부른 날들은 시간이 멈추는 날들이었고, 산다는 것이 단순히 살아남는 것 이상이 되는 날들이었다.

넬리우가 코즈무스가 이끄는 무리와 함께 지내기 시작한 지 이 년째 될 무렵, 무리의 아이들은 대통령궁 야간 방문을 실행에 옮겼다. 높은 담으로 둘러싸였고 철통같은 경비가 이루어지는 대통령궁에 들어가기 위해 아이들은 정부와 계약을 맺은 세탁소에서 매달 한 번씩 대통령궁으로 배달되는 대형 세탁바구니 속에 숨어들었다. 아이들은 지하실에서 밤이 오기를 기다렸다가 드디어 고요해진 건물 안으로 조심스럽게 이동했다. 대통령궁에 들어오기 벌써 한참 전부터 아이들은 궁에서 일하는 여러 사람을 통해 궁의 내부구조에 대한 정보를 수집했다. 그래서 어디에 계단이 있고, 어느 곳에 경비들이 서 있는지, 그리고 대통령의 침실이 어디에 있는지를 알고 있었다. 대통령이 부인의 침실에 갈 때도 있지만 그래도 잠은 자기 침실에 돌아와 잔다는 것도 알았다. 궁의 위층으로 막 올라가던 아이들은 어두운 계단에서 재빨리 몸을 낮췄다. 위쪽 어딘가에서 방문이 열렸다 닫히는 소리가 났기 때문이다. 그들의 눈에 달빛을 받은 대통령의 모습이 들어왔다. 놀랍게도 대통령은 실오라기 하나 걸치지 않은 상태였다. 대통령은 아이들의 머리 위에서 발소리도 내지 않고 조용히 자신의 침실로 들어갔다. 아이들 모두는 이 순간을 절대 잊지 못할 것이다. 코즈무스는 아이들에게 지금 본 것을 조금이라도 발설할 경우 석 달 동안 두들겨 팰 것이라고 으름장을 놓았다. 대통령이 자신이 다스리는 신민들에게 벌거벗은 모습을 보였다는 사실을 아무도 알아서는 안 되었다.

아이들은 대통령이 잠들었을 거라고 코즈무스가 말할 때까지 가만히 계단에서 기다렸다. 그리고 살금살금 침실 앞으로 다가가서 조용히 문을 열었다. 창을 통해 들어온 어슴푸레한 빛 속에서 침대에 누워있는 흑인 남성의 윤곽이 보였고 그의 편안한 호흡 소리가 들렸다. 아이들은 숨을 멈추고 침대 주변에 둘러섰다. 알프레두 봄바가 도마뱀 사체를 침대 옆 탁자에 올려놓았고, 그런 다음 아이들은 침실을 나섰다.

아이들이 끝내 알 수 없었던 사실은 아이들이 방을 나서자마자 대통령이 눈을 떴다는 사실이다. 대통령은 뭔가 냄새가 나는 꿈을 꿨다. 가난의 악취였다. 그가 어둠 속에서 눈을 떴을 때 공기 중에 그 냄새가 있었다. 마치 냄새가 그를 쫓아 그의 잠 속으로 따라 들어온 것 같았다. 그 냄새를 느낀 후 대통령은 오랫동안 다시 잠들지 못한 채 그 꿈이 그에게 전하고자 한 이야기가 무엇일까 고민했다. 마치 전염병처럼 온 나라로 퍼져나가고 있는 가난을 해소하기 위한 그의 노력이 너무 부족하다는 걸 알리는 꿈이었을까? 대통령은 새벽녘에야 겨우 다시 잠이 들었고, 그때까지 걱정스럽게 그 질문에 대한 답을 구했다.

그런데 대통령은 탁자 위에 놓인 도마뱀은 발견하지 못했다. 아침에 일어나 피곤을 느낀 채로 몸을 씻고 옷을 입을 때까지도 그는 도마뱀을 보지 못했다.

도마뱀 사체를 보고 깜짝 놀란 하인이 대통령궁 보안부서 책임자에게 연락했고, 그 책임자는 보안경찰 국장을 불렀다. 그들은 극비로 진행된 일련의 회의 끝에 대통령에게는 도마뱀 사건을 보고하지 않기로 결정했다. 그 대신 대통령궁 경비인력을 세 배나 증원했다. 물론 그 조치도 극도로 은밀하게 이루어졌다.

이렇게 대통령궁에 도마뱀을 두고 나오는 마지막 도전까지 성공한 직후, 우울감이 코즈무스를 덮쳤다. 코즈무스에게 닥친 우울증은 무리의 모든 아이들 뿐만 아니라 코즈무스에게도 급작스러운 일이었다. 어느 저녁, 넬리우가 막 동상으로 돌아가려 할 때 코즈무스가 그를 따로 불러 다음 날부터 자기 대신 무리의 대장이 되어달라고 말했다. 자신은 멀리 떠날 것이고, 자신이 돌아올 때까지 넬리우에게 우두머리 자리를 넘기겠다고 했다. 항구에 다음 날 아침 일찍 해가 뜨는 동쪽으로 떠나는 화물선이 있으니, 그 배에 숨어 들어가 여행을 떠나겠다고, 그 여행이 자신에게는 우울증을 떨치고 좋은 기분을 되찾기 위한 유일한 수단이라고 말했다.

– 아이들은 절대로 나를 대장으로 받아들이지 않을 거야. 넬리우가 말했다. 그들은 분명히 내가 너를 죽였다고 생각할 거고.

– 아이들은 나를 그리워할 거야. 그것 때문에라도 대장이 될 만한 사람은 너뿐이야. 네가 나와 가장 가까운 사람이니까.

넬리우는 반대하려고 애썼으나 코즈무스는 강경했다.

– 더이상 아무 말도 하지 마. 사람은 가끔 좀 떠나주는 게 좋은 것 같아. 난 괜찮을 거야.

그렇게 말한 후 코즈무스는 죽은 도마뱀 한 마리를 주머니에서 꺼내며 미소를 지었다.

넬리우가 코즈무스가 사라진 이야기를 하는 바로 그 순간 해가 수평선 위에서 떠올랐다. 비단처럼 빨간 아프리카의 태양이 잠에서 깨어나는 도시 위로 햇살을 펼쳤다. 넬리우의 얼굴에 피로가 잔뜩 묻어있었다. 넬리우를 쉬게 하려고 막 자리를 떠나려는데 넬리우가 기침을 하기 시작했다. 기침 소리에 뒤돌아보니 넬리우가 피를 토하고 있었다. 이제 끝이라는 생각이 머리를 스쳤다. 넬리우는 죽을 것이다. 그때 그 아이가 괜찮다며 손을 들어 저었다.

– 보이는 것처럼 그렇게 나쁜 상황은 아니에요. 힘없는 목소리로 넬리우가 말했다. 형 모르게 나 혼자 죽지는 않을 거예요.

그 말을 하자마자 토혈이 멈췄다. 뭔가 필요한 게 있는지 넬리우에게 물었다.

– 물만 있으면 돼요. 물만 마시고 좀 잘게요.

나는 넬리우가 잠들 때까지 지붕에 머물렀다가 가게로 내려갔다. 마담 이즈메랄다가 벌써 나와 있었기에 야간에 일하는 반죽 담당자의 쓸모없음을 성토했다.

말하는 내 목소리와 내 입에서 나오는 말들이 낯설고 비현실적이었다. 마치 죽어가는 넬리우와 그의 이야기가 나를 통째로 삼키고 있는 것 같았다. 마담 이즈메랄다는 아무런 눈치를 채지 못한 듯했다. 그녀는 의자에서 몸을 일으키더니 모자 끈을 턱 아래에 매면서 쓸모없는 반죽 담당을 바로 교체하겠다고 말했다.

나는 가게를 나가 시내로 갔다. 어디에선가 뒤를 돌아 극장 지붕을 올려다보았다.

저녁과 밤이 되려면 아직 시간이 한참이나 남아있었다.

여섯째 날 밤

이날은 갑자기 차가운 바람이 도시 안으로 몰아쳤다. 특히 지금처럼 가장 더운 계절에는 별로 이상할 것도 없는 일이지만, 사람들은 알면서도 매번 그 차가운 바람에 놀라곤 했다. 아주 오래전, 도시가 자연 그대로의 강 하구에 낮은 집들이 조금 모여 있는 상태에 불과했을 때 빙산이 나타났었다는 소문이 있었다. 상어들이 지금 거의 보이지도 않는 지느러미를 수면 위로 드러내고 헤엄치고 있는 바로 그 지점이었다. 그 빙산들 때문에 며칠 동안 강 하구가 얼어붙었고, 사람들은 얼어붙은 강 하구를 걸어서 강을 건널 수 있었다고 했다. 그런 일이 십중팔구 있었을 리 없지만, 어쨌든 사람들은 바다로부터 육지 쪽으로 찬 바람이 불어올 때마다, 사람들, 특히 노인들이 부두 옆에 서서 빙산이 다시 나타난 건 아닌지 수평선을 훑어보는 것을 볼 수 있었다. 만약 빙산이 보인다면 옛날의 그 사건이 단순히 소문이 아니라 사실이란 게 드러날 터였다.

나는 강을 가로지르며 이쪽저쪽으로 왕복하는 녹슨 나룻배가 정박하는 부두 옆 나무 그늘에서 잠이 들었다. 그러다 갑자기 추위를 느껴 깨어보니 이미 늦은 오후였다. 나는 서둘러 가게로 돌아갔다. 넬리우가 아직 자고 있는지 보기 위해 지붕으로 올라가려는데 누군가가 나를 불렀다. 카운터에서 일하는 아가씨 중 한 명이었는데, 마담 이즈메랄다가 나를 찾았다고 했다. 지금 극장에서 배우들과 새 작품을 연습하고 있는데, 그곳으로 곧장 오라고 했다는 것이었다.

갑자기 불안한 마음이 들었다. 마담 이즈메랄다는 특별한 경우를 제외하고는 연극연습을 할 때 누가 방해하는 걸 매우 싫어했다. 지금 기억해보니 내게 마담 이즈메랄다가 나를 찾는다는 이야기를 해준 아가씨는 바로 큰 키에 뚱뚱하고 십오 년도 더 전에 자신을 떠난 재봉사를 아직도 열정적으로 사랑하는 호자였다. 나는 그녀에게 마담 이즈메랄다가 왜 나를 찾는지 아느냐고 물었다.

– 그걸 내가 어떻게 알아? 그런데 서두르는 게 좋을 거야. 널 기다린 지 벌써 한참 됐으니까.

나는 넬리우가 지붕 위에 누워있는 걸 그녀가 안 것이 분명하다고 생각했다. 그 아이를 거기 데려다 놓은 게 나라는 것도 아마 알 것이다. 그녀 몰래 그런 짓을 했으니 나를 해고할 것이 틀림없었다.

조심스럽게 어둑한 극장 안으로 들어섰을 때 나는 불길한 예감에 휩싸였다. 무대 위에서는 내가 피 흘리는 넬리우를 발견했던 때와 같은 조명 아래에서 배우들이 한창 연습 중이었다. 그들은 공기를 넣어 부풀린 것 같은 독특한 회색 의상을 입고 있었다. 얼굴에는 긴 파이프 모양의 물체가 매달려 있었는데, 두꺼운 밧줄 끝처럼 보이는 그 물건 때문에 움직이기가 힘들어 보였다. 나는 자꾸 자신들의 코에 걸려 비틀거리는 무대 위의 풍선 같은 그 형상들에 매료된 채 문가에 서 있었다.

그 형상들이 코끼리라는 걸 깨닫기까지는 시간이 좀 걸렸다. 마담 이즈메랄다의 뒷모습이 보였다. 그녀는 평상시 연습을 진행할 때면 항상 앉는 객석 중간쯤의 자리에 앉아 있었다. 무대 위에서 연습이 한창 진행 중이어서 그녀에게 다가가지 않고 잠시 기다렸다. 극의 내용이 뭔지는 이해하기 어려웠다. 배우들의 얼굴 앞에 길게 늘어져 흔들리는 코끼리 코 때문에 대사가 거의 들리지 않았다. 하지만 억양으로 보건대 상당히 흥분한 것처럼 보였다. 그들은 화를 내며 긴 코를 발로 찼고, 잔뜩 부풀린, 그리고 분명히 꽤 더웠을 의상을 입은 채 어색하고 둔하게 움직였다.

연습은 휴식시간도 없이 계속 진행되었다. 더 기다리고 있어서는 안 될 것 같아서 조용히 객석 가운데 복도를 따라 마담 이즈메랄다에게 다가갔다. 그녀의 자리 옆 바닥에 그녀가 벗어놓은 모자가 놓여 있었다. 그녀는 미동도 없이 꼼짝 않고 앉아 있었다. 가까이 가서 보니 자고 있었다. 그런데도 고개를 앞으로 떨어뜨리지 않은 채 곧은 자세로 앉아 있었다. 무대 위 배우들은 그녀가 자고 있다는 걸 몰라야 했다. 그래서 조용히 물러가려 했는데, 그녀가 갑자기 잠에서 깨서 나를 봤다. 그녀가 내게 옆자리에 앉으라는 손짓을 했다. 의자 옆에 있던 코냑 병을 조심스럽게 옆으로 밀고 자리에 앉았다. 그 사이 무대 위 코끼리들은 뭔지 모를 말들을 서로에게 소리치고 있었다. 마담 이즈메랄다는 내 쪽으로 몸을 숙이더니 귓속말로 물었다.

– 우리 새 작품이 어떤 것 같니?

– 아주 좋아 보여요. 내가 속삭이듯 대답했다.

– 종교적 망상에 빠진 코끼리 떼 이야기야. 우리 아버지가 아직 이 나라를 지배하던 그 끔찍한 시절에 관한 이야기란다. 극이 끝날 때쯤 아버지가 칼을 빼 들고 직접 무대에 나타날 거야. 아버지 역할을 할 만한 사람을 찾을 수 있다면

말이야. 코끼리들은 혁명군이란다.

솔직히 나는 그녀가 무슨 말을 하는 건지 전혀 이해하지 못했다. 무대 위 배우들도 화가 난 것처럼 보여서 나는 그들도 극의 내용을 이해하지 못하기 때문이라고 추측했다. 하지만 감히 그렇게 말할 수는 없어서 그냥 아주 좋다고만 말했다. 마담 이즈메랄다는 만족스러운 듯 고개를 끄덕였고, 그러면서 내가 있다는 사실을 아예 잊은 듯했다. 그녀는 아이같이 순수하게 열광하는 표정으로 무대 위에서 연습이 진행되는 걸 지켜보았다. 나는 몰래 그녀를 관찰하면서 바로 그렇게 아이 같이 순수하게 기뻐하고 즐거워하는 모습이 그녀가 최소한 아흔 살, 아니 어쩌면 백 살임에도 불구하고 아직 살아있는 이유일 거라고 생각했다.

내가 옆에 앉아 있다는 걸 그녀가 잊어버린 게 분명하다는 생각을 하는 순간, 그녀가 갑자기 고개를 돌려 나를 봤다.

– 반죽하는 아이를 해고했다. 그 아이 이름이 뭐였지?

– 줄리우입니다.

– 그 아이에게 악기를 하나 마련해서 음악을 해보는 게 좋겠다고 조언했다. 그쪽으로 재능이 있는 것 같더구나.

마담 이즈메랄다는 가능한 한 직원을 해고하지 않으려 애쓰지만 어쩔 수 없는 경우에는 해고될 직원에게 앞으로 어떤 일을 하면 좋겠다는 조언을 반드시 해주었다. 나는 그녀의 조언이 거의 항상 옳았다는 걸 알고 있다. 줄리우에게 어떤 악기가 어울릴까를 머릿속에서 찾아봤지만, 아무것도 떠오르지 않았다.

– 오늘 저녁에 새 반죽 담당이 올 게다. 마담 이즈메랄다가 내 생각을 끊고 말했다. 그래서 너를 부른 거란다. 여자를 고용했어.

– 여자요? 밀가루 포대가 아주 무거운 데 괜찮을까요?

– 마리아는 힘이 아주 세단다. 생긴 것도 예쁘지만 힘도 아주 세지.

그걸로 대화는 마무리되었다. 마담 이즈메랄다는 내게 그만 가 보라는 손짓을 했다. 나는 그녀가 넬리우 때문에 나를 부른 것이 아니라는 사실에 기쁘고 감사한 마음으로 어두운 극장을 나왔다.

마리아가 예쁘고 힘도 세다고 했던 마담 이즈메랄다의 말이 맞았다. 내가 일을 시작하기 위해 저녁 늦게 제빵실에 들어갔을 때, 여자 한 명이 기다리고 있었다. 내가 지금까지 본 여자 중 가장 예뻤다. 나는 그 자리에서 바로 그녀에게 반해버렸다. 그 순간 세상에 그녀 말고는 아무도 없었다. 우리는 악수를 했다.

– 마리아라고 해. 그녀가 말했다.

– 사랑해, 라고 말하려고 했다. 하지만 당연히 그러진 않

았다. 나도 내 이름을 말했다.

– 나도 마리아야. 조제 안토니우 마리아. 밀가루 포대가 아주 무거울 텐데.

그녀 발 바로 앞에 밀가루가 한 포대 놓여 있었다. 파란 줄무늬와 빨간 줄무늬가 섞인 흰색 밀가루 포대. 그녀는 탄력 있게 무릎을 굽혀 앉더니 곧바로 밀가루 포대를 머리 위로 들어 올렸다.

여자가 어떻게 이리 힘이 셀 수 있단 말인가! 어떻게 여자가 이렇게 힘이 세면서 동시에 이렇게 아름다울 수 있단 말인가!

– 빵가게에서 일해본 적 있어? 내가 물었다.

– 응. 반죽하는 방법은 알고 있어.

그녀는 정말 반죽하는 법을 알고 있었다. 그래서 나는 우리가 하룻밤에 반죽해야 하는 양이 얼마나 되는지, 마담 이즈메랄다가 특별히 원하는 게 무엇인지만 설명하면 되었다. 그녀는 고개를 끄덕였고, 그 이후로 나는 그녀에게 한 번도 잔소리하지 않았다.

그녀가 얼마나 예뻤던지 나는 넬리우의 존재조차 여러 번 잊어버렸다. 자정에 그녀를 집으로 보내고 나서야 넬리우가 다시 내 의식 속에 들어왔는데, 그것도 밖에서 마리아를 기다리는 남자가 있는지 확인하러 나갔다 온 후에야 그렇게 되었다. 그녀는 혼자 어두운 거리로 사라졌다. 그 순간 나는 머릿속에서 그녀와 결혼했다.

나선형 계단에 서서야 나는 내가 어디로 왜 가는 중인지 생각이 났다. 동시에 양심의 가책을 느꼈다. 저 위에서는 한 사람이 죽어가고 있는데, 내 머릿속은 온통 새로 온 마리아로 가득했다. 쉽지는 않았지만 부끄러운 줄 알라고 자신을 야단치면서 서둘러 지붕 위로 올라갔다.

넬리우는 깨어 있었다. 마리아가 오기 전 초저녁에 인도 사진사의 사진관 앞을 지키는 야간경비에게서 낡은 담요 하나를 빌렸다. 담요를 빌리려고 그에게 빵 하나와 찻잎을 가득 채운 성냥갑 하나를 건넸다. 차가운 바람으로부터 넬리우를 보호하기 위해 담요를 덮어주었다. 넬리우에게 무울레느 부인에게서 받아 온 약을 먹이고, 넬리우가 또 발열에 시달리는 동안 나는 그 옆에 앉아 있었다. 시원한 바람이 넬리우에게 도움이 된 것 같았다. 넬리우가 나를 보자 미소를 지었다.

그 순간에 넬리우는 열 살짜리 소년이었다. 하지만 그다음 순간에는 다시 노인으로 돌아갈 수 있었다. 넬리우는 그렇게 계속 바뀌었다. 내 앞에 있는 사람이 열 살짜리 아이인지 세상 풍파 다 겪은 노인네인지 나는 알 수 없었다. 그나마 확실한 것은 넬리우가 닷새 전부터 이 지붕 위에 있다는 것이고, 오늘이 엿새 째 밤이며, 그 아이의 가슴에 난 상처가 점점 더 검어지고 있다는 것이다.

확실히는 모르지만 어쩌면 마리아를 만난 게 내게 영향을 미쳤을지 모르겠다. 어쨌든 붕대를 갈면서 넬리우에게 이제 명백하게 패혈증 증세가 나타나고 있다는 사실을 확인한 후, 나는 내 생각을 솔직히 말할 수밖에 없었다.

– 여기 지붕에 계속 있으면 넌 죽게 될 거야.

– 죽는 건 무섭지 않아요.

– 죽지 않을 수 있어. 내가 널 병원으로 데려가게 해 준다면 말이야. 네 몸 속에 있는 총알을 제거해야 해.

– 때가 되면 말할게요. 넬리우는 또 똑같은 말을 반복했다.

– 결정을 내려야 할 사람은 이제 나야. 이젠 너를 병원에 데려가야겠어. 그렇지 않으면 넌 죽어.

– 아니, 난 죽지 않아요.

내가 그 아이의 말을 믿게 만든 건 대체 뭘까? 넬리우는 어떻게 내가 분명히 옳지 않다는 걸 알고 있는 일을 하게 만들었을까?

그 질문에 대한 답은 나도 모른다. 어쨌든 넬리우의 힘은 너무 강해서 누구든 그의 말에 굴복할 수밖에 없었다.

그날 밤 넬리우는 코즈무스가 어떤 배에 몰래 올라타서 해가 뜨는 동쪽으로 여행을 떠난 다음에 일어난 일들에 관해 얘기했다. 그의 기력이 점차 떨어지던 동틀 무렵, 나는 선선한 공기가 다시 사라졌음을 느꼈다. 지붕을 내려가기 위해 일어나서 바다 쪽을 보니 내 눈에도 빙산은 보이지 않았다.

코즈무스가 사라지고 넬리우가 다른 아이들에게 이제 자기가 무리의 대장이라는 이야기를 전한 그 아침엔 모든 게 아주 조용히 흘러갔다. 지도부의 교체에는 불안과 어두운 저항감이 수반될 수 있다. 넬리우는 그들에게 사실대로 말했다. 코즈무스가 언젠가는 다시 올 것이고 그러면 모든 것이 예전으로 돌아갈 것이라고. 자신은 아무것도 바꿀 생각이 없고, 무리를 지휘하는 것에 대해 자신이 아는 모든 것은 코즈무스에게 배운 것이라고도 했다.

물론 그것은 완전한 사실은 아니었다. 밤중에 말의 배 안에 누워 잠을 이루지 못한 채 새벽을 기다리고 미친 듯이 웃는 신부의 고함치는 아침기도를 기다릴 때, 넬리우는 자신이 코즈무스와 꼭 같은 방식으로 무리를 이끌거라고 생각했다. 물론 거기에서 한 걸음 더 나가기는 할 것이다. 조금 더 참을성을 가지고 트리스테자를 대할 것이고, 끊임없이 반복되고 끝도 없는 알프레두 봄바의 이야기에 조금 더 웃어줄 것이다. 넬리우는 이런 방식으로 코즈무스가 무리 속에서 가지고 있던 대장으로서의 권위를 자신이 조금 더 강화할 수 있기를 바랐다.

대장이 교체된 후 처음에는 딱 한 아이가 넬리우를 도발했다. 나시멘투.

– 코즈무스가 어디 있는지 넌 알고 있지?

저녁이 되어 넬리우가 아이들이 낮에 자동차들을 지켜주고 세차해 준 대가로 벌어온 돈을 나눠줄 때면 나시멘투가 가끔 갑자기 묻곤 했다. 그러면 아이들 사이에 바로 긴장감이 흘렀다. 넬리우는 그 도전을 받아들여야 한다는 것을, 그리고 코즈무스가 왜 자신을 후계자로 결정했는지 나시멘투에게 확실히 해 두어야 한다는 걸 알았다.

– 코즈무스가 나를 대장으로 정한 건, 그가 어디로 갔는지 말하지 않을 유일한 사람이 나라는 걸 알기 때문이야.

이렇게 말하며 넬리우는 아무렇지도 않게 계속 돈을 나눴다.

나시멘투는 그 대답이 무슨 뜻인지 생각에 빠진 것 같았고, 그 저녁에는 더이상 아무 말도 하지 않았다. 다음 날 저녁이 되자 나시멘투가 다시 입을 열었다.

– 밤에 우리와 함께 자지 않는 대장은 필요 없어.

넬리우는 이 도전에도 준비가 되어 있었다. 나시멘투가

코즈무스와 자신이 다른 점을 찾아내 도발할 것이라는 걸 예상했었다. 나시멘투가 찾아낸 근본적인 차이점은 두 가지였다. 첫째, 넬리우가 따로 산다는 것, 둘째, 넬리우가 다른 아이들보다 나이가 많지 않다는 것.

– 모든 게 코즈무스가 대장일 때와 똑같을 거야. 넬리우가 말했다. 그러니 나는 계속 내가 원하는 곳에서 잘 거고.

– 대장은 우리보다 나이가 많아야 해. 나시멘투가 말했다.

– 그 문제라면 코즈무스에게 물어봐. 코즈무스가 분명히 네가 만족할 만한 답을 줄 거야.

나시멘투는 넬리우에게 시비를 걸어봐야 아무런 소용이 없다는 걸 깨닫고는 도발을 멈췄다. 그렇게 무리는 그들을 깨거나 갈라놓겠다는 위협 없이 권력 이양이 끝났으므로 조용해졌다. 얼마 안 있어 도시에 사는 다른 거리의 아이들도 코즈무스가 비밀 여행을 떠난 후 넬리우가 어린 나이에도 불구하고 그 무리의 우두머리가 됐다는 사실을 모두 알게 되었다.

그 무렵 넬리우는 세상이 왜 그런 식으로 돌아가고 있는지에 대해 자주 생각하기 시작했다. 넬리우의 눈앞에 끝없이 도시의 거리에서 보내는 인생이 보였다. 언젠가 노인이 되어 삶의 마지막 식사를 하게 될 때조차도 지금과 마찬가지로 거리의 쓰레기통에서 찾아낸 음식쓰레기를 먹게 될 터였다. 인생이 정말 그것뿐일까? 다른 건 없는 걸까? 넬리우는 하얀 난쟁이 야부 바타가 자신과 헤어질 때 했던 말을 곰곰이 생각해 보았다. 두 개의 길이 있다. 하나는 올바른 목적지로 안내하는 길이고, 다른 하나는 어리석음의 길이고 사람을 망치는 길이다. 그날 아침 도시로 향했던 야부 바타는 어느 길을 선택했을까? 차라리 끝없는 해안선을 따라가는 게 더 나았을까?

넬리우의 인생에는 오직 단 하나의 과제만 있었다. 살아남는 것. 그런 생각을 하면 넬리우는 불안해졌다.

뭔가 다른 걸 더 해야 한다는 생각이 들었다. 단지 살아남는 것 말고 뭔가 더 해야 한다.

그 당시 넬리우는 또한 주목할 만한 대단한 인간이라는 이미지를 만드는 데 일조한 몇 가지 습관을 들였다. 하지만 스스로는 자신을 둘러싼 소문들을 전혀 알지 못했다.

매일 아침 잠에서 깨어났을 때 그는 넬리우라는 이름으로 하루를 보내고 싶은지 자문하곤 했다. 자신의 이름이 부담스럽게 느껴지는 날이면 그는 다른 이름을 선택했다. 보통은 자신의 집인 기사 동상 근처에서 놀고 있는 아이들 중 한 명에게 이름을 물어보고 그 이름을 그날의 자신의 이름으로 삼았다. 넬리우가 동상을 자기 집으로 만들었다는 사실을 아는 사람은 여전히 아무도 없었다. 항상 마누엘 올리베이라가 빈 성당 앞에서 웃음을 터뜨리면 넬리우는 조심스럽게 입구 뚜껑을 열고 재빨리 밖으로 나왔다. 그런 다음 시내를 지나 다른 아이들이 대략 비슷한 시간에 잠에서 깨는 법무부 건물 앞 계단으로 갔다. 아이들은 법무부 수위들이 문을 열러 왔다가 자고 있는 자신들을 발견하기를 원치 않았다. 그렇지 않으면 그들은 가차 없이 쫓겨나게 되고, 종이 상자들은 산산조각이 날지도 모른다.

거리의 아이들의 나날은 항상 같았지만, 그렇다고 똑같이 반복되는 건 아니었다. 누구도 예측하지 못한 어떤 일이 늘 일어났다. 그러나 넬리우는 점점 더 자주 다른 아이들에게서 물러나 있었고, 아이들이 자신을 가만히 두지 않으면 화가 났다. 나시멘투가 페카두와 주먹다짐을 하거나 다른 무리의 누군가와 싸우기 시작하면 넬리우는 사색을 멈출 수밖에 없었다. 소란이 더 커지지 않게 하려면 넬리우가 개입해야 했다.

싸움이 일어났을 때 넬리우가 나타나면 즉시 조용해졌다. 그 누구도 넬리우에게 반항하지 않았다. 나시멘투조차도. 넬리우가 어떻게 한 번도 싸움에 연루되지 않고 그런 상황을 잘 피하는지도 모두에게는 수수께끼였다. 사람들은 넬리우의 아버지가 비범한 힘을 가진 잘 알려지지 않은 페이티세이루(feiticeiro, 마법사)이고 넬리우에게 그 비범한 힘을 물려준 것이라고 수군거렸다. 그 소문이 어디서 비롯되었고, 어디서 시작되었는지는 아무도 말할 수 없었다. 어느 날 넬리우가 마담 이즈메랄다의 빵가게 바로 뒤에 있는 나무에 기대어 앉아 알프레두 봄바가 전날 쓰레기통에서 주워온 더러운 아프리카 지도를 열심히 보고 있을 때, 넬리우의 건너편에 그림자가 드리워졌다. 넬리우가 힐끗 올려다보니, 아이를 안은 젊은 여자가 그의 앞에 서 있었다.

– 내 딸이 아프단다. 여자가 슬픈 목소리로 말했다.

– 그러면 약을 먹여야겠네요. 하지만 전 줄 수 있는 약이 없어요.

그렇게 말하고 넬리우는 다시 사색에 빠졌다. 여자는 가지 않고 그대로 서 있었다. 시간이 흘렀다. 한 시간도 더 지나서 넬리우는 다시 고개를 들어 여자를 보았다.

– 난 약이 없어요. 넬리우가 다시 말했다. 아기가 한 시간 전에 이미 아픈 상태였으니 지금은 더 아프겠네요.

여자는 아이를 가슴에 꼭 껴안고 있었다. 이제 그녀는 포대기를 풀고 무릎을 꿇고 넬리우를 향해 아이를 내밀었다. 많은 사람이 주변에 모여 있었다. 넬리우는 불편해졌다. 넬리우는 신비한 힘을 가지고 있는 페이티세이루와 쿠란데이루를 대단히 존경하고 있었다. 그들은 불안하게 떠도는 혼령과 대화할 수 있고, 모든 사람의 몸에서 악을 몰아내고 선이 발현될 수 있게 만드는 재능이 있었다. 넬리우는 자신에게 아기를 내민 그 여자가 자신을 페이티세이루로 여기고 있다는 걸 알았다. 그 사실이 넬리우를 두렵게 만들었다. 넬리우가 만약 페이티세이루인 척한다면 죽은 페이티세이루들이 그를 엄하게 벌할 것이다.

– 당신은 지금 착각하고 있는 거예요. 넬리우가 여자에게 말했다. 쿠란데이루에게로 가세요. 당신이 바로 떠난다면 내가 돈을 줄게요.

여자는 꼼짝도 하지 않았다. 넬리우의 눈에 호기심 가득한 얼굴로 상황을 지켜보고 있는 나시멘투와 다른 아이들이 들어왔다. 땀이 나기 시작했다.

– 얼른 가세요. 난 도와줄 수 없어요. 난 어린아이일 뿐이에요.

여자가 갑자기 그녀 주변으로 점점 더 몰려들고 있는 사람들을 향해 말했다.

– 내 아이가 아파요. 그런데 내 아이를 도와주지 않겠대요.

주변에 서 있던 사람들에게서 불만스러운 웅성거림이 터져 나왔고, 사람들은 모두 여자 편을 들었다. 넬리우는 다른 방법이 없다는 생각에 결국 아이를 받아 안았다. 아기의 입술이 말라서 터져 있는 게 보였다.

– 아기에게 소금물을 먹이세요. 넬리우는 예전에 어머니

가 자신에게 해 주었던 방법을 떠올리며 여자에게 말했다.

여자는 아이를 다시 받아 안고 미소를 지으며 구겨진 지폐 몇 장을 넬리우의 발 앞에 놓았다. 모여 있던 사람들이 흩어졌다.

– 코즈무스도 쿠란데이루까지는 아니었는데. 페카두가 놀란 얼굴로 말했다. 혹시 벼룩이 더이상 내 피를 빨아먹지 못하게 할 수도 있어?

며칠 후 아기엄마가 다시 찾아왔다. 아기는 건강해져 있었다. 넬리우는 소금을 넣어 끓인 물이 효과가 있었다고 생각했다. 그런데 그 순간부터 넬리우가 성스러운 치유의 힘을 지니고 있다는 소문이 퍼졌다. 가짜 쿠란데이루라는 사실이 밝혀지는 위험을 피하려면 다른 소문을 세상에 퍼뜨리는 수밖에 없다는 걸 넬리우는 알고 있었다. 그래서 무리를 불러 모았다.

– 너무 많은 사람이 병을 고쳐달라고 찾아오면 나는 더이상 너희들 대장을 할 수가 없어. 그러니까 지금부터 그 아기엄마가 나를 찾아왔던 그 자리에서만 내가 환자들을 받는다고 소문을 내도록 해. 딱 그곳에서만 받는다고. 다른 곳은 안 된다고.

그날부터 넬리우는 해결할 수 없는 수많은 질문에 대해

곰곰이 생각해 보려고 즐겨 찾곤 했던 그 나무 그늘을 일부러 피했다. 이후로 넬리우는 다시는 아픈 아기를 품에 안지 않았지만, 그래도 보이지 않는 망토가 그의 어깨에 둘려졌고, 그 누구도 더이상 그 망토를 걷어낼 수 없었다. 어린 나이에도 불구하고 코즈무스의 후계자가 된 넬리우는 이제 초자연적이고 불가사의한 힘을 가진 남자였다. 넬리우는 도시에서 유명인사가 되었다. 많은 사람이 조언을 구하기 위해 넬리우를 찾아왔다. 넬리우는 결코 현명한 답을 주기 위해 노력하지 않았다. 그저 머리에 떠오르는 대로만 말했다. 질문을 이해하지 못하면 그렇다고 솔직히 말했다. 해줄 말이 없으면 그냥 침묵했다. 곧 넬리우가 언젠가는 큰 기적을 일으킬 것이라는 소문이 돌았다. 아무도 그 기적이 무엇이 될지는 몰랐지만, 모두들 그 기적이 자신들의 도시를 세계적으로 유명하게 만들 웅장한 것이 될 거라고 기대했다.

그러나 넬리우에게는 훌륭하고 불가사의한 어떤 일을 이루고자 하는 의도가 전혀 없었다. 오로지 자신의 삶을 단순히 살아남는 것보다 더 중요한 다른 어떤 것으로 만들어 줄 무언가를 하기 위해 애쓸 뿐이었다. 동시에 코즈무스의 대리자라는 자신의 책임을 진지하게 받아들였다. 무리의 모든 아이가 병에 걸리지 않도록 잘 씻는지 항상 신경 썼다. 나시멘투가 취하겠다고 결심하고 어딘가에서 가져온 반쯤 남은 와인 병을 깨버린 적도 여러 번이었다. 생존 자체에 몰두하지 않고, 그늘을 찾을 수 있는 지점에서 느긋하게 있을 때면, 넬리우는 그들의 꿈에 관한 이야기에 귀를 기울이곤 했다. 그는 다른 사람들의 꿈도 자기 것만큼 강하다는 것을 알게 되었다. 넬리우는 삶이 아무리 힘들어도 꿈들은 계속 살아있을 것이라 믿었다. 저마다 다이아몬드처럼 견고하고 소중한 알맹이를 지니고 있었다. 그것은 바로 지금과는 다른 날에 대한 꿈, 재회, 잠잘 침대, 그들의 머리를 가려줄 지붕, 신분증에 대한 꿈이었다.

넬리우는 지식이란 사물의 관계를 볼 수 있음을 의미한다고 판단했다. 누군가 넬리우에게 인간의 근본적 욕구가 무엇인지 묻는다면, 넬리우는 곧바로 정답을 말할 수 있었다. 지붕과 신분증이었다. 그것은 음식, 물, 바지, 담요 외에 사람이 필요로 하는 것이었다. 머리 위로 지붕이 있고, 주머니 속에 신분증이 있다는 것이 바로 사람과 짐승이 다른 점이다. 지친 몸을 누일 수 있는 집을 짓고 신분증을 얻는 이런 것들이 가난에서 벗어나는 방법이고 번듯한 삶을 향한 첫걸음이었다. 때가 되면, 넬리우는 코즈무스가 맡긴 무리의 아이들이 거리의 삶에서 벗어나기 위한 긴 여정에 오를 수 있게 해 주고 싶었다.

넬리우는 아이들의 꿈에 대해 들으면서 그 꿈들이 터무

니없고 비현실적이라는 사실에 종종 화가 났다. 그는 화가 난 것을 드러내지 않으려고 항상 애썼지만, 가끔은 자신의 의견을 말하지 않을 수 없었다. 트리스테자가 자신이 언젠가는 은행을 설립할 것이라며 끝없는 수다로 아이들의 오후 낮잠을 한참이나 방해하자 넬리우는 결국 그를 질책할 수밖에 없었다. 넬리우는 겨우 잠이 든 아이들을 깨운 뒤 훈계를 시작했다.

-누구나 자기 꿈에 대해 말할 수 있어. 우리는 꿈을 꾸면 꿈을 갖게 되고, 우리의 꿈에 관해 이야기하면서 또 계속 꿈을 꾸지. 그건 좋아. 하지만 트리스테자처럼 하는 건 좋지 않아. 언젠가 은행을 세우게 될 거라고 믿는 건 좋은 꿈이 아니야. 특히 셈조차 할 줄 모르는 사람이라면 말이야. 말 그대로 어리석은 짓이지. 그러니까 트리스테자는 바로 지금부터 은행 이야기는 좀 덜 하기로 하자. 특히 다른 아이들이 낮잠을 자고 싶을 땐 더욱.

그 이후에는 조용해졌다. 모두 평화롭게 낮잠을 즐겼다. 하지만 지능이 좀 떨어지고 뭔가를 이해하기 위해 시간이 많이 필요한 트리스테자는 넬리우에게 아까 했던 말을 다시 해 달라고, 그리고 이번에는 좀 더 천천히 말해 달라고 부탁했다. 넬리우는 자신의 꿈을 금지당해서 매우 슬퍼하는 트리스테자를 보며 회한에 휩싸였다. 그 아이가 삶의 의욕을 잃지 않도록 다른 꿈을 하나 줘야 한다는 사실을 깨달았다.

– 생각을 더 빨리하도록 연습을 해 봐. 넬리우가 말했다. 그걸 네 꿈으로 만들어 봐. 언젠가는 네가 우리처럼 빠르게 생각하게 말이야. 그걸 배우고 나면 네가 운동화 살 돈을 우리가 모아줄게.

트리스테자가 믿지 못하겠다는 얼굴로 넬리우를 보았다.

– 나는 말한 건 꼭 지켜. 내가 지금까지 지키지 못할 약속을 한 적 있어?

트리스테자가 고개를 저었다.

– 네가 직접 신발가게에 가서 갖고 싶은 신발을 골라. 그러고 나서 네 주머니에서 돈을 꺼내서 직접 내는 거야.

– 하지만 난 그렇게 빨리 생각하는 법은 절대 배우지 못할 거야.

– 지금보다 조금만 더 빨리 생각하는 법을 배우면 신발을 받을 수 있어.

– 하지만 어떻게 하면 그럴 수 있는지 난 몰라.

– 너는 동시에 너무 많은 걸 생각해. 그래서 항상 네 머릿속이 엉켜있는 거야. 한 번에 한 가지만 생각하는 법을 배우도록 해, 그것뿐이야.

– 무슨 생각을 해야 하는데?

– 날씨가 너무 덥다는 생각을 해봐. 네가 계속 네 은행에

대해 떠들어대지 않는다면 우리가 얼마나 낮잠을 잘 잘지, 그리고 우리가 너 때문에 화낼 일이 없어질 거라는 생각을 해봐. 네가 잠이 들 때까지 그 생각을 하는 거야. 나중에 다른 생각할 거리를 내가 줄게.

– 운동화. 트리스테자가 말했다.

– 그래, 운동화. 이제 입 좀 다물어! 생각을 해봐. 그리고 자.

그렇게 트리스테자도 결국 잠들었지만 넬리우는 나무 그늘에 앉은 채 깨어 있었다. 넬리우는 십 년 후, 또 이십 년 후 어른이 된 트리스테자의 모습을 상상해보았다. 그리고 트리스테자가 분명히 그렇게 오래 살지 못할 것이라는 생각에 다시 슬퍼졌다. 세상은 생각이 느린 떠돌이 아이들이 오래 살아남을 수 있는 곳이 아니다.

어느 날 아침 알프레두 봄바가 넬리우를 찾아왔다. 넬리우는 날이 많이 빠지고 무뎌진 칼날로 멍하니 두 발에 묻은 흙과 때를 긁어내고 있었다. 알프레두 봄바가 간밤에 다음 날이 자기 생일이라는 꿈을 꾸었다고 말했다.

– 넌 언제 태어났는지 모르잖아. 넬리우가 말했다.

– 꿈에서는 알고 있었어. 사실이 아닌 게 왜 꿈에 나오겠어?

넬리우는 생각에 잠긴 얼굴로 알프레두 봄바를 보았다. 그러더니 손뼉을 치며 자리에서 일어났다.

– 네 말이 맞아. 내일이 네 생일이야. 생일파티를 하자. 이제 나한테 네 생일에 대해 조용히 생각할 시간을 줘.

어떤 문제를 해결해야 하거나 더이상 고민할 필요가 없어질 때까지 뭔가 궁리할 일이 있으면 넬리우는 항상 혼자 있고 싶어 했다. 다른 아이들이 주변에서 떠들고 있으면 생각할 수가 없었다. 그럴 때마다 그는 주로 주유소 뒤 바싹 마른 갈색 풀밭에 가 앉았다. 비쩍 마른 염소 몇 마리만이 그의 친구가 되어주는 곳이었다. 넬리우는 알프레두 봄바의 생일에 대해 생각을 좀 해보려고 그곳으로 갔다. 한 시간 뒤 계획이 정리되었다. 넬리우는 회의를 하기 위해 아이들을 불러 모았다. 나시멘투가 짐을 너무 많이 실은 버스 지붕에서 떨어진 반쯤 썩은 토마토 한 상자를 들고 왔다. 아이들은 빠르고 능숙하게 썩은 토마토들을 골라낸 다음 나머지 멀쩡한 토마토들을 먹어치웠다. 넬리우는 상자가 거의 다 빌 때까지 기다렸다가 입을 열었다.

– 내일은 중요한 날이야. 알프레두 봄바의 생일이지. 내일이 생일이라고 꿈을 꿨다니까 분명히 맞을 거야. 아마 아홉 살이나 열 살, 어쩌면 열한 살이 되는 거겠지. 그건 그다지 중요하지 않아. 알프레두 봄바가 자기 마음에 드는 나이

를 갖는 걸 누구도, 무엇도 막을 수 없어. 그러니까 내일은 우리 모두 함께 알프레두 봄바의 생일을 축하하자.

넬리우는 주유소에서 조금 떨어진 곳에 있는 한 집을 가리켰다. 그 집은 동 조아킹이 나라를 지배하던 시절, 먼 서부 지역에 큰 차밭을 여러 개 가지고 있던 부자 농장주의 소유였다. 젊은 혁명가들이 입성한 이후 집은 오랫동안 비어 있었고, 이제는 폐가가 되다시피 했다. 그런데 지난 몇 년간 이 나라를 돕겠다고 찾아온 여러 백인들이 그 집에 기거했는데, 사람들은 그 백인들을 보통 코페란트(cooperante, 개발원조 자원봉사자)라 불렀다. 현재는 아주 노란 머리카락을 가진 남자 하나가 그 집에 살고 있는데, 그가 어느 나라에서 왔는지 아는 사람은 아무도 없었다. 넬리우는 우연히 그 남자가 마르케스(markes, 덴마크 사람이라는 뜻)라는 말을 들은 적이 있는데, 그 말이 무슨 뜻인지는 알지 못했다.

넬리우는 코페란트들을 보면서 종종 놀라곤 했다. 그들은 반바지를 입고 샌들을 신었으며 돈이 들어있는 작은 가방을 허리띠에 걸고 다녔다. 넬리우는 그게 혹시 그들의 유니폼이 아닐까 생각했다. 그들은 큰 자동차를 몰고 다녔고, 거의 늘 거리의 아이들에게 아주 친절했으며 자동차를 지켜준 값도 매우 후하게 쳐줬다. 그들은 햇볕에 얼굴이 벌겋게 타는 걸 좋아했고, 그들에게 끊임없이 돈을 구걸하는 흑인들을 전혀 무서워하지 않는다는 걸 보여주려고 애썼다. 물론 넬리우는 그들이 사실은 흑인들을 무서워한다는 걸 알아차렸다.

넬리우가 그 집을 가리켰다.

– 내일은 토요일이야. 그 말은 마르케스가 자기 차를 매트리스들과 의자들과 음식으로 잔뜩 채울 거란 얘기지. 그러면 다음 날, 일요일에나 집으로 돌아온다고. 그 집 임프레가다(empregada, 가정부)도 쉬는 날이고, 야간경비는 항상 깊은 잠이 들어서 잘 안 깨지. 나시멘투가 와인 한 병을 구할 수 있으면, 경비를 더 깊이 잠에 빠지게 만들 수 있어. 저 집에 사는 남자는 마르케스이고 코페란트야. 가난한 사람들을 도와주기 위해 우리나라에 온 거지. 우리는 가난한 아이들이야. 그러니까 우리가 저 집에서 알프레두 봄바의 생일파티를 하면 그 사람이 우리를 도와주는 거지. 저 집에서 생일파티를 하자.

넬리우의 말은 폭풍 같은 항의를 불러일으켰다. 넬리우는 아이들 모두 자신의 아이디어를 훌륭하게 생각한다는 걸, 그리고 지금 문제가 될 만한 것들을 모두 거론함으로써 자신을 도와주려 한다는 걸 알고 있었다.

– 저 집에 어떻게 들어갈 건데? 만디오카가 말했다. 문을 따고 들어가는 즉시 경찰이 올 거야. 그럼 우리는 감옥에서 생일파티를 하게 되겠지. 그리고 엄청나게 두들겨 맞겠지.

특히 알프레두 봄바가 많이 맞을 거야. 모두 개 생일 때문에 벌어진 일이니까.

– 우린 도둑처럼 저 집에 들어가지 않을 거야. 넬리우가 말했다. 나중에 설명해줄게.

– 우리 집이 아니니까 들어가면 조용히 해야 해. 나시멘투가 말했다. 하지만 우리는 조용히 할 수가 없어. 지금까지 그래 본 적이 없잖아. 시끄럽게 떠들지 않으면서 어떻게 생일파티를 하잔 거야?

– 창문을 열지 않을 거야. 넬리우가 대답했다. 그리고 아무것도 망가뜨리지 않을 거야.

– 불을 켤 수도 없어. 낯선 집인데 불도 못 켜고 캄캄하게 있잔 말이야? 우리가 원하든 원하지 않든 많은 것들이 망가지게 될 거야.

– 마르케스는 집에 없을 때 항상 집 안 불을 켜 둬. 도둑 들지 말라고.

넬리우는 아이들이 제기하는 모든 이의에 답을 한 다음 어떻게 집에 들어갈지 설명했다.

– 만디오카는 두 가지만은 우리 중에서 최고야. 첫째, 누구보다도 불쌍하고 배고프게 보일 수 있어. 둘째, 오랫동안 움직이지 않고 가만히 있을 수 있지. 그래서 만디오카가 저 집 현관에 가서 초인종을 누를 거야. 코페란트가 문을 열겠

지. 그러면 만디오카 너는 비틀거리다가 정신을 잃고 문지방 안쪽으로 쓰러지는 거야. 코페란트가 놀라서 너에게 마실 물을 가져다줄 거야. 잠시 후 너는 정신이 들고 괜찮아져. 그러면 화장실을 좀 써도 되는지 물어봐. 혼자 화장실에 가면 창문 고리를 벗겨 놔. 중요한 건 그 집 사람들이 눈치채지 못하게 벗겨 놔야 한다는 거야. 그런 다음 코페란트에게 친절을 베풀어줘서 고맙다고 인사를 해. 네가 너무 배가 고파 보여서 분명히 네게 돈도 좀 줄 거야. 그런 후 우리에게 오면 돼.

– 배가 고파 보이려면 난 배가 불러야 해. 만디오카가 말했다. 배가 고픈 상태에서 배가 고픈 척하면 그냥 화난 것처럼 보여.

넬리우가 토마토 상자를 가리켰다.

– 나머지 토마토는 만디오카 거야. 넬리우가 말했다. 그 집에 들어가면 딱 한 가지만 기억하면 돼. 욕실에서 소변을 보려면 뚜껑이 있는 의자 안에다 보는 거야. 수도꼭지가 달린 넓은 그릇에 오줌을 누면 절대 안 돼. 알았어?

– 오줌은 누지 않을 거야. 만디오카가 말했다. 그런데 무슨 그릇을 말하는 거야?

– 거기 가면 알게 될 거야. 넬리우가 말했다. 이제 코페란트가 집에 올 때까지 여기서 기다리자.

– 그 사람이 내일 떠나지 않으면 어떡해? 나시멘투가 말했다.

– 토요일과 일요일에는 모든 코페란트들이 해변에 누워 있어. 그리고 피부가 빨개지지. 만디오카카 말했다. 넬리우 말이 맞아.

– 난 한 번도 생일파티를 해본 적이 없어. 알프레두 봄바가 말했다. 생일파티는 어떻게 하는 거야?

– 먹고 춤추고 노래하는 거야. 넬리우가 말했다. 우리도 똑같이 그걸 할 거야. 그리고 머리 위 지붕이 있는 집 안에서 깨끗하게 씻고 침대에서 잠을 자는 거지. 코페란트의 텔레비전도 보고.

– 텔레비전이 없을 수도 있어.

– 코페란트들에게는 모두 텔레비전이 있어. 넬리우가 대꾸했다. 그들은 노란 머리카락을 갖고 있고 텔레비전도 가지고 있어. 이참에 그건 확실하게 알아두어야 해.

마르케스의 집에 간 만디오카는 현관에서 기절했고, 화장실에서 창문 고리를 벗겨 놓았고, 기운을 차리고 그 집을 나설 때 이만 메티칼을 받았다. 다음 날 아이들은 금발의 남자가 자기 차를 타고 집을 나설 때 거리에 서서 손을 흔들었다. 나시멘투는 오후에 반쯤 남은 와인 한 병을 구해 왔다.

저녁 여덟 시쯤 야간경비는 잠이 들었고, 아이들은 집 뒤 정원으로 숨어 들어갔다. 만디오카의 어깨에 올라탄 트리스테자가 화장실 창문으로 들어갔다. 그리고 넬리우가 시킨 대로 곧바로 현관문을 열었다. 아이들은 어두운 그림자가 있는 곳에 몸을 숨긴 채 거리에 나타난 경찰 몇 명이 지나갈 때까지 기다렸다. 그런 다음 재빨리 그림자를 벗어나 문 안으로 들어갔다. 넬리우는 아이들에게 커튼이 모두 쳐져 있는지 확인할 때까지 꼼짝 말고 서 있으라고 엄한 지시를 내렸다. 확인이 끝난 다음 아이들을 복도에 불러 모았다.

– 이제 모두 가서 씻도록 해. 제일 중요한 건 발이 아주 깨끗해야 한다는 거야.

아이들이 제대로 씻을지 믿을 수 없었던 넬리우는 아이들을 욕실에 집어넣은 다음 깨끗하게 씻었는지 한 사람씩 확인한 후 욕실에서 내보내 주겠다고 엄포를 놓았다. 그런 다음 넬리우는 집안을 돌아보며, 냉장고 두 개의 내용물을 살펴보고, 아이들이 어디에서 자야 할지 정하고, 텔레비전을 켜고, 쉽게 바닥에 떨어져 깨질 만한 사기로 된 꽃병 몇 개를 치워놓았다.

넬리우가 만족하기까지 나시멘투는 발을 두 번이나 더 씻어야 했다. 넬리우는 아이들을 부엌으로 모이게 했다.

– 코페란트들의 냉장고에는 항상 먹을 게 많아. 넬리우가

말했다. 내 생각에 우리가 알프레두 봄바의 생일을 멋진 음식과 함께 축하한다면 이 집 남자도 분명 기뻐할 거야. 그러니 이제 같이 음식을 만들자.

넬리우는 마치 출정을 계획하기라도 한 듯 차근차근 일을 진행했다. 만디오카가 채소를 담당하고 페카두와 나시멘투에게는 밥을 짓게 했다. 넬리우가 큰 고기 한 조각을 잘게 썰어 프라이팬에 볶는 동안 알프레두 봄바와 트리스테자는 다른 아이들을 도왔다. 음식 준비가 끝나고 아이들은 큰 식탁에 둘러앉았다. 식료품 창고에서 찾은 주스도 식탁에 차려놓았고, 이제 아이들은 넬리우가 식사 시작 신호를 주기만 기다렸다.

– 오늘이 어쩌면 알프레두 봄바의 생일일 거야. 넬리우가 말했다. 어쨌든 그렇다는 꿈을 꾸었대. 이제 시작하자.

식사를 하는 동안 넬리우는 여러 번 개입해야 했다. 고기를 놓고 주먹다짐이 일어날 뻔했기 때문이다. 나시멘투가 스스로도 의식하지 못한 채 너무 떠들기 시작하자 넬리우는 몰래 나시멘투가 마시던 잔의 냄새를 맡아보았고, 나시멘투가 주스에 술을 섞었다는 걸 알았다. 넬리우는 나시멘투가 눈치채지 못하도록 잽싸게 자기 잔과 나시멘투의 잔을 바꾸고 술이 섞인 주스는 싱크대 배수구에 쏟아버렸다. 거대한 냉동고에서 아이스크림이 든 큰 통 두 개를 찾아서 다 먹어

치운 다음, 아이들은 넬리우가 큰 거실에서 가져온 라디오의 음악에 맞춰 춤을 추기 시작했다. 넬리우는 아이들이 계속 부엌에 있는 게 좋겠다는 생각을 했다. 부엌에는 뭔가를 흘려 더럽힐 카펫이 없고, 타일로 된 바닥은 쉽게 닦을 수 있을 것이었다.

넬리우는 처음에는 좀 떨어진 곳에 앉아서 아이들이 춤추는 것을 바라보았다. 머릿속 깊은 곳 어딘가에서 팀빌라(timbila, 실로폰과 비슷한 아프리카 전통 악기) 소리와 강도들이 불태운 고향마을의 북소리가 들리는 것 같았다. 마르케스의 부엌에 있는 온갖 혼령들이, 모든 죽은 자들의, 그리고 어쩌면 죽었을, 아니면 아직 살아있는 모든 사람들의 혼령이 갑자기 넬리우를 에워쌌다. 마음이 슬퍼진 넬리우는 자신의 어두운 얼굴이 알프레두 봄바의 생일파티를 망칠 수도 있겠다는 생각이 들었다. 그래서 자리에서 일어나서 춤추는 아이들 속으로 들어갔다. 넬리우는 이마에 땀이 흘러내릴 때까지 춤을 췄다. 아이들은 밤이 깊을 때까지, 그리고 더이상 두 다리와 엉덩이를 움직일 수 없을 때까지 춤을 췄다.

알프레두 봄바는 이미 큰 식탁 아래에서 잠이 들었다. 넬리우는 아이들 각자에게 잘 곳을 정해주었다. 몇 명은 마르케스의 침대에서, 다른 아이들은 소파에서 자도록 했다. 집안에 다시 고요가 찾아오고, 넬리우는 부엌으로 가서 어질

러진 것들을 치웠다. 아침이 밝아올 때쯤에는 집이 말끔히 정리되었다. 냉장고나 냉동고를 열어보지 않는 이상 누군가가 집에 들어왔었다는 걸 아무도 눈치채지 못할 정도였다. 넬리우는 조용한 방들을 돌아다니며 잠들어 있는 아이들을 보았다.

갑자기 여러 시간과 공간을 동시에 돌아다니고 있는 느낌이 들었다. 도적들이 와서 불태워버린 자신의 고향마을 밖에 있던 작은 숲이 떠오르기도 했다.

강도들이 다행히 그 숲의 나무들까지 불태우지는 않았다고 생각했다. 그 숲은 수백 년의 세월 동안 만들어진 것이다. 아기가 새로 태어나면 마을 사람들은 그곳에 나무 한 그루를 심었다. 그 나무를 보면 그 사람이 몇 살인지 알 수 있었다. 큰 그늘을 만들어주던 아주 높고 굵은 나무들은 이미 영계로 돌아간 사람들의 나무였다. 그러나 산 자와 죽은 자의 나무가 같은 숲을 이루며 같은 땅과 같은 비에서 양분을 취했다. 나무들은 그곳에 서서 아직 태어나지 않은 아이들과 아직 심지 않은 나무들을 기다렸다. 그렇게 숲은 자라고, 마을의 나이는 늘 그곳에 존재할 것이다. 나무를 보고 사람이 죽었다는 것을 알 수는 없었고, 다만 누군가가 태어났다는 것만 알 수 있었다.

넬리우는 자는 아이들을 보며 자신이 지금 어쩌면 아직

존재하지 않는 세계에서 움직이고 있는 것이 아닐까 생각했다. 먼 훗날 언젠가는 이 아이들이 침대와 소파에서 잠을 잘 것이고, 배부른 사람들만이 꿀 수 있는 꿈을 갖게 될 것이다. 미래는 어쩌면 마르케스의 집처럼 생겼을 것이다.

한순간 그는 한 인간이 향유할 수 있는 최대의 기적, 원로들이 이야기했던 바로 그것을 자신이 보고 있다고 생각했다. 이미 존재했던 것과 앞으로 올 것을 같은 순간에 경험하는 그 기적을.

넬리우는 자신과 아이들이 마르케스의 집에서 보낸 밤을 절대 잊지 못할 것임을 알고 있었다. 알프레두 봄바는 자신의 생일을 기억할 것이고, 넬리우는 자유롭게 시간을 떠다니는 것 같았던 그 느낌을 기억할 것이다.

눈에 보이는 날개가 없어도 나는 것이 가능하다고 넬리우는 생각했다. 우리에게 날개를 볼 수 있는 특권이 있다면, 날개는 우리 안에 있는 것이다.

맨 먼저 일어난 사람은 트리스테자였다.

– 오늘은 뭘 생각하면 될까? 그가 물었다.

– 발이 깨끗한 게 어떤 느낌인지를 생각해 봐. 넬리우가 대답했다.

다른 아이들도 차례로 잠에서 깼고 정신을 차리기 위해 눈을 비볐다. 처음에는 현재 있는 곳이 어딘지 몰라 놀라는 눈치더니 곧 전날 밤 일을 기억해냈다. 아직 이른 아침이었다. 넬리우는 커튼 틈 사이로 야간경비가 아직 자는 걸 확인했다.

– 이제 가야 할 시간이야. 우리가 들어왔던 대로 똑같이 나가자.

– 냉장고 속에 음식이 그렇게 많다는 걸 어떻게 알았어? 나시멘투가 갑자기 물었다.

– 매일 음식이 가득 찬 바구니들을 가지고 집에 돌아오는 사람은 혼자 그걸 다 먹을 수 없어. 그 질문에는 너도 내 도움 없이 대답할 수 있었을 거야.

들어올 때와 마찬가지로 아이들은 사람들의 눈에 전혀 띄지 않고 마르케스의 집을 떠났다.

– 음식이 다 없어진 걸 알면 그 사람이 뭐라고 할까? 알프레두 봄바가 걱정스러운 얼굴로 물었다.

– 나도 몰라. 넬리우가 말했다. 아마 우리 세계에 사는 다른 백인들과 같은 말을 하겠지. 아프리카와 흑인들은 이해할 수 없다고.

– 우리가 그래? 알프레두 봄바가 물었다. 우리가 이해할 수 없는 존재야?

– 우리는 아니야. 넬리우가 말했다. 하지만 우리가 사는 이 세계는 가끔 이해하기 어렵지.

큰 비밀을 공유하고 있다는 생각을 하며 아이들은 거리로 나왔다. 넬리우는 아이들이 이른 아침인데도 다른 날과 다르게 에너지 넘치는 모습으로 쓰레기통들을 뒤지고 사람들에게 세차 제의를 하는 걸 확인할 수 있었다.

그는 전날 밤에 했던 것이 좋은 일이었다는 생각을 했다. 하지만 다시는 반복하지 않을 것이다.

그날 아침 넬리우는 아주 피곤했다. 그래서 나무 그늘에 앉아 있을 것이니 아무도 방해하지 말라고 말했다. 싸우지도 말고 근처에서 시끄럽게 하지도 말라고 했다.

넬리우는 나무로 가다가 멈칫했다. 그곳에 누군가가 앉아 있었다. 한 번도 본 적 없는 사람이었다. 넬리우는 자기 자리를 빼앗겼다는 생각에 화가 났다. 넬리우 말고는 아무도 그곳에 앉을 수 없었다.

나무로 다가갔다. 가까이에서 보니 그곳에 앉아 있는 사람은 한 소녀였다. 그리고 소녀는 야부 바타와 똑같이 하얀, 알비노였다.

이야기가 계속되길 기다렸지만 이어지지 않았다. 넬리우는 이야기를 멈추고 생각에 빠졌다. 그러더니 나를 바라보았다.

– 뭔가 중요한 의미가 있을 거라고 내가 생각했던 게 기

억나요. 넬리우의 목소리가 이제는 아주 약했고, 나는 붕대 밑에서 검어지고 악취를 풍기는 상처를 생각했다.

– 뭔가 중요한 의미가 있다고 생각했어요. 넬리우가 말을 이었다. 처음에는 야부 바타가 내게 도시로 가는 길을 가르쳐 줬어요. 그런데 이제는 해진 옷을 입은 소녀가 내 자리에 앉아 있었어요. 무슨 의미가 있다고 생각했어요. 그리고 실제로 그랬어요.

나는 갑자기 나 혼자 마음속으로 결혼한 내 아내를 떠올렸다. 아무도 밤에 집에 바래다주지 않았던 반죽 담당으로 새로 온 그 여자를. 저녁에 그녀를 다시 볼 생각을 하니 벌써 기대감에 마음이 부풀었다.

– 형에게 뭔가 기쁜 일이 있는 게 느껴지네요. 넬리우가 말했다. 지금 너무 피곤하지만 않으면 무슨 일인지 듣고 싶은데.

– 이제 좀 쉬어야 해. 내가 말했다. 그러고 나서 병원에 데려갈게.

하지만 넬리우는 대답하지 않았다. 이미 눈을 감은 상태였다.

나는 일어나서 지붕을 내려갔다.

여섯째 날 밤이 지나갔다.

일곱째 날 밤

발소리만 들어도 그 사람이 사랑에 빠졌다는 걸 알 수 있을까? 만약 그렇다면, 그리고 내 생각엔 그럴 것 같은데, 아마도 마리아는 내가 그녀와 함께 마담 이즈메랄다의 빵을 굽기 위해 제빵실에 들어간 두 번째 저녁에 이미 그녀를 향한 내 마음이 뜨겁게 달아올랐다는 사실을 눈치챘을 것이다. 날씨는 매우 더웠고, 그녀는 몸의 윤곽이 뚜렷하게 드러나는 얇은 원피스를 입고 있었다. 내가 지붕에서 내려왔을 때 그녀는 이미 일을 시작해 있었고 나를 보자 미소를 지었다.

그때로부터 일 년이 지난 지금 나는 가끔 생각한다. 모든 게 달랐다면, 넬리우가 죽지 않고, 내가 바람의 기록자가 되기 위해 마담 이즈메랄다의 빵가게를 그만두지 않았다면, 마리아와 나는 지금 부부가 되어 있을 거라고. 하지만 우리는 그러지 않았고, 이젠 더이상 가능하지도 않다. 그녀에게는 이미 다른 짝이 있으니까. 그녀를 시내에서 본 적이 있는데, 어떤 남자가 그녀 곁에 딱 붙어 있었다. 아마 시장에서 새를 파는 남자였던 것 같고, 그녀의 배가 아주 많이 불러 있었다. 그녀와 내가 함께 보낸 시간이 짧았고, 또 내 마음처럼 그녀도 같은 마음인지 결코 확인할 수 없었지만, 나는 그녀에 대한 기억을 내 인생의 가장 큰 기쁨으로 간직하고 있다. 그러나 그 기쁨은 가장 큰 슬픔의 씨앗도 품고 있다.

넬리우가 극장 지붕 위에 누워 그의 온몸을 중독시키고 결국 목숨을 앗아갈 검은 상처로 인해 서서히 죽어가고 있던 그 날들 동안 내 삶의 어떤 것이 종말을 고하는 것 같았다. 아니, 목숨을 빼앗겼다고 말하는 게 맞을 것 같다. 죽음은 항상 불청객처럼 찾아오고, 우리를 방해하고 혼란을 일으킨다. 넬리우의 경우, 죽음은 총과 함께 왔고, 그 총알이 그의 몸을 뚫고 들어가 그의 영혼을 훔쳤다.

내가 제빵실에서 쓰는 흰 모자를 벗어놓고, 앞치마를 벗어 못에 걸고 마지막으로 마담 이즈메랄다의 빵가게를 나선 이후, 나에게는 새로운 삶이 시작되었다. 그 삶 속으로 나는, 아무리 내가 원했더라도, 마리아를 데려갈 수 없었다.

내가 어찌 자진해서 거지의 삶을 택한 남자의 아내로 살아야 하는 세상으로 함께 나가자고 청할 수 있었겠는가. 내게는 그것이 운명이라는 걸 어떻게 그녀에게 이해시킬 수 있었겠는가.

이후에 그녀를 거리에서 보곤 했다. 그녀는 여전히 매우 아름다웠다. 나는 그녀를 결코 잊지 못할 것이다. 언젠가 내 시간이 다했다는 걸 느끼면, 혼령들이 나를 부르면, 나는 눈을 감고 내 영혼 속에서 그녀를 다시 만나 그녀의 모습을 간직한 채 이 세상을 떠날 것이다.

그러면 죽는 게 좀 더 쉬울 것 같다. 적어도 그랬으면 좋겠다. 나 역시 평범한 보통 인간이기 때문에 다른 사람들과 똑같이 미지의 것에 대해 두려움을 느낀다. 내 두려움은 삶이 너무 짧다는 사실에서 비롯되는 것 같지는 않다. 오히려 내가 얼마나 오랫동안 죽어 있게 될지를 생각하면 때때로 공포와 어둠이 나를 엄습한다.

바라건대, 내 혼령이 날개를 가졌으면 좋겠다. 죽음 저편 영원한 미지의 세계에서 보내게 될 그 긴 시간 동안 꼼짝 않고 나무 그늘에만 앉아 있을 수는 없지 않겠는가.

사람이 사랑에 빠지면 그 발소리만 들어도 그걸 알 수 있을 것 같다. 그의 두 발은 바닥에 닿지도 않을 만큼 가볍고, 모든 두려움을 이겨낼 수 있고, 그의 시간은 이른 새벽 안개처럼 허공에 흩어져 사라진다.

마리아는 내가 함께 일해 본 반죽 담당자들 중 최고였다. 그녀에게 전에 어디에서 일했었는지 그리고 어떻게 마담 이즈메랄다가 그녀를 발견했는지 물었지만 그녀는 웃기만 할 뿐 내 질문에 대답하지 않았다.

그녀가 일하는 모습을 보고 있으면 마치 누군가가 노래하는 걸 듣는 것 같았다.

그녀처럼 일하는 누군가를 본다면, 그 모습을 본 사람도 노래를 부르기 시작할 것이다.

나는 마리아가 반죽 작업을 마치고 자정이 조금 지난 시간에 어둠 속으로 사라지는 것을 보기 위해 그녀를 따라 거리로 나갔던 그 밤들 동안 내 생애 최고의 빵을 구웠다고 생각한다. 나는 이미 그녀가 돌아올 다음 밤을 손꼽아 기다리고 있었다. 어린아이 같고 어쩌면 순진하게도 나는 가끔 그녀가 어둠 속으로 사라져 다시는 돌아오지 않을 것 같은 걱정에 휩싸이곤 했다. 하지만 다음 날이면 그녀는 다시 나타났고, 그녀의 원피스는 항상 얇았고, 내가 지붕에서 내려오면 그녀는 그 아름다운 웃음으로 나를 맞아주었다.

그녀에게 넬리우 이야기를 하고 싶었다. 그녀라면 분명히 넬리우의 붕대를 나보다 더 잘 갈아줄 수 있을 테고, 넬리우에게 살고 싶으면 이제는 지붕에서 내려와 병원으로 가야 할 때라는 걸 더 잘 이해시킬 수 있을 것이었다.

하지만 나는 그녀에게 아무 말도 하지 않았다. 넬리우에게도 그녀의 이름을 전혀 언급하지 않았다.

저기 별 아래 지붕 위, 그곳에는 오로지 그 아이와 나뿐이었다.

빵 반죽을 올린 첫 번째 판들을 뜨거운 오븐에 밀어 넣고 지붕에 올라갔을 때, 나는 넬리우가 나를 기다리고 있었다는 느낌이 들었다. 그래도 나아지려고 애쓰고 있었을까? 상처는 더 검어졌고, 나는 악취 때문에 붕대를 가는 동안 숨을 참아야 했다. 하지만 혹시 내가 알지 못하는 치유의 과정이 진행되고 있는 걸까? 혹시나 하는 마음으로 넬리우의 이마를 만져보았으나, 이마는 다시 불덩이처럼 뜨거웠다. 무울레느 부인이 준 약초를 물과 섞어 넬리우에게 먹였다. 넬리우는 전보다 훨씬 더 힘겹게 약을 삼켰다. 그 모습을 보다가 그는 내가 그에게 어떤 약을 주고 있는지 한 번도 묻지 않았다는 생각이 들었다. 그를 지붕에 데려온 순간부터 그는 한 번도 그를 돌보는 내 능력을 의심하지 않았다.

아니면 혹시 총에 맞은 그 순간부터 아무도 자신을 구할 수 없다는 걸 알았기 때문이었을까.

나 혼자 모든 책임을 떠안지 않길 바랐다. 내가 감당하기엔 너무 큰 책임이었다. 하지만 내게는 그 책임을 나눌만한 사람이 아무도 없었다. 그러기에는 이미 너무 늦었다.

나는 새 붕대로 갈아준 다음 그에게 깨끗한 셔츠를 입혔다. 날이 너무 더워서, 넬리우가 덮고 있던 담요를 접어 베개처럼 만들어서 그의 머리를 더 받쳐주었다. 넬리우는 몹시 지쳤지만 두 눈만은 이상할 정도로 맑았다. 다시 나는 그가 나를 꿰뚫어 볼 수 있다는 느낌이 들었다.

넬리우가 나를 바라볼 때면, 그는 영락없이 총알 두 개가 몸에 박힌 채 누워있는 열 살짜리 소년이었다. 하지만 열이 돌아오면, 넬리우는 다시 노인으로 변했다. 그런 모습을 보면서 과거와 미래 사이, 혼령의 세계와 이승의 세계를 아무 어려움 없이 넘나드는 건 그의 의식만이 아니라는 생각이 들었다. 그의 몸 역시 서로 다른 나이를 오가고 있는 것 같았다. 실제 그의 모습인 아이와 그땐 이미 죽었을 것이기에 그가 결코 될 수 없는 노인 사이를 말이다.

– 우리 조상의 혼령들에게도 얼굴이 있어? 내가 갑자기 물었다. 그 질문이 갑자기 왜 튀어나왔는지는 나도 모른다. 마치 내 입에서 말이 나간 후에야 내가 무슨 말을 했는지 안 것 같았다.

– 사람들에게는 얼굴이 있죠. 넬리우가 대답했다. 하지만 혼령들에겐 없어요. 그래도 우리는 그들을 알아볼 수 있어

요. 누가 누군지 구분할 수 있죠. 혼령들은 눈도 입도 귀도 없어요. 그래도 그들은 보고, 말하고, 들을 수 있어요.

– 너는 그걸 어떻게 알아?

– 혼령들은 우리 주변에 있어요. 여기에 있다고요. 하지만 우리 눈에 보이진 않아요. 우리에게 중요한 건 그들이 우리를 본다는 걸 우리가 아는 거예요.

나는 더이상 묻지 않았다. 넬리우가 하는 말을 내가 정말 이해한 건지 자신이 없었다. 하지만 그를 쓸데없이 더 지치게 하고 싶지 않았다.

그 밤에 넬리우는 시드자나(xidjana, 알비노)가 온 이야기를 했다.

시드자나는 마르케스의 집에서 알프레두 봄바의 생일파티를 한 다음 날 아침 넬리우의 나무 그늘에 앉아 있던 바로 그 소녀였다. 옷은 다 해지고, 얼굴은 강한 햇볕에 그을린 자국 투성이었고, 그리고 정말로 알비노였다. 넬리우가 다가오는 소리를 들은 소녀가 재빨리 넬리우를 향해 몸을 돌렸다.

– 여기는 내 자리인데 여기서 뭘 하는 거니? 넬리우가 물었다.

– 그늘은 누군가의 소유가 될 수 있는 집이 아니야. 시드자나가 대답했다. 난 여기 앉아 있을 거야.

넬리우가 지금껏 거리의 아이로 사는 동안 시드자나처럼 이렇게 넬리우를 도발한 사람은 아직 아무도 없었다. 넬리우는 동시에 그 소녀가 불안해하고 있고 어쩌면 약한 아이일 거라는 인상을 받았다. 넬리우는 소녀에게서 조금 떨어진 곳에 쪼그리고 앉아 소녀에게 말을 걸었다.

– 넌 이름이 뭐야?

– 데올린다.

– 어디서 왔어?

– 너랑 같은 곳. 아무 데도 아닌 곳.

– 여기서 뭘 하는 거야?

– 여기에서 살려고.

대화는 나시멘투에 의해 중단되었다. 주인 대신 녹슨 화물차를 지키느라 화물차 적재 칸에 앉아 있던 나시멘투가 나무 아래에 있는 소녀를 발견하고 큰소리를 지르며 달려온 것이다.

– 이 시드자나가 여기서 뭘 하는 거야? 너는 시드자나가 불행을 가져온다는 거 몰라?

– 나는 불행을 가져오는 사람이 아니야. 소녀가 말하며 자리에서 일어섰다.

– 여기서 꺼져. 나시멘투가 큰 소리로 말하며 주먹을 쳐들고 소녀에게 달려들었다. 넬리우는 제때 막지 못했다. 그

런데 그럴 필요도 없었다. 번개처럼 빠르게 반응한 시드자나가 나시멘투를 넘어뜨렸다. 기습에 놀라 바닥에 누워있는 나시멘투 위로 몸을 굽히고 서 있던 데올린다가 입을 열었다.

– 난 불행을 가져오는 사람이 아니야. 난 누구든 때려눕힐 수 있어. 난 이곳에 머물 거야.

– 이곳에 시드자나 따위는 필요하지 않아. 나시멘투가 말하며 바닥에서 일어났다.

– 이 아이 이름은 데올린다야. 넬리우가 말했다. 그만 화물차로 돌아가. 얘가 너보다 더 세니까.

나시멘투는 물러갔다. 넬리우는 나시멘투가 화물차 적재칸으로 다른 아이들을 불러 모으는 것을 보았다. 아이들 중 누구도 알비노가 무리에 들어오는 것을 원하지 않을 것이다. 넬리우 역시 소녀가 사라지는 게 최선이라고 생각했다. 집단이 너무 커지는 것을 원치 않았다. 그러면 넬리우가 무리를 제대로 통제하기 어려워질 것이고, 무리도 스스로를 통제하는 능력을 잃게 될 것이다.

– 넌 내 자리에 앉았어. 그건 금지야. 이제 그만 가! 우리 무리에 여자아이는 필요 없으니까. 네가 우리가 못하는 일을 할 수 있는 것도 아니고.

– 난 글을 읽을 수 있어. 할 줄 아는 게 많아.

넬리우는 데올린다가 거짓말을 한다고 믿었다. 그래서 근처 건물 옆으로 가서 누군가가 담벼락에 써놓은 단어를 손으로 가리켰다.

– 이게 무슨 뜻이야?

데올린다는 강한 햇빛 때문에 눈이 아픈지 눈을 가늘게 떴다.

– 테호리스타(terrorista, 테러리스트).

글을 읽을 줄 모르는 넬리우는 자신이 데올린다의 대답이 맞는지 판단할 수 없다는 사실을 떠올렸다.

– 이건 글자가 커서 네가 읽을 수 있는 거야.

넬리우는 길에서 찢어진 신문 한 장을 주워 데올린다에게 건넸다.

– 이걸 읽어봐.

데올린다는 신문지를 눈에 가까이 대고 읽기 시작했다.

– '많은 아이가 큰 집에서 살 기회를 얻게 될 것이다. 누구의 아이도 아닌 아이들이 모두의 아이들이 되는 것이다.'

– 그게 무슨 뜻이야? 누구의 아이도 아닌 아이들? 어떤 아이들을 말하는 거지?

데올린다가 잠시 이마를 찌푸리며 생각에 빠졌다. 그러더니 미소를 지었다.

– 아마 우리를 말하는 건가 봐.

그리고 계속 기사를 읽었다.

–'유럽의 한 단체가 그 기획에 비용을 댈 것이다….'

–기획?

–우리가 기획을 당하는 거야. 난 이미 한 번 당한 적 있어. 옷도 받았고 많은 다른 아이들과 한집에서 사는 거였어. 더이상 거리에서 살면 안 되는 거였고. 그런데 들어간 지 얼마 안돼 바로 도망쳤지.

넬리우는 데올린다가 정말 글을 읽을 줄 안다는 사실을 어쩔 수 없이 인정할 수밖에 없었다. 그 소녀가 알비노이고 얼굴은 온통 햇볕에 그을린 자국 투성이였지만 머리가 아주 똑똑하다는 걸 알았다. 그렇다 해도 무리에 받아들여도 될지 결정을 내리는 데는 주저할 수밖에 없었다. 알비노가 불행을 가져온다는 게 어쩌면 사실이었을지도 모른다. 그러다가 아버지에게서 정반대의 이야기를 들었던 것이 생각났다. 시드자나는 결코 죽을 수 없으며 많은 비범한 힘을 지니고 있다고 했다.

그러나 가장 큰 문제는 사실 다른 데 있었다. 데올린다는 여자아이였다. 거리에 사는 여자아이는 거의 없었다. 상황은 종종 남자아이들보다 그들에게 더 나빴다.

넬리우는 혼자 생각할 시간이 필요했다.

–가서 구운 통닭 두 마리를 구해 와. 네가 뭘 할 수 있는

지 보여 줘. 그러면 너를 받아들일지 말지 결정할게.

데올린다가 자리를 떴다. 그녀는 야자나무 껍질을 엮어 만든 작은 가방을 어깨에 메고 있었다. 입고 있는 원피스는 너덜너덜했지만, 그녀는 금방이라도 춤을 추기 시작할 것처럼 몸을 움직였다. 넬리우는 자기 자리인 나무 그늘에 앉았다. 코즈무스라면 어떻게 했을까? 그는 멀리, 태양과 꽤 가까운 배 위에 있는 코즈무스를 상상하려고 했다. 그리고 그의 목소리를 들으려고 노력했다.

– 그 아이를 받아들인다면 넌 제정신이 아닌 거야. 코즈무스의 목소리가 들려오는 것 같았다.

– 그 아이는 글을 읽을 줄 알아. 넬리우가 이의를 제기했다. 글을 읽을 줄 아는 거리의 아이가 있다는 이야기는 들어본 적 없어. 여자아이는 더더구나.

– 너 개 눈 봤어? 코즈무스가 말했고, 넬리우는 화가 난 목소리라고 느꼈다. 눈이 빨갛고 염증이 나 있는 거 봤냐고? 글을 많이 읽으면 그런 눈이 되는 거야. 그러다 장님이 되는 거고.

– 시드자나는 모두 눈이 빨개. 글을 읽지 못하는 시드자나들도.

코즈무스가 한숨을 쉬는 것 같았다.

– 그러면 받아들이던가. 하지만 문제가 생기면 바로 쫓

아내.

넬리우가 고개를 끄덕였다. 데올린다를 받아들일 것이다. 물론 구운 통닭을 가져온다면.

저녁이 되었지만 데올린다는 나타나지 않았다. 넬리우는 그녀가 자신이 받아들여지지 않을 거라는 걸 깨달았을 것이고, 그래서 닭을 구하려고 애쓰지도 돌아오지도 않을 거라고 생각했다. 나시멘투는 아주 만족스러운 눈치였고, 데올린다가 한 번만 더 거리에 나타나면 때려죽이겠다고 떠들어댔다. 그 말을 들은 만디오카가 시드자나가 나시멘투를 바닥에 내팽개친 이야기를 꺼내자 한바탕 드잡이가 시작되었고, 넬리우는 싸우는 아이들을 떼어놓기 위해 젖 먹던 힘까지 써야 했다. 싸움은 나시멘투가 만디오카에게 달려들며 시작되었다. 하지만 알프레두 봄바가 싸움에 끼어들면서 둘의 분노는 알프레두 봄바를 향했다. 넬리우는 거리의 아이들 간의 싸움에는 나름의 법칙이 있고 종종 전혀 다른 방향으로 전개된다는 사실을 익히 알고 있었다.

– 그 여자아이는 갔어. 싸움이 정리된 후 넬리우가 말했다. 어쩌면 다시 돌아올 수도 있고 아닐 수도 있지. 그 아이가 여기 왔었다는 사실을 당분간 잊어버리자고.

아이들은 잘 준비를 했다.

– 이제 무슨 생각을 하면 될까? 트리스테자가 물었다.

– 마르케스 집에서 보낸 밤을 생각해 봐. 넬리우가 말했다.

– 이제 난 더이상 은행 생각을 하지 않아. 트리스테자가 자랑스럽게 말했다.

– 일주일에 한 번은 생각해도 돼. 하지만 우리가 낮잠을 자야 하는 오후에는 절대 생각하면 안 돼.

다음 날 아침 데올린다가 나타났다. 넬리우는 다시 자기 나무 밑에 앉아 있는 데올린다를 발견했다. 넬리우가 다가가자 데올린다는 구운 통닭 두 마리를 가방에서 꺼냈다.

– 이거 어디서 났어?

– 어떤 대사가 정원에서 큰 잔치를 벌였어. 아무도 안 볼 때 울타리 두 개를 넘어서 부엌에 들어갔지.

넬리우는 대사가 뭔지 몰랐다. 넬리우는 데올린다에게 자신의 무지를 알려야 할지 몰라 잠시 머뭇거렸다. 하지만 호기심이 이겼다.

– 대사?

– 먼 나라에서 온 대사 말이야.

– 어느 나라?

– 유럽.

넬리우는 유럽 이야기는 들어본 적이 있었다. 마르케스들이 그곳에서 왔다고 했고, 돈이 들어있는 작은 가방을 배에 두르고 다니는 코페란트라는 사람들도 모두 그곳에서 온 사람들이다.

넬리우는 통닭 한 마리의 살점을 떼어 맛을 보았다.

– 피리피리가 너무 조금 들었어.

데올린다가 가방을 열고 작은 유리병을 꺼냈다.

– 피리피리 여기 있어.

무리의 아이들이 조심스레 다가왔다. 넬리우는 닭 두 마리를 아이들에게 나눠 주었다. 나시멘투는 처음엔 자기 몫을 받지 않으려고 했지만, 결국 고기를 날쌔게 움켜잡고는 조금 떨어진 곳에 자리를 잡고 앉았다. 그 순간부터 데올린다는 무리의 일원이었다. 넬리우는 코즈무스가 자신에게 누구 편이냐고 물었던 때를, 그리고 그 순간부터 자신이 무리의 일원이 되었던 사실을 떠올렸다. 이제 무리는 데올린다를 받아들였고, 넬리우는 무리가 완성되었다는 걸 알았다. 무리의 아이들 중 누군가가 사라지지 않는 한 더이상 새로운 일원은 없을 것이다.

아이들이 닭을 다 먹은 후 넬리우는 나시멘투를 가까이 불렀다.

– 데올린다는 이제 우리 편이야. 그 말은 나한테 사전에 허락을 구하지 않고선 아무도 저 아이를 때려서는 안 된다는 얘기야. 데올린다는 새로 들어왔으니까 돈을 절반만 받

을 거야. 저 아이가 그럴 자격이 있다고 판단되면 그때부터 우리랑 똑같이 받게 될 거야. 그리고 누구도 저 아이를 시드자나라고 불러선 안 돼. 물론 저 아이가 그래도 된다고 하면 괜찮아. 다른 한편으로 데올린다는 자기가 여자라는 사실을 이용해선 안 돼. 우리 모두와 똑같아야 해.

넬리우는 잊은 게 있는지 생각해 보았다. 잠시 머뭇거리다가 덧붙였다.

– 데올린다가 소변을 볼 때 혼자 있고 싶어 하면 그렇게 해도 돼. 그리고 밤에 추우면 담요를 덮어도 되고. 물론 자기가 덮을 담요는 스스로 구해야겠지.

넬리우는 할 말이 있는 사람이 있는지 무리를 둘러보았다.

– 쟤를 어떻게 대해야 해? 나시멘투가 물었다. 쟤는 흑인도 백인도 아니고 불행을 가져올 텐데.

모두를 놀라게 한 사실은 나시멘투의 말에 대답을 내놓은 사람이 트리스테자였다는 것이다.

– 어쩌면 그래서 좋을 수도 있어. 우리와 같이 있으면 시드자나이고 백인들과 있으면 백인이잖아. 저쪽에도 속하고 우리에게도 속할 수 있는 거지.

– 좋은 대답이야. 넬리우가 말했다. 머지않아 운동화를 받을 수 있겠어.

넬리우가 데올린다를 무리에 받아들인 것이 옳았다는 걸 확인하기까지는 오래 걸리지 않았다. 데올린다는 구걸에 소질이 있었다. 거리에서 일어나는 여러 가지 예상치 못한 상황에서 재빨리 가능성을 찾아냈다. 게다가 싸움도 잘했고 방어에도 능했다. 곧 아무도 감히 그녀를 공격하지 못했다. 그래봤자 데올린다가 더 강자라는 사실만 확인하게 될 뿐이었다. 오직 나시멘투만이 공개적으로 그녀의 존재에 대한 불만을 계속 드러냈다. 넬리우는 언젠가 나시멘투가 그들을 떠나 다른 무리에 가담하게 될지도 모른다는 의심이 들었다. 그래서 나시멘투를 주유소 뒤로 데려가 무리를 떠날 생각인지 단도직입적으로 물었다.

– 아니야.

넬리우는 나시멘투의 목소리에서 그가 거짓말을 하고 있다는 걸 눈치챘다. 하지만 나시멘투가 떠나기로 결정했다면 자신이 할 수 있는 일이 아무것도 없다는 것도 깨달았다.

무엇이 데올린다를 거리로 내몬 건지 넬리우가 대충 이해할 수 있기까지는 꽤 오랜 시간이 걸렸다. 넬리우가 그것에 관해 물어볼 때마다 데올린다는 그저 알 필요 없다고 언짢게 낮은 소리로 대답할 뿐이었다. 그녀가 잠든 사이에 그녀의 가방을 몰래 열어 그 안에 있는 한 남자와 한 여자의 사진을 보고서야 넬리우는 무슨 일이 있었는지 추측할 수 있었다. 사진 속 남자의 얼굴은 지워져 있었다. 못이나 돌로 얼굴을 긁어낸 것 같았다. 사진을 제 자리에 돌려놓은 넬리우는 데올린다의 가방을 열어보았다는 사실이 부끄럽고 후회스러웠다. 그 누구도 남에게 비밀을 털어놓으라고 강요해서는 안 되고, 그 누구에게도 자신의 호기심을 충족시키기 위해 몰래 정보를 얻을 권리는 없는 것이다.

넬리우는 자신의 어머니가 예전에 했던 말을 떠올렸다. 사람에게는 밤의 도둑처럼 다른 사람의 마음에 몰래 숨어 들어갈 권리가 없다고 했다.

넬리우는 곧 데올린다와 만디오카가 친구가 되었다는 걸 알게 되었다. 둘은 종종 함께 길가에 쪼그리고 앉아 뭔가를 속닥거리다가 웃음을 터뜨리곤 했다. 나시멘투는 근처에 있으면서도 두 아이에게 합류할 엄두는 내지 못한 채 잔뜩 성이 난 얼굴로 주변을 맴돌기만 했다. 둘은 그런 나시멘투에게 전혀 신경 쓰지 않는 듯했다.

어느 저녁, 동상 집으로 돌아가던 넬리우는 데올린다가 뒤를 따라오고 있다는 걸 눈치챘다. 처음에는 가던 걸음을 멈추고 데올린다에게 다른 아이들에게로 돌아가라고 말할 생각이었다. 그런데 지금이 그녀가 거리로 내몰리게 된 이유를 알아낼 좋은 기회라는 생각이 퍼뜩 들었다. 작은 광장에 이르자 넬리우는 동상 발치에 앉았다. 광장은 잠자고 있는 야간경비들과 드럼통에 숯불을 피우고 구운 닭다리를 파는 남자를 제외하곤 텅 비어있었다. 데올린다는 길모퉁이에 멈춰 서서 어두운 그림자 속에 몸을 숨기려 애쓰고 있었다. 넬리우가 데올린다에게 거기 있는 걸 봤다고 소리쳤다. 들켜서 좀 멋쩍을 수도 있겠다 싶었다.

– 왜 내 뒤를 몰래 따라온 거야?

– 어디 사는지 보려고. 그녀가 그의 눈을 똑바로 쳐다보며 대답했다.

– 평생 나를 따라와 봐. 그래도 절대 내가 어디 사는지 알 수 없을 테니까.

– 어째서?

– 난 갑자기 사라지거든.

– 그걸 보고 싶어.

넬리우가 고개를 끄덕였다.

– 네가 눈치채지 못하게 내가 사라진다면, 넌 나한테 뭘 줄 거야?

그녀가 갑자기 한 발짝 뒤로 물러났다.

– 난 쇼구쇼구(xogo-xogo, 성교) 하고 싶지 않아.

넬리우는 당황했다. 그는 쇼구쇼구가 뭔지 알고 있었지만, 한 번도 한 적이 없었다. 그는 자신이 그걸 하고 싶다는 생각조차 아직은 할 나이가 아니라는 걸 잘 알고 있었다.

– 난 그저 네가 어디에서 왔는지 알고 싶을 뿐이야. 그게 다야.

– 그걸 왜 알고 싶은데?

– 네가 어디에서 왔는지 내가 모르면 넌 더이상 우리 무리와 살 수 없어. 네가 처음 나무 그늘 내 자리에 와서 앉은 날 말이야, 그날 거기 오기 전에 뭐 했어? 왜 거기 와서 앉은 거야? 물어볼 게 너무 많아.

데올린다는 고민하는 얼굴이었다. 그러더니 고개를 끄덕였다.

– 넌 어차피 내가 모르게 사라질 수 없어. 그러니까 네 질문에 답을 하겠다고 약속할게.

– 뒤돌아서 눈을 감아. 귀도 막고. 그런 다음 열까지 세. 숫자 셀 줄 알지?

– 난 다 할 줄 알아. 셈도 하고 글도 읽고 쓸 수 있어.

– 어떻게 배운 거야?

데올린다는 대답하지 않았다.

– 뒤돌아. 넬리우가 말했다. 눈을 감고 열까지 큰 소리로 세. 그리고 동시에 손으로 귀를 막고. 속임수를 쓰면 넌 눈이 멀게 될 거야.

넬리우는 데올린다가 몸을 움찔하는 걸 알아챘다. 이 아이도 넬리우가 지녔다는 초자연적인 힘에 대해 이미 들은 게 분명했다.

데올린다가 뒤돌아서서 눈을 감고 숫자를 세기 시작했다. 넬리우는 잽싸게 뚜껑을 열고 동상의 배 속으로 들어갔다. 갈기 옆에 난 구멍을 통해 밖에 서 있는 데올린다를 볼 수 있었다. 숫자를 다 센 데올린다가 몸을 돌렸다. 텅 빈 광장에는 넬리우가 몸을 숨겼을 만한 곳이 한 군데도 없었고, 길모퉁이까지 뛰어가 사라졌을 가능성 역시 없었다.

넬리우는 그녀의 표정을 보며 무슨 생각을 하는지 알아내려고 했다. 그는 그녀가 예상치 못한 일에 부딪혔다는 것을 감지했다.

데올린다가 천천히 발걸음을 돌렸다. 넬리우는 데올린다가 광장을 완전히 벗어날 때까지 기다렸다. 그런 다음 재빨리 동상에서 나와 텅 빈 밤거리를 달려 자신이 아는 가장 빠른 지름길로 무리의 나머지 아이들이 자고 있을 법무부 건물로 향했다. 그리고 자기 나무 밑에 앉아 기다렸다. 넬리우는 데올린다가 오는 걸 보고 일어나 다가갔다. 데올린다가 넬리우를 보고 깜짝 놀라 뒤로 물러섰다.

– 봐, 말한 대로 사라졌다가 다시 나타났잖아.

넬리우가 데올린다에게 손을 내밀었다.

– 만져봐. 따뜻하지? 네 앞에 있는 내가 환영이나 귀신이 아니란 증거야.

데올린다가 조심스럽게 손가락 끝으로 넬리우의 손을 만졌다.

– 사람들은 자도 너무 많이 자. 넬리우가 말했다. 우리는 이 긴 밤에 이야기나 나누자.

넬리우는 그녀를 병원 근처의 언덕 위에 있는 식물원으로 데리고 갔다. 철문들은 모두 두꺼운 사슬과 맹꽁이자물쇠들로 잠겨 있었다. 하지만 넬리우는 울타리 어디에 개구멍이 있는지 알고 있었다. 둘은 그 구멍을 통해 안으로 들어갔고, 넬리우는 데올린다를 편히 앉을 수 있는 벤치로 데려갔다. 식물원 바로 옆에 호텔이 하나 있어서, 그 호텔의 네온간판 불빛이 벤치가 있는 곳을 비추고 있었다.

데올린다의 얼굴이 아주 창백했다.

넬리우는 데올린다의 낡은 원피스를 보며 그들이 얼른 돈을 모아 그녀의 새 원피스를 살 수 있으면 좋겠다는 생각을 했다.

넬리우는 아무것도 물을 필요가 없었다. 데올린다가 스스로 자기가 살아온 이야기를 하기 시작했다. 넬리우는 그러는 것이 그 아이를 편하게 하는 거라는 걸 감지했고, 그래서 아무 말 없이 그녀가 하는 말에 귀를 기울였다.

데올린다는 그 도시의 가장 가난한 교외에서 태어났다. 도시에서 나온 진창 같은 쓰레기더미를 헛간 같은 집들과 초라한 움막들이 둘러싸고 있는 곳이었다. 세상에 나온 데올린다는 알비노였다. 데올린다의 아버지는 태어난 아기를 보는 것조차 거부했고, 그는 자기 아내가 밤에 공동묘지에서 몰래 만났던 죽은 남자의 아이를 가진 거였다고 덮어씌웠다. 그리고는 아내와 딸을 집에서 내쫓았다. 데올린다는 나중에 어머니로부터 그때가 엄청난 절망의 시기였다는 이야기를 들었다. 하지만 데올린다의 어머니는 딸을 죽이지 않았다. 남편에게 돌아가기 위해 딸을 질식시켜 쓰레기 속에 묻어버리는 대신, 그녀는 딸을 데리고 도시에서 멀리 떨어진 한 마을로 갔다. 여러 날을 걸어야 도착할 만큼 먼 그곳에 그녀의 언니가 살고 있었고, 그렇게 해서 모녀는 그곳에 살게 되었다. 다른 세 아이는 아버지 곁에 남았기에, 어머니는 그 아이들을 너무 그리워한 나머지 병에 걸려 오랫동안 위독했다. 수개월이 지났을 때 갑자기 아버지로부터 전갈이 왔다. 절대 알비노를 낳을 리 없는 새로운 아내를 맞았으니 돌아올 필요 없다는 소식이었다. 아이들은 자신이 키울 것이며, 공동묘지의 귀신과 바람을 피워 자신을 기만함으로써 자신에게 씻을 수 없는 오점을 안긴 그녀를 저주한다는 말도 덧붙였다.

– 나는 귀신 아버지에게서 난 아이야. 내 귀에는 그녀가 그 말을 침을 뱉듯 내뱉는 것처럼 들렸다. 어른이 되고 똑똑

해진 지금, 나는 그게 사실이란 걸 알아. 내 아버지는 귀신이야, 설사 살아있다 하더라도.

– 너 몇 살이야? 넬리우가 물었다.

데올린다가 어깨를 으쓱했다.

– 열하나. 아니면 열다섯. 혹은 아흔.

– 내 생각에 너는 열둘인 것 같은데.

– 내가 열두 살이면 죽을 때까지 그 나이로 있을 거야. 어째서 늘 나이를 바꿔야 해?

– 나도 그런 생각을 한 적 있어. 나는 언젠가 지겨워질 때까지 열 살로 있을까 해. 그런 다음 나는 아흔세 살이 될 거야.

식물원 연못에서 개구리들이 울어댔다. 데올린다는 가방에서 썩기 시작한 바나나를 몇 개 꺼내더니 넬리우에게 나눠주었다.

걸음마를 배우고, 생후 네 번의 우기가 지났을 때 데올린다는 자신이 다른 사람과 다르다는 사실을 분명히 인식하게 되었다. 데올린다에게 그 어느 때보다 어머니가 필요했던 그 시기에, 어머니에게는 다른 마을에서 일부러 데려온 유명한 쿠란데이루조차도 고칠 수 없는 광기가 덮쳤다. 그녀는 모든 음식을 거부했고, 더이상 머리도 땋지 않으려 했고,

알몸으로 마을을 돌아다니기 시작했다. 그녀의 언니는 어쩔 수 없이 그녀를 움막에 가두고 문에 못을 박아버렸다. 사람들은 움막 벽의 길고 가는 각목들 사이로 그녀에게 물을 넣어주었지만, 그녀는 결국 그 안에서 죽음을 맞이했다. 어느 날 밤 움막의 지붕을 받치고 있는 대나무 줄기의 뾰족한 파편으로 자기 눈을 찌른 결과였다. 어머니에 대한 데올린다의 마지막 기억은 움막 벽의 각목들 사이로 내밀고 있는 그녀의 두 손이었다. 그녀에게서 남은 거라곤 그게 다인 것 같았다. 끊임없이 무언가를 갈구하는 빈 두 손.

어머니가 죽자 이모가 달라졌다. 이모는 자기 동생이 데올린다 때문에 죽었다고 생각했고, 그 이유로 데올린다를 자주 때리고 때때로 굶기기도 했다. 데올린다는 자신이 왜 다른 사람들과 다른지 알고 싶었지만 아무도 알려 주는 사람이 없었다. 그래서 결국 자신이 사람들로부터 모든 비난을 받는 건 당연하다고 믿기 시작했다. 조상들이 그들의 온갖 비행을 데올린다에게 몰아놓았고, 그 잘못들을 감당할 인물로 데올린다를 선택했다고 생각했다. 데올린다는 더이상 그 마을에 머물 수 없다는 걸 깨달았고, 자신을 도와줄 유일한 사람으로 아버지를 떠올렸다. 모두가 잠든 밤 데올린다는 영원히 그 마을을 떠났다. 도시에 와서 냄새나는 쓰레기더미 옆에 있는 아버지 집을 찾아갔을 때, 아버지는 긴 막대기를 들고 데올린다를 쫓아버렸고 다시 찾아오면 가만 두지 않겠다고 했다. 그 이후, 데올린다에게 남은 곳이라곤 도시의 거리밖에 없었다. 수녀들이 여러 번 그녀를 고아원으로 데려갔다. 하지만 매번 며칠 이상은 그곳에 머물지 못했다. 도시의 거리에는 그녀와 똑같이 하얀 사람들이 있었다. 그들 중에는 심지어 자동차도 있고, 일도 있고, 좋은 집에 사는 이들도 있었다. 데올린다가 발견한 사실은 무엇보다 그들에게 흑인 아이들도 있다는 것이었다. 도시의 거리에서는 데올린다가 남과 다른 유일한 사람이 아니었다.

– 나는 아이들을 낳을 때까지 살 거야. 데올린다가 말했다. 나는 아이들을 수없이 많이 낳을 거고, 그 아이들은 모두 흑인일 거야. 더이상 아이를 낳을 수 없게 되면 가서 아버지를 때려죽일 거야.

– 그건 별로 좋은 생각이 아닌 것 같은데. 넬리우가 신중하게 이야기했다. 아버지를 꼭 죽이고 싶다면 다른 사람이 하게 하는 게 좋아. 감옥에 갇히는 건 좋지 않으니까.

– 나한테 사라지는 법을 가르쳐주면 좋겠어.

– 그럴 수 없어. 나도 내가 어떻게 하는 건지 몰라. 그나저나 왜 우리랑 같이 지내고 싶었는지나 얘기해 봐.

데올린다는 오랫동안 말이 없었다. 넬리우는 데올린다가 주저하고 있다는 걸 알았다. 그는 눈을 감고 기다리는 동안 벤치에서 잠깐 졸았다.

데올린다가 그의 어깨를 건드리는 바람에 갑자기 잠에서 깼다.

– 너 자고 있었어.

– 나는 기다리는 걸 별로 좋아하지 않아. 그래서 기다리는 대신 뭔가 다른 걸 하지. 지금은 그 대신 잠을 잔 것이고.

– 코즈무스가 우리 오빠야.

넬리우는 깜짝 놀랐다. 그리고 데올린다가 한 말을 한참 동안 생각했다. 그 말이 사실이란 말인가!

– 아버지가 막대기를 들고 나를 쫓아버리는 걸 오빠가 봤어. 오빠는 그때 아직 그 집에 살고 있었거든. 아버지는 오빠도 마구 패기 시작했어. 그래서 오빠가 도시로 도망친 거지. 그리고 저쪽 계단에서 자는 아이들의 우두머리가 된 거야. 우리 둘은 가끔 몰래 만났어. 오빠가 여행을 떠나고 나면 나보고 와도 된다고 했어. 내게 읽기, 쓰기, 셈하기를 가르쳐준 사람도 오빠야.

– 하지만 내가 너를 받아들일지 말지 코즈무스가 알 수 없었을 텐데.

– 네가 분명히 그럴 거라고 오빠가 그랬어.

넬리우는 놀랄 만한 이 새로운 사실에 대해 곰곰이 생각했다.

– 네가 우리한테 올 수 있게 하려고 코즈무스가 떠난 거야?

– 그럴 수도 있어.

– 코즈무스는 교회 벽에 걸려있어야 할 사람이구나. 초상화로 말이야. 나무에 얼굴이 새겨진 성인의 초상화처럼.

둘은 들어갈 때와 같은 구멍으로 식물원을 나왔다.

– 나는 어른이 되면 온 세상을 다니며 노래할 거야. 텅 빈 거리를 걸으며 데올린다가 갑자기 말했다.

– 너 노래할 줄 알아?

– 응. 할 수 있어. 그리고 내 목소리는 정말 까만색이야.

– 모든 사람의 혀는 다 붉은색이야, 모든 사람의 피처럼. 세상에는 생각해 볼 만한 일들이 참 많아.

데올린다는 만디오카 옆자리에 있던 자기 담요로 몸을 감쌌다. 트리스테자와 만디오카의 사이에는 종이상자 안에 뚜껑을 덮고 들어가 있는 나시멘투가 있었다. 둘은 마치 나시멘투의 꿈속에서 도사리고 있다가 공격할지도 모르는 괴물들로부터 나시멘투를 보호하기 위해 경비를 서고 있는 것 같았다. 넬리우는 생각에 잠겨 아이들을 바라보다가 동상을 향해 발걸음을 옮겼다. 걸으면서 데올린다의 이야기를 생각했다. 도중에 그는 멋진 옷을 입은 사람들이 그들의 차에 타고 있는 큰 호텔을 지나쳤다. 넬리우는 잠시 멈춰 서서 부유

함의 모습을 관찰했다. 그러고는 다시 집으로 가는 발걸음을 재촉했다.

동상 안에 들어가 말의 왼쪽 뒷다리에 머리를 대고 누웠다. 이미 아주 늦은 밤이었는데도 잠이 오지 않았다. 넬리우는 강도들이 한밤중에 갑자기 나타나 마을에 불을 지르기 전까지의 삶을 돌아보았다. 마치 보이지 않는 바람이 그를 그때로 데려다준 것 같았다. 말 동상의 배 안이 갑자기 그에게 기억을 불러일으키는 혼령들로 가득 찼다. 넬리우는 큰 슬픔에 휩싸였고, 그 슬픔은 그의 비쩍 마른 몸이 감당하기 어려울 정도로 컸다.

이른 아침이었다. 움막 앞 바짝 마른 땅에서 먼지가 일었다. 어머니는 옥수수를 빻고 있었다. 그리고 노래를 불렀다. 그는 어두운 움막 안 갈대로 엮은 돗자리 위에 누워 자다가 잠에서 깼다. 나무 타는 냄새가 움막 입구로 들어왔다. 나무 타는 냄새는 매일 아침 그에게 또 하루를 살 것이라는 생각이 들게 했다. 환한 햇빛이 비추는 밖으로 나가보니 모든 것이 사실이었다. 무거운 절굿공이로 옥수수를 빻는 어머니, 그 어머니 등에 업혀 있는 갓 태어난 여동생….

넬리우는 말 속에서 몸을 일으켜 똑바로 섰다. 그의 머리는 기사의 가슴팍에 왔다. 말이 살아있는 것 같이 느껴졌다. 넬리우는 곧 집으로 돌아가야겠다고 생각했다. 그 이후에 무슨 일이 있었는지, 누가 아직 살아있고, 누가 죽었는지 알아야 했다.

그를 둘러싸고 있는 혼령들은 얼굴이 없었다. 넬리우는 자신이 그 혼령들에게서 갑자기 아버지나 어머니 또는 형제자매들의 존재를 느끼게 될까 봐 두려웠다. 그러면 그들이 죽었단 뜻이기 때문이다. 만약 그런 일이 일어난다면, 넬리우의 삶은 살아남는 것 말고는 아무 의미가 없는 지금의 삶보다 더 어려워질 것이다.

넬리우는 그 시간 이후에는 전혀 춤도 추지 않고 심지어 웃지도 않았던 것으로 기억한다. 침울한 기분을 숨길 수 없었고, 숨기려고 노력할 필요도 전혀 느끼지 못했다. 넬리우는 아이들이 자신을 가만두지 않아 종종 신경이 예민해졌다. 나시멘투는 끊임없이 싸움을 일으켰고, 트리스테자는 매일같이 넬리우에게 이제 무슨 생각을 해야 할지 그리고 언제쯤 운동화를 사게 될지 물었다. 그럴 때면 넬리우는 화를 내기도 했는데, 그러고 나면 오히려 코즈무스는 전혀 하지 않았던 행동을 자신이 했다는 사실에 더 우울해졌다. 넬리우가 혼자 있고 싶어 한다는 걸 눈치챈 데올린다는 그런 넬리우를 보호하기 위해 애썼다. 가능하면 아이들이 넬리우를 방해하지 못하도록 다른 곳으로 보내기도 했고, 넬리우가 직접 쓰레기더미를 뒤져 먹을 것을 찾지 않아도 항상 뭔가 먹을 수 있도록 조치했다.

넬리우는 자기 나무 그늘에 앉아 있을 때면 종종 코즈무스 생각을 했다. 코즈무스가 아직 살아있는지, 혹시 바다에 빠져 죽은 건 아닌지, 아니면 태양에 너무 가까이 가서 몸에 불이 붙어 타버린 것은 아닌지 궁금했다. 야부 바타가 십구 년이 넘도록 찾아 헤매고 있는 길을 찾았는지도 알고 싶었다.

생각이 너무 많아지면 넬리우는 무리의 본거지인 거리에서 벗어나 한참 동안 홀로 이곳저곳을 거닐었다. 그러면 아이들은 항상 누군가를 몰래 붙여서 넬리우가 곧장 바다로 가 사라지는 일이 없도록 지켜봤다. 물론 넬리우는 항상 누가 일정한 거리를 두고 자기 뒤를 따라온다는 사실을 알고 있었다. 보통 때 같으면 걸음을 멈추고 뒤돌아서서 자기를 좀 가만히 내버려 두라고 말했을 것이다. 하지만 그럴 만한 힘조차 없었다. 넬리우는 걷고 또 걸었다. 가끔은 도시에 처음 도착하기 전날 밤 앉아 있었던 곳까지 가기도 했다. 그러다가 날이 어두워진 후에야 돌아오곤 했다.

만디오카는 넬리우의 기분이 나아지도록 개를 한 마리 구해주자는 제안을 했다. 아이들은 종종 모여 앉아서 넬리우의 부재와 우울함에 대해 걱정스럽게 이야기했다.

– 넬리우는 생각이 너무 많아. 나시멘투가 말했다. 코즈무스는 한 번도 그런 적이 없어. 생각이 많아서 넬리우가 머리에 병이 난 거야. 고민을 많이 하는 바람에 머리가 부어오른 거라고.

– 그래서 넬리우에게 지금 필요한 건 개야. 만디오카가 말했다. 개가 있으면 생각에 빠질 시간이 없어.

– 네가 개에 대해 뭘 알아? 데올린다가 말했다.

– 예전에 개를 키운 적 있어. 만디오카가 슬픈 목소리로 말했다.

– 개가 어떻게 됐는데? 데올린다가 물었다.

– 도망쳤어. 만디오카가 대답했다. 나는 아직도 매일 그 개를 찾고 있어. 어쩌면 개도 나를 찾고 있을 거야.

– 그 개는 벌써 한참 전에 죽었을 거야. 나시멘투가 화를 냈다. 개는 사람보다 일찍 죽는다고.

이 말에 하마터면 만디오카와 나시멘투 사이에 싸움이 일어날 뻔했다. 다행히 페카두가 지금은 넬리우 걱정을 해야 할 때라고 중간에 끼어들어 말리는 바람에 싸움에까지 이르지는 않았다.

넬리우에게 개를 주는 것에 대한 장단점을 논의한 후, 그들은 시도해볼 만하다고 결정했다. 다음 날 아이들은 항구에서 갈색 털을 가진 개 한 마리를 잡았다. 그 과정에서 나시멘투가 손을 물렸지만, 결국 아이들은 개의 목에 줄을 묶는 데 성공했고 개선장군처럼 개를 끌고 돌아왔다. 아이들이 개를 데리고 나타났을 때 넬리우는 자기 나무 그늘에 앉아 있었다.

– 너 기분 좋아지라고 우리가 너에게 줄 개를 데려왔어. 페카두가 말했다. 이 개는 아직 이름이 없고, 우리가 앞으로 길들여야 해. 아까 나시멘투 손을 물긴 했지만, 앞으로 분명히 좋은 동반자가 될 수 있을 거야.

넬리우는 멍멍 짖다가 낑낑대기를 반복하는 개를 가만히 바라보았다. 고향마을을 불태운 강도들이 죽인 개들을 생각했다.

넬리우는 알프레두 봄바가 손에 잡고 있던 목줄을 건네받았다.

– 나를 위해 개를 데려와 줘서 고마워. 고맙게 받을게, 그리고 지금부터 이 개의 이름은 히쿠야. 집 없는 개는 우리보다 더 불쌍해. 하지만 적어도 내가 이 개에게 좋은 이름을 지어줄 수 있어 다행이야. 내일까지는 이 개를 데리고 있을게. 그런 후 다시 놓아줄 거야. 그래도 이 개는 앞으로 쭉 내 개야. 내일이면 내 기분도 더 나아질 테니 이제 그만들 가 봐. 혼자 있고 싶어.

밤 동안 개는 동상에 묶인 채 짖어댔다. 넬리우는 이른 아침 개를 풀어주었다. 히쿠는 곧바로 달아났고, 넬리우는 히쿠를 다시는 보지 못했다. 개가 짖는 소리에 밤새 깨어 있으면서 넬리우는 자신의 침울한 기분을 달래기 위해 뭐라도 해야 한다는 것을 깨달았다. 계속 초조해하고 짜증을 내면서는 한 무리의 대장 노릇을 할 수 없다. 그렇다고 무리를 떠날 수도 없다. 코즈무스에게 약속을 했으니까. 게다가 지금 상태에서는 무리에서 대장을 할 수 있는 사람도 없다.

넬리우 대신 대장 역할을 할 만한 능력이 있는 사람은 데올린다뿐이다. 하지만 그건 불가능하다. 알비노에다 여자이기까지 한 데올린다가 거칠기 짝이 없는 떠돌이 아이들을 이끈다는 건 상상하기조차 어렵다.

다음 날 넬리우는 주유소 뒤로 아이들을 불러 모았다.

– 최근에 나는 고민이 좀 많았어. 너희들이 계속 문제를 일으키니까 감당하기가 힘이 들었어. 하지만 오늘부터는 모든 게 달라질 거야. 더이상 그렇게 자주 나 혼자 나무 그늘에 앉아 있지 않도록 할게.

넬리우의 말은 기대했던 효과를 보여주었다. 아이들이 안심하는 걸 넬리우도 느낄 수 있었다. 예전의 넬리우로 다시 돌아왔다는 걸 강조하기 위해 아이들에게 모두 더 열심히 일할 것과 가능한 한 낮잠 시간을 줄이도록 지시했다. 또 아이들이 함께 번 돈으로 트리스테자가 신발가게에서 운동화한 켤레를 살 수 있도록 했다. 나아가 데올린다는 이후부터 다른 아이들과 똑같은 지분을 받게 될 것이라고도 알렸다. 또 데올린다에게 새로운 원피스도 한 벌 사 주기로 했다.

– 우리 남자들이 허름한 옷을 입고 돌아다니는 건 뭐 그럴 수 있어. 하지만 데올린다는 여자아이야. 제대로 된 옷을 입어야 한다고. 데올린다는 새 옷을 입기 전에 깨끗하게 씻도록 해. 그리고 예전 옷은 버리지 말고 갖고 있어. 쓰레기통에서 먹을 것을 찾을 때 입어야 하니까.

며칠 후 트리스테자는 고개를 꼿꼿이 들고 씩씩하게 신발가게에 들어갔고, 그곳에서 나올 때는 발에 흰색 운동화를 신고 있었다. 같은 날 오후 데올린다는 새 원피스를 샀다. 소매에 흰색 줄 장식이 있는 빨간색 원피스였다.

– 나는 모든 어두운 생각들을 떨쳐버릴 수 있을 것으로 생각했어요. 여덟째 날 아침 동이 터 올 무렵 넬리우가 말했다. 그런데 그건 내 착각이었어요. 며칠 후 어떤 일이 일어났는데, 그 일로 데올린다가 사라지게 되었고 다시는 돌아오지 않았어요. 게다가 알프레두 봄바가 이상하게 행동하기 시작했고요.

갑자기 말을 너무 많이 하기라도 한 듯 넬리우가 이야기를 중단했다.

– 알프레두 봄바가…. 넬리우가 이야기를 이어갈 수 있도록 내가 운을 뗐다.

넬리우가 대답 없이 나를 한참 동안 바라보았다. 넬리우의 이마에 비친 아침의 붉은 빛을 보고 나는 넬리우가 땀을 흘리고 있다는 사실을 알았다. 다시 열이 오르고 있었다.

이미 잠들었다고 생각한 순간, 넬리우가 다시 입을 열었다.

– 알프레두 봄바가 이상하게 행동하기 시작했어요. 그리고 그 후 일어난 일들 때문에 결국 형이 나를 발견해서 이곳 지붕 위로 데려오게 된 거예요.

이 말을 듣고 나는 우리가 이야기의 끝부분에 다가가고 있다는 걸 알았다. 이제 나는 그날 밤 빈 극장에서 무슨 일이 있었는지 알게 될 것이다. 내가 그렇게 궁금했던 질문에 대한 답을 얻기까지 어쩌면 하룻밤만 더 기다리면 될 것 같았다.

넬리우는 눈을 감고 있었다. 나는 물 한 컵을 매트리스 옆에 놓았다. 마당으로 내려가서 좀 씻으려고 조심스럽게 일어났다. 이제 냄새가 나기 시작한 내 옷도 빨아야 했다.

그때 넬리우가 눈을 감은 채 다시 입을 열었다.

– 죽는 건 쉽지 않아요. 아무도 우리에게 미리 가르쳐 줄 수 없는 유일한 일이 바로 죽음이에요.

그 말 외에는 더이상 하지 않았다. 나선형 계단을 내려가면서 나는 겁이 났다. 넬리우가 죽을 것이란 생각을 떨쳐낼 수 없었고, 더이상 헛된 희망으로 자신을 속일 수 없었다.

넬리우는 저 지붕 위에서 죽을 것이다. 넬리우는 그 사실을 계속 알고 있었다.

나는 캄캄한 계단에 앉아 울었다. 나는 잘 울지 않는다. 언제 마지막으로 울었는지 기억도 나지 않는다. 나는 울기보다는 잘 웃는 사람이다. 하지만 그날 아침에는 어두운 계단에 앉아 눈물을 흘리면서 이제 모든 게 너무 늦어버렸고, 노인인 열 살짜리 소년은 아직 어린아이일 뿐이라는 생각을 했다.

어린아이는 죽을 것이 아니라 살아야 한다.

빵 판매대에서 일하는 아가씨들 중 한 명에게서 돈을 빌려 술집에 가서 톤톤투를 마셨다. 나는 금세 취했고 바닥에서 잠이 들었다.

몇 시간 후 잠에서 깨보니 누군가 내 신발을 훔쳐가버려서 나는 맨발로 빵가게까지 걸어가야 했다.

내 기억에, 그날은 매우 더웠고 바다는 바람 한 점 없이 고요했다.

뒷마당에 있는 펌프 물로 한참을 씻었다.

마리아가 빵집을 향해 걸어왔을 때 나는 거리로 나와 그녀를 기다리고 있었다. 그녀의 미소는 아무리 봐도 질리지 않았다. 하지만 내 생각은 내내 지붕 위에 누워있는 넬리우에게 가 있었다. 아무도 그 아이에게 죽을 때 어떻게 해야 하는지 가르쳐주지 않았다.

그것보다 더 큰 고독이 있을까? 자기가 죽으리라는 걸 알았는데, 어떻게 해야 하는지 가르쳐 줄 사람이 주위에 아무도 없을 때?

나는 그 큰 외로움에 대해 생각했고, 그 당시 생각했던 것이 이후 계속 내 머릿속을 떠나지 않았다.

자정이 되어 나는 다시 마리아를 도로까지 배웅했다. 몇 걸음 걸어가던 그녀가 돌아서더니 내게 손을 흔들었다.

그녀를 보내고 나는 다시 지붕으로 돌아갔다.

여덟째 날 밤이었다.

여덟째 날 밤

다시 지붕에 올라가서 넬리우를 봤을 때, 넬리우는 이미 죽어 있었다.

나는 꼼짝도 하지 않고 서 있었는데, 뭔가 딱딱한 것이 내 심장을 죄는 것 같았다.

그 순간 내가 무슨 생각을 했는지는 더이상 기억나지 않는다. 하지만 다른 사람이 죽었을 때, 사람들은 허무함을 떨치기 위해 안간힘을 씀으로써 스스로를 지키려고 하는 것 같다.

죽음 앞에서 삶은 항상 명확해진다.

하지만 그때 무슨 생각을 했는지는 전혀 기억에 남아있

지 않다.

어쨌든 그렇게 잠깐 시간이 흐른 후, 나는 착각했음을 깨달았다. 넬리우는 죽지 않았다. 아직 살아있었다. 아니면 짧은 순간 죽었다가 내가 부르는 소리를 듣고 다시 삶으로 돌아왔을 수도 있다. 내가 넬리우, 하고 그의 이름을 속삭이자 넬리우는 갑자기 아주 살짝, 하지만 분명히 느낄 수 있을 만큼 움직였다. 나는 무릎을 꿇고 내 얼굴을 그의 입에 가까이 대어 그가 아직 숨 쉬고 있다는 걸 확인했다.

하지만 정말 아직 이승에 있는 걸까, 아니면 저승으로 넘어가는 길인 걸까? 갑자기 공황상태에 빠진 나는 넬리우를 마구 흔들고 큰 소리로 그의 이름을 부르기 시작했다. 죽음이 무엇인지 그나마 우리에게 알려주는 유일한 경험이 잠과 혼수상태라면, 넬리우는 이미 아주 깊이 혼수상태에 빠져 있었다. 나는 벌써 아주 멀리 가버린 것 같은 그의 몸을 흔들어댔다. 넬리우의 몸이 너무 말라서 마치 깃털 한 뭉치나 영혼이 이미 빠져나간 텅 빈 껍데기를 흔들고 있는 것 같기도 했다.

어쨌든 넬리우는 다시 삶으로 돌아와 눈을 떴다. 넬리우는 매우 지쳤고, 게다가 혼란스럽고 멍해 보였다. 나를 알아보는지조차 확신할 수 없었다. 넬리우가 어느 정도 정신을 차리기까지는 꽤 오래 걸렸다. 나는 넬리우에게 물과 무울레느 부인이 준 약을 먹였다.

– 죽는 꿈을 꿨어요. 넬리우가 말했다. 다시 수면 위로 올라가려는데 누군가가 내 다리를 붙잡고 놓아주지 않았어요. 온몸을 버둥거려 겨우 벗어날 수 있었죠. 그렇게 한 건 내 이야기를 아직 끝맺지 못했기 때문이에요.

나는 다시 붕대를 갈았다. 이제 염증이 가슴 전체로 퍼져 있었다. 검은 띠들이 어깨에서 사타구니 근처까지 길게 뻗어있었다. 악취가 참기 힘들 정도로 심했다. 그동안의 모든 게 소용없었다는 생각이 들었다. 총알의 독은 쉬지 않고 넬리우의 몸에서 퍼져나갔고, 몸의 저항력은 깨져버렸다.

– 이젠 정말 병원에 가야 해.

– 이야기가 아직 안 끝났어요.

나는 더이상 토를 달지 않았다. 아무리 말해도 병원에 데려가게 두지 않으리라는 걸 알기 때문이었다. 넬리우는 죽을 때까지 지붕에 머물 것이다.

내게 돈을 빌려줄 수 있는 사람이 아무도 없었다. 마담 이즈메랄다는 우리에게 이달 급료를 아직 지급하지 않았다. 넬리우에게 뭔가 먹이기 위해 나는 가게에서 쓰는 달걀 몇 개를 삶아서 그릇에 넣어 으깼다. 내가 먹여줘야 했고, 넬리우는 아주 천천히 먹었다. 그런 다음 담요를 머리 밑에 똑바로 받쳐주었다. 밤공기가 후덥지근했고, 바람도 전혀 없었다. 넬리우는 별들이 반짝이는 맑은 밤하늘을 올려다보았다. 그리고 갑자기 말했다.

– Opixa murima orèra. Mweri wahòkhwa ori mutokwène, etheneri ehala yàraka.

나는 그 말을 듣고 깜짝 놀랐다. 옛날 내 고향에서 어떤 할머니가 똑같은 말을 하는 것을 들은 기억이 났기 때문이다.

달은 커지고 나면 사라지고, 별들은 작아도 계속 빛난다.

나는 하늘을 올려다보았다.

– 달은 다시 나타나. 내가 말했다.

– 별들은 기억하지 못해요. 별들에게 달은 항상 다니러 왔다가 다시 사라지는 이방인이에요. 별들 사이에서 달은 영원한 이방인이죠.

후텁지근한 밤공기를 뚫고 개들이 마구 짖어댔다. 강 하구 반대편에서 북소리도 희미하게 들려왔다. 모닥불이 타올랐고, 북소리 리듬에 맞춰 움직이는 난쟁이 같은 작은 그림자들도 보이는 것 같았다.

넬리우는 데올린다가 무리와 같이 살기 위해 왔다고 여겼다. 하지만 착각이었다. 넬리우는 밤이면 동상에서 잠을 자기 때문에 무슨 일이 벌어지고 있는지 처음에는 알아채지 못했다. 어느 날 만디오카가 넬리우가 앉는 나무 그늘 옆자리에 와서 앉았을 때에서야 뭔가 이상하다는 걸 깨달았다. 만디오카는 난처하고 주저하는 눈치였다. 손에 쥔 양파만 계속 돌리고 있었다. 만디오카가 혼자서 넬리우를 찾아오는 일은 아주 드물었다. 그래서 넬리우는 만디오카가 뭔가 중요하고 부담스러운 일을 마음에 담고 있다는 걸 알았다.

– 무슨 일이야? 적당한 침묵의 시간이 흐른 뒤에 넬리우가 물었다.

– 아무것도 아니야. 만디오카가 대답했다.

넬리우는 만디오카가 입을 열 준비가 되기까지는 아직 시간이 더 필요하다는 걸 알았다.

– 나무 그림자가 아직 길어. 그림자가 사라질 때까지 여기 있을게. 그러니까 그때까지는 내게 하고 싶은 말을 해야 해.

만디오카는 식물들의 싹이 터 있는 주머니를 만지작거리다가 잎들이 해를 볼 수 있게 주머니를 넓게 벌렸다. 넬리우가 만디오카의 주머니에서 놀랍게도 정말 식물들이 자라고 있다는 사실을 확인한 지는 이미 꽤 되었다. 마치 만디오카 자신이 식물인 듯했고, 두 팔은 아직 잎이 나지 않은 어린 나뭇가지 같았다.

– 뭔가 좋지 않아. 나무 그림자가 사라지기 시작하자 결국 만디오카가 입을 열었다.

– 네가 지금 한 말은 아무 의미도 없어. 나랑 얘기하고 싶

으면 분명하게 말해. 우물거리지 말고.

– 나시멘투 얘기야.

만디오카는 단어와 힘겹게 싸우고 있는 것처럼 보였다.

– 나시멘투가 왜?

다시 침묵이 흘렀다. 넬리우는 한숨을 쉬며 점점 줄어들고 있는 나무 그림자를 바라보았다. 도마뱀 한 마리가 그의 두 발 사이를 쏜살같이 지나 포석들 사이에 있는 틈으로 사라졌다.

– 나시멘투가 왜? 넬리우가 다시 물었다.

이야기를 시작하기까지 길게 질질 끌었던 것에 비하면 만디오카의 이번 대답은 놀랄 정도로 빨랐다.

– 나시멘투가 시드자나와 쇼구쇼구를 하려고 해. 그런데 내가 보기에 시드자나는 원하지 않는 것 같아.

넬리우는 다음 질문을 던지기 전에 방금 들은 얘기에 대해 잠시 생각했다.

– 나시멘투가 그렇게 말했어?

– 이미 시도했어.

– 그래서 어떻게 됐어?

– 시드자나가 원하지 않았어.

– 시드자나라고 부르지 마. 그 아이 진짜 이름으로 부르기로 했잖아.

– 데올린다가 원하지 않았어.

– 그게 언제였는데?

– 어젯밤.

– 무슨 일이 있었는데?

– 나시멘투는 우리가 모두 자고 있다고 생각했었나 봐. 그런데 나는 깨어 있었거든. 나시멘투가 시드자나가 덮고 있던 담요를 젖혔어.

– 데올린다라니까.

– 나시멘투가 데올린다의 담요를 젖혔어.

– 그다음엔 어떻게 됐어?

– 그 애의 치마를 올렸어, 치마 속이 어떻게 생겼는지 보려고.

– 그래서 봤어? 데올린다가 치마 속에 아무것도 안 입고 있었어?

– 나도 몰라. 그때 데올린다가 깼어.

– 그래서?

– 나시멘투가 걔한테 치마를 올리고 아래를 보여 달라고 했어.

– 데올린다가 그렇게 했어?

– 아니, 화를 내고 다시 자려고 누웠지.

– 그래서 나시멘투가 뭐라고 했어?

– 다음 날 밤에는 데올린다가 원하든 원하지 않든 자기랑 쇼구쇼구를 하게 될 거라고. 그렇지 않으면 데올린다를 팰 거라고.

– 그다음 날 밤이 그러면 이제 시작될 오늘 밤이란 거지?

만디오카가 말없이 고개만 끄덕였다. 오랜 대화가 그의 힘을 다 빼버린 모양이다. 넬리우는 이제 아주 좁아진 그림자 속으로 몸을 움직이며 만디오카에게 들은 내용에 대해 다시 생각해 보았다.

– 데올린다가 나시멘투랑 쇼구쇼구를 하기 원치 않으면 혼자서도 충분히 막을 수 있어. 이미 나시멘투를 바닥에 내팽개친 적이 있으니까.

넬리우는 그것으로 대화가 끝났다고 생각했다. 하지만 만디오카는 계속 앉아 있었다.

– 뭐가 또 있어?

– 나시멘투는 아마 모르는 것 같아, 알비노와 쇼구쇼구하는 게 위험할 수도 있다는 걸.

– 그게 왜 위험한데?

– 사람들은 다 알아, 알비노랑 하면 그게 꽉 박혀서 빠지지 않는다는 걸.

– 박혀서 안 빠진다고?

– 나시멘투는 걔한테 박혀 있게 될 거야. 다시는 못 빠져

나올 거라고. 그 모습이 되게 이상할 거야.

– 그런 바보 같은 얘기가 어디 있어. 그건 사실이 아니야.

– 데올린다도 모를 수 있어.

넬리우는 만디오카가 정말 걱정하는 것은 나시멘투가 박혀 있게 되는 거라는 걸 깨달았다.

– 아무 일도 없을 거야. 넬리우가 말했다. 이제 그림자가 사라졌어. 그 문제에 대해 더이상 말할 필요 없어.

그날 밤 말의 배 속에서 자던 넬리우는 이상한 꿈들 때문에 갑자기 잠에서 깼다. 두려움인지 분노인지로 잔뜩 일그러진 데올린다의 얼굴이 눈앞에 보였고, 그녀가 그에게 말을 했는데 그는 그녀가 한 말을 이해할 수 없었다. 불길한 예감에 휩싸인 채 서둘러 바지를 입고 동상을 빠져나온 넬리우는 전속력으로 달렸다. 넬리우가 무리의 아이들이 종이 상자들과 담요들 사이에 한 덩어리로 엉켜 자는 계단에 도착했을 때, 데올린다는 없었다.

만디오카가 깨어 있었다.

– 데올린다 어디 있어? 다른 아이들을 깨우지 않기 위해 작은 목소리로 넬리우가 물었다.

– 없어졌어. 만디오카가 대답했다.

– 데올린다 꿈을 꿨어. 무슨 일이 있었던 거야?

– 나시멘투가 걔하고 쇼구쇼구를 했어. 걔가 싫다는데 강

제로. 근데 박혀 있지는 않았어.

넬리우는 분노가 솟구쳐 오르는 걸 느꼈다.

– 나시멘투 어디 있어?

– 자기 상자 안에서 자고 있어.

넬리우는 나시멘투가 항상 그의 괴물들과 싸우며 매일 밤을 보내는 종이상자를 발로 힘껏 찼다. 상자 뚜껑을 열고 나시멘투에게 나오라고 명령했다. 그러는 동안 다른 아이들도 잠에서 깼다. 상자에서 기어 나오는 나시멘투의 얼굴에는 온통 할퀸 자국 투성이였다. 그 모습을 본 넬리우는 너무나 화가 나서 거의 자제력을 잃을 뻔했다. 나시멘투의 얼굴에 남은 자국들은 자신을 방어하기 위한 데올린다의 시도였다. 넬리우는 나시멘투의 멱살을 잡고 상자에서 끌어냈다. 다른 아이들은 미동도 하지 않고 주위에 앉아 있었다. 그렇게 화난 넬리우를 본 적이 없었기 때문이다.

– 데올린다 어디 있어? 넬리우가 떨리는 목소리로 물었다.

– 몰라. 나시멘투가 말했다. 난 자고 있었어.

– 그 전에 걔랑 쇼구쇼구 했잖아! 넬리우가 소리쳤다. 데올린다가 싫다는 데도! 나는 여기 없었지만 데올린다가 꿈에서 나를 찾아와 무슨 일이 있었는지 다 말했어.

– 걔도 하고 싶어 했어. 나시멘투가 말했다.

– 그러면 어째서 데올린다가 네 얼굴을 할퀴었지? 나시

멘투, 넌 거짓말을 하고 있어.

넬리우는 잡고 있던 나시멘투의 멱살을 놓고, 그 대신 그의 분노에 놀라 몸을 움츠리고 있던 다른 아이들의 담요들을 낚아채며 소리쳤다.

– 오늘 밤엔 아무도 더이상 잘 수 없어! 모두 일어나서 데올린다를 찾도록 해. 찾기 전엔 돌아올 생각도 하지 마. 데올린다는 우리의 일원이야. 나시멘투가 데올린다에게 매우 나쁜 짓을 했어. 그 아이가 어느 쪽으로 갔는지 혹시 본 사람 있어?

페카두가 항구 쪽을 가리켰다.

– 자, 서둘러! 데올린다를 찾아! 나시멘투, 너는 말고. 너는 여기 남아서 담요들을 지켜. 네 상자로 들어가. 그리고 내가 허락할 때까지 나오지 마. 모두들 출발해! 데올린다 없이는 돌아오지 마!

아이들은 밤새 데올린다를 찾아 헤맸다. 다음 날에도 계속 찾아다녔다. 하지만 데올린다는 사라지고 없었다. 거리에 사는 다른 아이들에게도 혹시 데올린다를 봤냐고 물었지만, 데올린다는 흔적도 없이 사라져버렸다.

그렇게 나흘이 지났고, 넬리우는 더 찾아봤자 소용없다는 걸 깨달았다. 무리도 점점 동요하기 시작했고, 넬리우는 결국 수색을 멈추기로 했다. 그동안 나시멘투는 감옥처럼 주유소 뒤에 놓인 자기 상자 안에 갇혀 있었다. 넬리우는 나시멘투가 한 나쁜 행동을 어떻게 벌해야 할지 여러모로 고민했다. 하지만 소용없었다. 아무것도 떠오르지 않았고, 결국 포기했다. 넬리우는 아이들을 불러 모은 뒤 더이상 데올린다를 찾아다닐 필요 없다고 말했다.

– 데올린다는 여기서 도망쳤고 절대 다시 돌아오지 않을 거야. 우리는 그 아이가 어디 있는지 몰라. 어디에서 찾아야 할지를 더이상 모르면 그만 두는 수밖에 없어. 데올린다가 사라진 건 나시멘투가 그 아이에게 해서는 안 될 짓을 했기 때문이야. 원칙대로라면 우리는 몇 주 동안 계속해서 매일 나시멘투를 때리고 일 년 내내 그의 상자에 가둬둬야 해. 그런데 나는 데올린다가 도망가게 만든 그 짓을 한 건 나시멘투가 아니었다고 생각해. 나쁜 짓을 한 건 나시멘투의 머릿속에 들어있는 그 괴물들이었을 거야. 그러니까 우리는 나시멘투를 때리지 않을 거야. 상자에 가두지도 않을 거고. 하지만 저질러진 그 일은 나쁜 일이었어.

넬리우는 입을 다물고 주위를 둘러보았다. 자기가 하고자 한 말을 아이들이 이해했는지 궁금했다. 만족해 보이는 유일한 사람은 나시멘투였다. 넬리우는 혹시라도 다음에 누군가 나시멘투를 때리려고 덤치면 말리지 않겠다고 생각했다. 아무리 나시멘투의 머릿속에 괴물들이 있다 하더라도 모든 일에 다 괴물 탓만 할 수는 없는 법이다.

넬리우는 다른 아이들 몰래 계속 데올린다를 찾아다녔다. 데올린다가 보고 싶고, 혹시라도 안 좋은 일을 벌인 건 아닐까 걱정스러웠다. 가끔은 데올린다가 바로 곁에 있는 것처럼, 야자나무 껍질로 만든 가방을 어깨에 메고 옆에서 걷는 것처럼 느껴졌다. 넬리우는 알비노가 살고 죽는 것을 동시에 할 수 있다고 알고 있었다. 데올린다는 어쩌면 이 세상을 떠나 아무도 그녀를 볼 수 없는, 그러나 그녀 자신은 보고 싶은 것을 모두 볼 수 있는 다른 세상으로 가는 것을 선택했을지도 모른다.

나시멘투는 어느 날 거리에서 발을 헛디뎠고, 그 바람에 넘어져서 이마에 큰 구멍이 났다. 넬리우는 나중에 나시멘투가 넘어졌던 위치에 가서 그 자리를 꼼꼼하게 살펴보았다. 그곳에는 나시멘투가 넘어질 만한 것은 아무것도 없었다. 그래서 데올린다가 나시멘투에게 눈에 보이지 않게 발을 걸었을 것이라는 생각을 했다.

데올린다는 무리 가까이에 있는 게 분명했다.

하지만 돌아오지는 않을 것이다.

그동안 넬리우는 종종 자기 나무 그늘에 앉아 트리스테자가 주워다 준 더럽고 찢어진 세계지도책을 열심히 들여다보곤 했다. 극장과 빵가게 옆에서 어슴프레한 불빛의 사진관을 운영하는 인도 출신 사진사 아부 카사무가 넬리우에게 여러 바다와 나라들의 이름을 알려주었다. 큰 산맥들이 어떻게 생겼는지, 사막들이 펼쳐져 있는 곳이 어디인지, 몇 킬로미터 높이의 얼음이 있는 곳이 어디인지도 설명해주었다. 아부 카사무는 사진관을 찾는 손님이 별로 없어서 항상 우울한 얼굴을 하고 있고, 누가 먼저 말을 걸기 전에는 절대로 다른 사람과 말을 섞지 않았다. 그런데 넬리우만은 아주 정중하게 대했고, 넬리우가 조명이 꺼져 있고 카메라에는 덮개가 덮여 있고 강한 카레 냄새가 나는 어두운 사진관 문을 열고 들어가면 심지어 머리를 숙여 인사를 하기도 했다. 아부 카사무는 마치 노래를 하는 것 같은 작은 목소리로 넬리우에게 넓은 세상에 대해 설명해주었다.

넬리우는 더럽게 얼룩져 있는 지도책을 넘기며 자신이 나쁜 세상에 살고 있다고 생각했다. 사람들은 어디서 이 나쁜 세상을 견뎌낼 충분한 힘과 기쁨을 얻을 수 있을까? 그는 강도들이 마을들을 불태우고, 사람들이 끊임없이 도망치고, 도로에는 모든 죽은 자들과 폭격을 받고 타버린 자동차와 버스와 수레의 잔해들이 늘어서 있는 세상에 살고 있었다. 넬리우는 죽은 사람이 죽도록 허락되지 않는 세상에 살고 있었다. 죽은 자들은 무덤에서 쫓겨나거나, 그들의 혼이 깃든 나무에서 밀려나, 아직 살아있는 사람들처럼 도망치고 있었다. 그리고 살아있는 사람들은, 그들은 너무 가난해서 아이들을 길거리에서 쥐처럼 살게 할 수밖에 없었다. 심지어 그 아이들보다 쥐들의 삶이 더 나았다. 쥐들은 최소한 털이 있어서 추운 밤을 견딜 수 있기 때문이다.

넬리우는 지도를 보던 눈을 들어 그에게 눈길도 주지 않은 채 지나치는 사람들을 유심히 바라보았다. 저 사람들은 살아있을까 아니면 이미 죽었을까? 때로는 항구의 부두로 내려가 강어귀 너머에서 가끔 볼 수 있는 상어를 찾곤 했다. 해안에 부딪히는 파도들도 죽은 걸까? 이 끔찍한 시대에 대체 삶은 어디에 있는 걸까? 사람들은 견뎌야 할 힘과 기쁨을 어디서 얻어야 할까?

넬리우는 지도 위로 몸을 굽힌 채 뜬 눈으로 말의 배 속에서 밤을 지새우거나 오후에는 깊은 생각에 빠진 채 해변에 서서 바다를 바라보았다. 그는 자신이 어디에 서 있어도 세상의 중심에 있고 그 악의 중심에 있다는 느낌이 들었다. 그가 어디에 있든 같은 생각을 했기 때문에 그것은 사실일 수밖에 없었다. 데올린다가 있었다면 머릿속에 떠오르는 모든 것에 대해 그녀에게 이야기했을 것이다. 다른 아이들은 넬리우를 이해하지 못할 것이다. 그저 걱정만 하다가 곧바로 넬리우에게 줄 새로운 개를 찾으러 갈 것이다.

넬리우의 꿈에서는 데올린다가 돌아왔다. 이따금 코즈무

스도 함께였다. 넬리우는 꿈에서 나시멘투의 괴물들이 그녀를 덮쳤던 그 밤에 어디로 갔었는지 데올린다에게 물었다. 데올린다의 대답은 늘 모호했고, 그래서 넬리우는 데올린다가 누구라도 자신을 찾기를 원치 않는 것으로 이해했다.

– 난 집이 필요 없어. 어느 날인가 꿈에서 데올린다가 넬리우에게 말했다. 나만의 은신처를 만들었어. 거기에서 나는 내가 필요한 모든 자유를 누릴 수 있어.

마누엘 올리베이라가 말 밖에서 미친 듯한 웃음으로 넬리우를 깨우며 아침을 맞이하는 것처럼, 그것이 세상의 방식이라고 넬리우는 생각했다. 사람들은 더이상 집을 짓지 않고 자신의 몸을 숨길 은신처를 짓는다.

데올린다는 나타나지 않았다. 강한 폭풍우가 도시에 몰아쳤고, 열하루 밤낮 동안 쉬지 않고 비가 내리는 바람에 강하구 위쪽 비탈면에 아무렇게나 지어진 집들이 쓸려갔다. 해변까지 올라온 상어들이 시체를 끌고 갔다. 아무도, 심지어 아직 살아있는지조차 의심스러울 만큼 나이가 많은 사람들도 그런 상황을 겪어본 적이 없었다. 이 시기는 하나의 전조였다. 강도떼가 이제 도시까지 근접했고 때때로 가장 가까운 교외 지역에까지 나타나 불을 지르고 사람들을 죽였다. 넬리우는 이따금씩 자신이 말의 배 속에서 죽는다면 자신의 온 생애가 이해할 수 없는 것이 될 거라는 생각을 했다. 죽어서 조상들을 만난다면, 은신처가 아니라 사람들이 사는 집이 있는 마을에서 좋은 사람들로부터 태어난 자신이, 대도시의 잊힌 광장에 숨겨진 이름 없는 말 동상의 배 속에서 숨을 거뒀다는 사실을 어떻게 설명해야 할까? 조상들은 넬리우가 거짓말을 한다고, 자신들을 속이려 한다고 생각하고 그를 다시 세상으로 쫓아버릴 것이다. 그리고 그렇게 돌아온 세상에서는 강도들이 그들의 칼과 총, 그리고 살아있는 모두를 죽이고 땅을 황폐화하려는 상상할 수 없는 욕망을 가지고 그를 기다리고 있을 것이다.

넬리우는 종종 자신의 두 손을 유심히 살피거나 페카두가 불을 피울 때 사용하는 깨진 거울 조각으로 자신의 모습을 관찰하곤 했다. 자신에게 노화의 조짐이 나타나기 시작했는지 보기 위해서였다. 그렇게 생각이 많은 열 살짜리 아이는 아주 빨리 늙어야 할 것이 분명했다. 얼굴에 주름이 있는지, 흰머리가 나기 시작했는지, 갑자기 체력이 약해지거나 다리가 떨리진 않는지 살폈다. 어느 날 아침 이도 다 빠지고 아무리 애를 써도 자신의 이름조차 기억하지 못하는 혼란스러운 백발노인으로 잠에서 깨는 것 아닐까 하는 두려움이 종종 그를 덮치곤 했다. 이런 그의 생각은 그가 거의 예상하지 못한 순간 발병할 수 있는, 그의 몸 안에 잠재된 무서운 병과 같았다.

이 시기에 넬리우를 살아있게 해준 건 무리의 아이들이었다. 그들이 매일매일 계속하는 살아남기 위한 몸부림 속에서 그는 자기의 생각이 자신을 쫓는 것을 멈추는 순간을 찾을 수 있었다

그러나 내내 그는 뭔가 막 끝나려는 예감이 들었다. 그리고 매일 아침 그는 자신이 벌써부터 두려워해야 할 뭔가가 일어날 것 같은 느낌과 함께 잠에서 깼다.

폭풍우가 물러갔다. 비가 그쳤고, 진창이 됐던 거리도 점차 말랐다. 다시 폭염이 시작됐다. 아이들은 매일 새로운 그늘을 찾아다니며 낮잠을 즐겼다.

그즈음 넬리우는 알프레두 봄바가 좀 이상하다는 걸 느꼈다. 알프레두 봄바는 낮잠 시간이 끝났는데도 계속 자려고만 했다. 넬리우는 알프레두 봄바에게 어디 아프냐고 물었다. 그러자 알프레두 봄바는 잠이 그의 기운을 다 뺏어간 것처럼 항상 피곤하다고 하소연했다.

– 어디 아픈 곳이 있어? 넬리우가 물었다.

– 많이는 아니야.

– 어딘데?

알프레두는 한쪽 배를 가리켰다.

– 복통이구나. 넬리우는 안심한 듯 말했다. 곧 괜찮아질 거야.

알프레두 봄바가 고개를 끄덕였다.

– 그냥 조금 아플 뿐이야.

며칠이 지났을 때 넬리우는 알프레두 봄바에게 단순히 복통만 있는 게 아니라는 걸 깨달았다. 열이 올랐고, 아무것도 먹으려 하지 않았으며, 얼굴이 매우 창백했다.

– 수레나 미는 카트를 준비해야겠어. 넬리우가 다른 아이들에게 말했다. 알프레두 봄바가 아파. 병원에 데려가야 해.

– 시장에서 손수레를 빌릴 수 있어. 페카두가 말했다. 근데 분명히 돈을 달라고 할 거야.

– 돈을 내면 되지. 넬리우가 말했다. 가진 돈들을 다 내놔 봐.

넬리우의 발 앞에 잔뜩 구겨진 천 메티칼짜리 지폐들이 수북하게 쌓였다.

– 이 정도면 충분할 거야. 만디오카와 페카두는 가서 수레를 가져와. 가서 시간 끌지 말고, 아는 사람들과 괜히 수다 떨지 말고.

아이들은 알프레두 봄바를 수레에 싣고 행렬을 지어 병원으로 갔다. 그들을 본 많은 사람들은 수레에 실린 창백한 소년이 이미 죽었다고 생각했다. 어떤 이들은 무릎을 굽히고 성호를 그었고, 어떤 이들은 고개를 돌렸다. 병원에 도착한 아이들은 알프레두를 병자와 다친 사람들이 가득 찬 응급실로 데려갔다.

– 너는 밖에서 수레를 지키고 있어. 넬리우가 나시멘투에게 말했다. 안 그러면 분명히 누가 훔쳐갈 거야.

– 여긴 냄새가 너무 지독해. 나시멘투가 말했다.

– 아픈 사람들한테선 안 좋은 냄새가 나는 법이야. 잔말 말고 얼른 나가! 그리고 자면 안 돼!

알프레두 봄바는 창백하고 고통에 찬 얼굴로 한쪽 구석 바닥에 앉아 있었다. 얼굴에 짜증이 가득한 여자 간호사 한 명이 오더니 어디가 안 좋은지 물었다.

– 아파요. 넬리우가 말했다. 어디가 안 좋은지는 간호사님이 말해 줘야죠.

다시 누군가가 알프레두 봄바에게 관심을 보이기까지는 몇 시간이 걸렸다. 도움이 필요할 경우를 대비해 넬리우는 페카두만 남겨두고 다른 아이들은 먹을 것을 구해오라고 내보냈다.

– 남자 간호사 두 명이 와서 알프레두 봄바를 들어 올려 이동침대에 눕혔을 때는 이미 저녁이었다.

– 얘는 가족이 없니? 남자 간호사 중 한 명이 물었다.

– 얘한텐 내가 있어요. 넬리우가 말했다. 나 하나면 충분

해요.

– 그러면 네가 얘 형이니?

– 나는 이 아이의 형이고 아버지이고 삼촌이고 사촌이에요.

– 얘 이름이 뭐지?

– 알프레두 봄바.

– 봄바가 진짜 이름은 아니지?

– 이름은 진짜가 아니지만, 그 아이는 배가 아파요. 그러니 그 고통은 진짜예요.

간호사들은 끙끙거리고 신음하는 사람들로 이미 가득 찬 검사실로 이동침대를 밀고 들어갔다. 땀과 오물 냄새가 코를 찔렀다. 넬리우는 알프레두 봄바의 땀에 젖은 얼굴 위에서 더듬이를 움직이고 있는 바퀴벌레 한 마리를 손가락으로 튕겨냈다.

검사실에 들어온 키가 크고 뚱뚱한 의사가 이동침대 옆에 서서 알프레두를 살폈다.

– 배가 아프다고? 의사가 무뚝뚝하게 물었다.

– 아주 많이 아파요. 넬리우가 대답했다.

의사는 뭔가 이해할 수 없는 말을 웅얼거리더니 알프레두 봄바의 더러운 셔츠를 위로 올리고 배 이곳저곳을 누르기 시작했다. 마침 옆을 지나던 다른 의사도 알프레두 앞에 멈춰 섰다. 두 사람이 이야기를 나눴는데, 넬리우는 그들의 말을 알아들을 수 없었다. 다른 의사 역시 알프레두의 배를 눌렀다.

– 이 사람들 왜 이렇게 세게 눌러? 알프레두 봄바가 신음하며 말했다.

– 의사들이 네 뱃속의 아픈 곳과 손가락으로 대화를 해야 해서 누르는 거야.

– 차라리 쿠란데이루에게 갈 걸 그랬어. 알프레두 봄바가 말했다. 누르는 것 때문에 너무 아파.

두 의사가 촉진을 마쳤다.

– 이 환자는 여기 있어야겠네. 뚱뚱한 의사가 말했다. 아까처럼 무뚝뚝한 목소리는 아니었다.

– 어디가 안 좋은가요? 넬리우가 물었다.

– 그걸 이제 알아내야지. 의사가 대답했다.

– 혹시 기생충이 있는 것 아닐까요? 넬리우가 말했다.

– 그건 당연히 있을 테고. 그런데 이 복통은 좀 다른 거란다.

그날 밤 알프레두 봄바는 다른 환자와 한 침대에서 잠을 잤다. 넬리우는 다른 아이들을 손수레와 함께 돌려보내고 자신은 알프레두 봄바의 침대 옆 바닥에서 밤을 보냈다. 다음날 그들은 알프레두 봄바의 혈액을 채취했다. 그의 팔이 너무 가늘어서 피를 뽑을 혈관을 찾기조차 어려웠다. 다음 날 그들은 더 많은 피를 채취해갔다.

채혈한 것 말고는 아무 일도 일어나지 않았다. 그렇게 사흘이 지났을 때 넬리우는 의사들이 알프레두 봄바를 아예 잊었다고 생각하기 시작했다. 하지만 그 다음 날 아침 여자 간호사가 넬리우를 데리러 왔다. 넬리우는 간호사 뒤를 따라 발걸음을 떼기 어려울 정도로 바닥에 환자들이 가득 누워있는 복도를 지나갔다. 그녀는 깨진 유리창 위로 판지 조각을 덧대놓은 방으로 넬리우를 안내했다. 책상 뒤에 알프레두 봄바의 배를 맨 먼저 눌렀던 그 뚱뚱한 의사가 앉아 있었다.

– 환자에게 부모가 없나? 이렇게 묻는 의사의 목소리에는 피로가 잔뜩 묻어있었다.

– 그 아이에겐 나밖에 없어요. 넬리우가 대답했다. 집 없이 거리에 사는 아이예요.

의사가 조심스럽게 고개를 끄덕였다.

– 그러면 너랑 이야기해야겠구나. 의사는 넬리우에게 손을 내밀면서 자기 이름은 안셀무라고 했다.

– 알프레두 봄바는 아주 많이 아프단다. 곧 죽게 될 거야.

– 그러면 안 돼요. 나는 그가 필요한 약을 살 돈이 있어요.

– 이건 돈이나 약의 문제가 아니란다. 알프레두 봄바의

병은 치료할 수 없는 거야. 간에 종양이 있어. 그 아이도 너도 간이 뭔지 모를 테니, 굳이 길게 설명하지 않으마. 그런데 종양이 이미 온몸에 퍼졌단다. 알프레두 봄바를 살리기 위해 우리가 할 수 있는 게 더이상 없어. 통증을 줄여줄 수는 있지만, 그게 다란다.

넬리우는 입을 다문 채 앉아 있었다.

의사의 말이 알프레두의 통증의 일부를 자신의 배로 옮긴 것 같았다. 넬리우는 알프레두가 죽을 거라는 생각을 하지 않으려 했다. 그렇지만 그것이 사실이란 걸 알았다.

– 알프레두에게는 정말 부모가 없니? 의사가 다시 물었다. 친척도 없어?

– 알프레두에게는 나와 다른 아이들이 다예요. 병원에는 얼마나 있어야 해요?

– 죽을 때까지 여기 있어도 된다. 물론 지금 바로 데려가도 되고. 약을 먹으면 통증은 거의 전부 사라질 거야.

넬리우는 자리에서 일어났다. 넬리우는 책상 건너편의 남자가 자신을 열 살짜리 아이로 여기고 있다는 걸 알았다. 하지만 스스로는 백 살 먹은 노인처럼 느꼈다.

– 데려갈게요. 남은 시간을 그 아이 인생 최고의 시간으로 만들어줄 거예요.

넬리우와 알프레두 봄바는 병원을 나섰다. 넬리우는 알프레두가 통증으로 고통스러워할 때 줘야 할 알약이 든 종이 봉투를 받았다. 수레를 타고 돌아가고 싶은지 넬리우가 물었지만 알프레두는 아니라고 말했다. 그들은 그늘진 길가를 따라 가파른 비탈길을 걸어갔다.

– 내가 죽을 거라는 거 알아. 알프레두가 갑자기 입을 열었다.

– 넌 죽지 않아. 내 주머니에 약이 있어.

– 그래도 알아, 내가 죽을 거라는 거. 잠시 틈을 두고 알프레두가 다시 말했다.

– 너, 내 말 안 믿어? 넬리우가 화를 냈다.

둘은 입을 다물고 걷기만 했다.

그날 저녁, 알프레두가 잠들었을 때 넬리우는 다른 아이들을 불러 모아 의사가 한 말을 들려주었다.

– 알프레두가 원하는 걸 다 갖게 해 주자. 넬리우가 말했다. 그게 무엇이든 우리가 다 주자고.

– 내 운동화도 지금 바로 줄 수 있어. 트리스테자가 말했다.

– 알프레두는 신발 신는 걸 좋아하지 않잖아. 넬리우가 말했다. 게다가 걔 발이 네 발보다 작아. 무엇을 원하고 갖고 싶은지는 알프레두 본인만이 알 수 있으니 기다려보자.

넬리우는 그날 저녁에는 자기 잠자리인 동상에 가지 않았다. 무리와 함께 주유소 뒤편에서 불을 피웠다. 아이들은 저녁식사로 모닥불에 그럴싸한 음식을 요리해 먹을 만큼의 돈을 모으느라 낮 동안 극도의 노력을 기울였다. 오한이 심한 알프레두는 담요에 싸인 채 불 가까이 앉아 있었다.

넬리우가 준 알약을 먹고 다행히 통증은 가라앉았지만, 알프레두는 아이들이 그를 위해 준비해 준 음식을 겨우 맛만 보았을 뿐 목으로 넘기지 못했다.

– 넌 분명히 금방 다시 건강해질 거야. 넬리우가 말했다. 하지만 그때까지는 네가 원하는 건 뭐가 됐건 말을 해.

알프레두는 넬리우의 말을 이해하지 못하는 것 같았다.

– 뭐든지 다? 알프레두가 천천히 말했다.

– 어, 뭐든 다.

– 가장 원했던 것을 바라고 또 그걸 진짜로 다 받은 사람에 대해 들어본 적 없어.

– 그렇다면 네가 첫 번째 그런 사람이 될 거야.

알프레두는 넬리우가 한 말을 곰곰이 생각하면서 오랫동안 조용히 앉아 있었다. 나시멘투와 만디오카는 불이 꺼지지 않도록 나무를 더 구해오느라 이따금 자리를 떴다. 밤이 깊어가며 도시는 점점 더 조용해졌고, 모닥불 가에 모여 앉은 아이들에게도 고요가 내려앉았다.

알프레두가 드디어 입을 열었다.

– 내가 어렸을 때 언젠가 우리 엄마가 아주 이상한 이야

기를 해줬어. 엄마는 그 이야기가 사실이라고 했지만, 나는 어른들이 아이들에게 들려주는 동화라고 항상 생각했지. 그런데 엄마가 해준 그 이야기를 결코 잊은 적이 없어. 어쩌면 그 이야기가 사실인지 아닌지 이제 좀 알아봐야겠어.

– 엄마는 자기 자식들에게 절대 거짓말을 하지 않아. 만디오카가 말했다.

– 조용히 해. 넬리우가 말했다. 알프레두 말을 끊지 말고 끝까지 들어.

– 산 사람들과 죽은 사람들이 서로 만나는 장소가 있대. 알프레두가 말했다. 강이 가로질러 흐르는 큰 정원인데, 강 가운데에는 모래섬이 하나 있대. 그 모래섬에 가 본 사람은 평생 그 어떤 것도 더이상 두려워하지 않게 된대. 내가 정말로 원하는 걸 바랄 수 있다면, 나는 그곳에 가고 싶어.

– 그래. 알프레두가 말을 마치자 넬리우가 말했다. 나도 그 강에 대해서 들은 적 있어, 가운데에 모래로 된 길쭉한 섬이 있는 그 강. 내가 들은 바에 의하면 그 모래섬에는 노래하는 도마뱀들도 있대. 그런데 내가 착각하고 있는 걸 수도 있어. 어쨌든, 네 말이 맞아, 그곳에 가 보는 게 좋겠어.

– 나는 그 강이 어디에 있는지 몰라. 알프레두가 말했다. 어디에 있는지 모르는데 어떻게 간단 말이야?

– 알아보면 되지. 넬리우가 말했다. 나한테 세계지도가

있어. 트리스테자가 쓰레기통에서 찾은 거야. 내일 새벽에 사진사 아부 카사무에게 가서 물어볼게. 어쩌면 그 아저씨가 알지도 몰라.

– 그곳에 가는 게 정말 가능하다고 생각해? 알프레두가 물었다.

– 응. 가능할 것 같아.

알프레두는 모닥불 바로 앞에서 담요를 뒤집어쓴 채 잠이 들었다.

– 자, 우리는 함께 여행을 떠나게 될 거야. 시간이 조금 흐른 뒤 넬리우가 말했다. 그러려면 돈이 많이 필요할 테고, 그 장소가 어디에 있는지도 알아내야 해. 알프레두의 병세가 여행을 감당하기 힘들 정도로 나빠지기 전에 가야 하는데, 시간이 그리 많지 않아.

– 그런 강도 없고, 섬도 없어. 나시멘투가 말했다. 알프레두 봄바를 속이는 그런 일에 난 참여하고 싶지 않아. 차라리 알프레두를 매일 저녁 극장에 보내 주자. 아마 한 번도 극장에 가본 적 없을 거야.

– 사람들이 들여보내 주지 않았어. 만디오카가 말했다. 알프레두 봄바는 신발을 안 신잖아. 극장에 들어가려면 신발을 신어야 하고 입장권도 있어야 해. 입장권이 있어도 신발을 안 신으면 안 들여보내 줘.

– 가끔 보면 너희들은 정말 말이 많아. 넬리우가 화를 감추지 않고 말했다. 우리는 그곳을 찾을 거고, 다 함께 거기까지 가는 데 필요한 돈을 마련할 거야. 이제 자자. 내일은 할 일이 많을 거야. 내 계획과 말이 진짜라는 걸 보여주기 위해 오늘은 나도 여기서 너희들과 함께 잘게.

– 그러다 대장까지 병나면 어떡해. 트리스테자가 걱정스럽게 말했다.

– 알프레두 봄바가 나보다 더 아파. 지금 중요한 건 오직 그 사실 뿐이야.

아이들은 잘 준비를 했다. 나시멘투는 자기 종이상자에 들어가 뚜껑을 덮었다. 넬리우는 알프레두 옆에서 몸을 웅크렸다. 그는 자신이 지금 맡은 책임이 막중하다는 생각을 했다. 알프레두는 그가 바라던 것을 얻기를 기대하고 있다. 누구도 죽어가는 사람을 실망하게 할 권리는 없다.

그날 밤 넬리우는 계속 이어지는 불안한 꿈들 때문에 편히 잘 수 없었다. 그를 괴롭히는 꿈들에는 얼굴이 있었고, 그 얼굴들은 피 묻은 총을 움켜쥐고 있던 어린 강도들을 연상시켰다. 그들은 넬리우에게서 그의 바지와 생각하고 느끼는 능력을 빼앗아갔다. 넬리우는 어떤 강가에 서 있었고, 강물에 비친 자기 얼굴을 보았다. 눈이 움푹 들어가고 얼굴에 지저분한 수염을 달고 있는 노인 같은 귀신의 모습이었다.

강 저편에서 야부 바타가 넬리우를 향해 뭐라고 부르짖었지만, 넬리우는 그의 말을 알아들을 수 없었다. 넬리우는 동이 틀 무렵 잠에서 깼다. 넬리우 옆에 알프레두 봄바가 바로 누워서 어린아이처럼 입을 벌린 채 자고 있었다. 넬리우는 밤새 자신이 꾸었던 꿈들을 해석하는 것으로 이 중요한 하루를 시작해 보는 게 좋겠다고 생각했다. 넬리우는 꿈은 항상 어떤 전조라는 것을 아버지에게서 배웠다. 꿈은 수수께끼처럼 난해할 수 있지만, 꿈들이 보여주는 어떤 징조들을 해석하고 그것에 따라 행동하는 것은 인간이 할 일이었다.

– 사람은 꿈꾸기 위해 자는 거란다, 라고 그의 아버지가 말했었다. 그리고 우리는 그 꿈을 해석해야 하므로 잠에서 깨는 거란다.

넬리우는 말의 배 속에 누워있었다면 더 쉬웠을 거라는 생각을 했다. 그곳에서 그의 꿈을 해석하는 것에 익숙해져 있었다. 그에게 말을 걸어온 밤의 목소리에 귀를 기울이려면 혼자 있어야 했다. 잠자고 있는 무리의 아이들에게 둘러싸인 이곳에서는 조용히 해몽에 집중할 수가 없었다.

첫 아침 햇살이 하늘을 밝히기 시작했을 때, 넬리우는 다른 아이들을 깨우지 않기 위해 조심스럽게 일어나서 텅 빈 도로를 건너 아부 카사무의 사진관으로 향했다. 사진관 문 앞에서 귀를 기울였더니 질질 끄는 발걸음 소리가 들려왔다. 넬리우는 부드럽게 문을 두드린 뒤 기다렸다. 아부 카사무는 자신이 불신하는 주위 사람들에 대한 그의 안전장치인, 자물쇠와 안전 고리들을 푼 후 문간에서 조심스레 내다보았다. 문틈 사이로 항상 침울해 보이는 그의 두 눈이 문밖에 선 넬리우를 보았다.

– 지도 때문에 또 왔어요. 그리고 여쭤볼 것도 하나 있고요.

아부 카사무가 어둑한 사진관 안으로 넬리우를 들였다. 그리고는 복잡한 의식에 따라 커피를 만들고 있는 알코올버너 옆에 쭈그리고 앉았다. 넬리우는 등받이 없는 의자에 앉아 기다렸다. 벽에는 가장자리가 찢어지고 지나치게 화려한 색으로 표현된 관광포스터들이 걸려있었다. 넬리우는 그것들이 아부 카사무가 다시는 갈 수 없는 인도 대륙의 풍경이라고 짐작했다.

작은 커피잔을 비운 아부 카사무는 입을 닦은 후 넬리우 맞은편 의자에 앉았다. 너덜너덜해진 지도책을 이미 손에 들고 있던 넬리우는 아부 카사무에게 자신이 찾아온 이유를 설명했다. 하지만 알프레두 봄바의 소원을 자기 소원인 것처럼 말했다.

– 아버지에게 그 섬에 가보겠다고 약속한 적이 있어요. 어젯밤에 이제 그 여행을 떠날 때가 되었음을 알리는 꿈을 꾸었어요. 아버지와 했던 약속을 지키지 않는다면 아버지가

매우 분노하실 거예요.

– 네 아버지는 돌아가신 걸로 아는데. 아부 카사무가 기억을 떠올리듯 말했다.

– 살아계실 때 이미 그런 일에 화를 많이 냈어요. 아버지가 말라리아 때문에 정신이 멍해서 물웅덩이에 빠져 돌아가시긴 했지만, 돌아가셨다고 달라졌을 거라곤 생각하지 않아요.

아부 카사무는 지도를 받아들고 아직도 작동하는 마지막 석유램프를 켰다. 넬리우는 기다리는 동안 자신이 천천히 강도들이 고향마을을 습격하기 훨씬 이전 시간으로 돌아가는 것처럼 느꼈다. 몇 시간 후 아부 카사무가 지도책의 마지막 장을 넘길 때쯤에야 넬리우는 현실로 돌아왔다.

– 내가 도움이 안 되겠구나. 아부 카사무가 말했다. 네 아버지가 너를 기다린다는 그 섬은 어디에도 나와 있지 않아. 이건 아주 형편없는 지도책인가 보다.

– 쓰레기통에서 주은 거예요. 주인이 이걸 왜 버렸는지 이제야 알겠어요.

– 이 세상은 형편없는 지도로만 묘사될 수 있는 모양이다. 우리가 사는 이 세상처럼 타락한 세상을 완벽하게 그린 지도를 어떻게 만들 수 있겠니?

둘은 침묵했다.

– 어떤 지도에도 나와 있지 않은 섬은 어떻게 찾을 수 있

어요? 마침내 다시 입을 연 넬리우가 물었다.

– 찾을 수 없단다. 내 생각에 제일 좋은 방법은 네가 우푸트수(uputso, 캐슈너트로 집에서 만드는 화주)를 마시고 춤을 추고 네 아버지를 만나 직접 물어보는 것이다만. 때때로 죽은 자들이 우리가 알고 있었다는 것을 깨닫지 못한 방법을 우리에게 보여줄 수 있단다.

넬리우는 아부 카사무의 목소리에 담긴 희미한 멸시의 느낌을 놓치지 않았다. 인도인들은 흑인들이 왜 자주 춤을 추고 죽은 조상들과 대화를 나누는지 전혀 이해하지 못한다는 측면에서는 백인들과 마찬가지라는 걸 넬리우는 알고 있었다. 백인들과 똑같이 인도인들도 겁이 많았고, 그들은 상대방을 멸시하는 방법으로 그들의 두려움을 감췄다. 물론 백인들보다는 훨씬 덜 노골적이긴 했다. 인도인들은 주로 상인들이었고, 그래서 언젠가 고객이 될 수 있는 사람을 적으로 만들려고 하지 않았기 때문이다.

– 아저씨 조언대로 해 볼게요. 그런데 질문이 하나 더 있어요. 긴 여행을 하고 또 우리 아버지를 위한 새 정장을 사는데 필요한 돈을 내게 줄 만한 사람이 누가 있을까요?

– 혼령들도 정장을 입는다니, 그건 금시초문이구나. 아부 카사무가 말했다.

– 아버지가 그렇다고 했어요. 아버지는 내 꿈에 나타날

때면 항상 같은 양복을 입고 있어요. 그리고 그 양복은 볼 때마다 더 낡아 있고요.

– 내가 알기로 너에게 돈을 줄 만한 사람이 딱 한 명 있는데, 그 남자 이름은 술레만이고, 위대한 칸만큼이나 부자란다. 물론 아무도 그렇게 말하는 사람은 없지. 술레만은 새 모스크들을 건축할 돈을 내놓지는 않으니까.

– 그런데 그 사람이 왜 나한테 돈을 줄 거라는 거죠?

– 술레만은 나처럼 인도인이야. 하지만 그 사람의 영혼은 너 같은 흑인들 밑에서 오랜 세월 지내면서 상처를 입었단다. 이제는 악령들과 어떤 전조들이 너무나 두려워서 사업을 할 엄두조차 내지 못하지. 자기 집에 꼭 틀어박혀서 절대 밖으로 나가지도 않아. 내 이름을 말하면 아마 너를 들여보내 줄 거야.

– 아저씨는 그 사람을 어떻게 알아요?

– 그 사람이 내 마지막 고객이었단다. 아부 카사무가 슬픈 목소리로 대답했다. 내가 찍은 마지막 사진을 보면 그 사람 눈에 비친 두려움을 볼 수 있거든.

– 그렇다면 그 사람도 나와 함께 그 섬에 가면 되겠네요. 술레만이란 그 사람, 어디 살아요?

– 옛 감옥 옆에 꼭 머리를 베어버린 것 같이 보이는 집이 있어. 술레만이 예전에 큰 사업에서 사기를 당하고 난 뒤 스

스로 집 위층을 없애버렸단다. 사람을 너무 쉽게 믿어버린 자신에게 스스로 벌을 준 거지. 수년 전, 악령들과 전조들이 자신에게 피해를 준다는 걸 그가 아직 믿기 전에 있었던 일이야.

넬리우는 그만 가기 위해 의자에서 일어섰다. 이미 늦은 오후가 되어 있었다. 넬리우는 배가 고팠다.

– 아저씨는 식사를 전혀 안 하세요?

– 난 배가 고플 때만 먹는단다. 오늘은 그런 날이 아니구나.

– 여행에서 돌아오면 사진을 찍으러 올게요. 나랑 여기 거리에서 함께 사는 다른 아이들 사진도 찍어주세요. 사진을 현상해 주면 제일 잘 나온 것들을 골라서 액자에 넣을 거예요. 그러고 나서 돈을 낼게요.

– 사진을 어느 벽에 걸려고? 넬리우가 이미 문밖으로 나섰을 때 아부 카사무가 물었다.

– 주유소 뒤편에요. 거기에 아주 아름다운 담이 있어요. 비가 오면 포대들로 사진을 덮어놓으면 돼요.

다음 날 넬리우는 도시를 가로질러 술레만의 잘린 집으로 걸어갔다. 그는 대문을 열고 황폐한 묘지처럼 보이는 마당으로 들어섰다. 바짝 마른 풀잎들 가운데에 놓여 있는 녹슨 개 목줄들을 보니 사나운 개가 짖는 소리가 들리는 것 같왔다. 넬리우는 현관문을 두드렸다. 갑자기 문지방 바로 위에 작은 구멍이 열렸다. 구멍으로 통통한 갈색 손가락 하나가 나오더니 넬리우에게 바닥에 엎드려 구멍 높이에 얼굴을 갖다 대라는 표시를 했다. 손가락이 구멍 안으로 사라졌고, 넬리우는 바닥에 엎드려 구멍 안쪽에 있는 눈 하나를 뚫어지게 바라봤다.

– 술레만씨와 모든 두려움이 사라지는 섬에 관해 이야기하기 위해 찾아왔습니다. 아부 카사무 씨 소개로 왔어요.

구멍에서 눈이 사라졌고, 문이 조금 열렸다. 넬리우는 인도사람들은 모두 문을 반만 연다는 생각을 했다. 두려움 때문이거나, 혹은 그들의 절약정신 때문일지도 모른다. 넬리우는 커튼이 모두 닫혀 있는 집 안으로 들어갔다. 집 안에서는 뭔지 모를 낯선 냄새가 났고, 매우 어두웠다. 눈이 어둠에 익숙해졌을 때, 집 안에 가구가 전혀 없다는 걸 알았다. 있는 것이라곤 오로지 돈뿐이었다. 여기저기에 끈으로 묶은 돈뭉치들이 쌓여 있었다. 넬리우가 알아보지 못한 냄새를 풍기는 것은 모두 돈이었다. 그 돈의 한가운데, 지폐뭉치들로 이루어진 보호벽에 둘러싸인 듯 술레만이 서 있었다. 그는 키가 작았고 아주 뚱뚱했다. 머리카락은 빠졌고, 수염은 듬성듬성했고, 테가 부러졌었는지 더러운 테이프로 테를 붙여놓은 안경을 쓰고 있었다. 넬리우는 술레만에게 용건을 말했고, 술레만은 눈을 감고 넬리우의 말에 귀를 기울였다. 넬리우가 이야기를 끝내자 술레만은 지친 체념의 몸짓으로 두 팔을 벌렸다.

– 네게 줄 돈이 없다. 여기 보이는 얼마 안 남은 이 돈은 이미 저당 잡혀 있단다. 네 여행에 동행할 수도 없다. 문밖에만 나가면 온통 나를 해하려는 것들이 기다리고 있어. 밤이면 그것들이 집 외벽을 긁고 할퀴어대는 소리가 들려. 그것들이 독이 들어있는 고기 조각들로 내 경비견들도 죽였어.

– 어두워진 다음에 출발할 수도 있어요. 넬리우가 제안했다.

– 그건 더 안 좋아. 햇빛이 눈 부신 대낮이라면 가능할지 모르지만, 나는 그럴 수가 없어. 게다가 나는 너무 뚱뚱하고 눈도 잘 안 보여. 난 여기서 아직 남은 돈을 지켜야 해. 나는 한때 칸만큼 부자였단다. 이제 내 재산은 내가 완전히 이해하지 못하는 방식으로 점점 줄어들어 나를 가난하게 만들었지. 모든 게 이미 저당 잡혀버렸어.

– 작은 돈뭉치 하나면 충분할 것 같은데요. 넬리우는 조심스럽게 말하며 목소리를 낮췄다. 작은 목소리로 말하면 자신의 요구가 더 작게 보일 것 같았다.

– 남한테 줄 돈은 없다. 넬리우는 술레만의 목소리에서 그가 슬슬 언짢아하고 있다는 걸 느꼈다. 모두들 나한테 돈을

달래. 집 밖에 나가기만 하면 거지들이 온통 달려들지. 내게 구걸하지 않는 사람을 세는 게 더 빠를 정도야. 거지들은 심지어 저희들끼리 서로 구걸하기도 해. 땅에 묻힌 죽은 자들도 돈을 요구해. 나는 내가 한때 소유했던 모든 것을 줘버렸어. 여기 지금 남아 있는 것으로는 내가 죽은 후 빚을 갚아야 해. 창가 구석에 있는 저 돈은 내 장례를 치를 돈이고, 문 저쪽에 있는 돈은 내 사촌들의 결혼식과 내 불성실한 아들들의 사생아들에게 줄 건데, 그들은 나를 제외하고는 아무도 인정하지 않을 거야. 구호금, 벌금, 뇌물도 다 준비했고, 그래서 이미 다 저당 잡힌 돈이야. 네 아버지 양복을 살 돈이나 네가 말하는 섬으로 가는 여행비를 댈 돈은 없어. 설사 그 섬이 존재하지 않는다고 하더라도, 네가 사기꾼이고, 내가 그걸 알면서 속아준다고 하더라도 너에게 줄 돈은 없어.

– 어린 소년이 곧 죽게 돼요. 그 소년의 영혼이 아저씨를 지켜줄 거예요.

– 내 집은 이미 죽은 사람들의 영혼으로 차고 넘쳐. 내게 돈을 빌려 달라는 사람들이 나를 지켜줄 거라며 담보로 약속한 영혼들이지. 그런데 그게 무슨 소용이 있냐고?

넬리우는 술레만의 집을 나섰다. 그는 자신이 지난 며칠 동안 열심히 걸었지만 전혀 목표에 다가서지 못했다는 것을 깨달았다.

그날 저녁 넬리우는 무리를 불러 모았다. 알프레두 봄바가 잠들 때까지 기다렸다가 말을 시작했다.

– 알프레두 봄바의 어머니가 말한 그 장소를 아부 카사무도 찾지 못했어. 사진관에 손님이 없어서 아부 카사무는 지도를 탐색하는 일에 온전히 집중할 수 있었어. 그러니까 굳이 다른 사람에게 더 물어볼 필요는 없을 것 같아. 우리에겐 알프레두 봄바의 어머니를 찾아서 물어볼 시간도 없어. 게다가 아직 살아계신지도 확실하지 않고. 돈도 구하지 못했어.

넬리우는 무리를 바라보았다. 아이들은 할 말이 없어서 모두들 넬리우의 시선을 피했다.

마침내 트리스테자가 침묵을 깨고 입을 열었다.

– 어쩌면 알프레두 봄바에게 일단 내 신발을 주는 게 더 좋지 않을까 싶은데. 아파서 걔 발이 더 커졌을지도 모르잖아.

– 왜 발이 커져야 하는데? 넬리우가 물었다.

– 아픈 사람들은 발이 붓잖아. 트리스테자가 웅얼거렸다. 죽기 전에 피가 다 몸 맨 아래에 있는 발로 모이니까.

넬리우는 트리스테자의 이상한 말을 잠시 생각해 보았다. 넬리우는 그동안의 경험을 통해 트리스테자가 비록 생각이 느리기는 해도 가끔 고려해볼 만한 말을 한다는 걸 알고 있었다.

– 알프레두는 신발을 원하지 않아. 생각 끝에 넬리우가

말했다. 걔가 원하는 건 사람이 더이상 두려움을 느끼지 않게 되는 그 섬에 가는 거야. 우리가 지금 당면한 첫 번째 문제는 그 섬을 찾을 수가 없다는 것이고, 두 번째 문제는 설사 그 섬을 찾는다고 해도 거기까지 갈 돈이 없다는 거야.

– 그런 섬은 없어. 나시멘투가 말했다.

– 그럴지도 몰라. 넬리우가 신중하게 대꾸했다. 하지만 진짜 문제는 그게 아니야.

넬리우는 아이들이 놀란 눈으로 자신을 바라보고 있는 것을 느꼈다. 넬리우는 그게 무슨 뜻이냐고 묻는 듯한 아이들을 향해 손을 들어 올렸다. 지금 그는 더이상 질문을 듣고 싶지 않았다. 그의 머릿속 어딘가에서 계획이 하나 떠올랐다. 넬리우는 머릿속에서 낯선 길을 하나 발견했고, 그것은 아이들이 알프레두 봄바의 소원을 어떻게 들어줄 수 있을까에 대한 해답을 줄 것이다. 넬리우는 일어나서 주유소를 지나 도로로 나가 길 건너편으로 건너갔다. 그쪽에 아부 카사무의 사진관이 있었고 그 옆에는 빵가게와 극장이 있었다.

극장에서는 마담 이즈메랄다 극단의 공연이 막 끝난 상태였다. 극장에서 쏟아져 나온 관객들이 어둠 속에서 사방으로 흩어졌다. 극장 수위들이 문을 잠그기 시작했고, 입구 바깥의 불빛들도 곧 꺼졌다. 그 모습을 지켜보며 넬리우는 동시에 머릿속에서 빽빽한 가시덤불들 사이로 난 꼬불꼬불

한 길을 따라갔다. 내면의 시선으로 그 길을 따라가면서 넬리우는 이 세상 어딘가에 있을, 아니면 실제로 존재하지 않는 세상에 있을지도 모를 그 섬으로의 여행을 어떻게 실행에 옮길 것인지 알게 되었다.

넬리우는 기다리고 있는 아이들에게로 돌아왔다. 알프레두 봄바는 자고 있었다.

– 그 섬을 찾았어. 넬리우가 말했다. 그 섬은 아부 카사무가 봤던 그 지도에는 나와 있지 않아. 게다가 그 섬은 거기까지 갈 돈도 필요 없을 만큼 가까운 곳에 있어.

– 그게 어딘데? 나시멘투가 물었다.

– 길 건너편. 넬리우가 말했다. 그 섬은 마담 이즈메랄다의 극장에 있어. 밤에는 극장이 텅 비잖아. 배우들이 잠자는 동안에는 무대에 아무도 없어. 없는 건 만들면 되는 거야. 어디 있는지 아무도 모르는 섬도 만들면 돼. 꿈도 머릿속에서 꺼내서 눈에 보이는 형체로 만들 수 있잖아. 오늘 밤, 극장 앞 경비들이 잠들면 극장 뒤쪽 깨진 유리창을 통해 의상실로 들어가는 거야. 그런 다음 무대 조명을 밝히고 알프레두의 어머니가 얘기한 그 섬에 알프레두가 가는 연극을 만드는 거지.

– 우리 중 누구도 그걸 어떻게 하는지 모르잖아? 만디오카가 말했다.

– 배우면 되지. 넬리우가 대꾸했다.

– 극장 앞을 지키고 있는 경비원들 중 몇 명은 총을 갖고 있어. 나시멘투가 말했다.

– 조용히 하면 돼. 넬리우가 말했다.

같은 날 밤, 자정 직후에 극장 입구의 경비들이 잠이 들었을 때, 아이들은 건물 뒤로 가서 깨진 유리창을 통해 의상실로 들어갔다. 트리스테자는 알프레두 봄바 곁에 남아있으라는 지시를 받았다. 그는 무대 위에서 대사나 특정한 방식으로 동작하는 법을 결코 배우지 못할 것이기 때문이다. 아이들은 성냥 불빛으로 길을 찾아 조심조심 움직였고, 무대 위에 걸려있는 강한 불빛의 조명을 켰다.

무대는 텅 비어 있었다.

아이들은 무대 아래 객석에 섰다. 그 순간 넬리우는 무대가 그들이 줄 음식을 기다리며 한껏 벌린 입처럼 보인다고 생각했다.

그렇게 그들은 섬을 만들기 시작했다.

동이 틀 무렵 넬리우는 지쳐 보이는 미소를 보였다. 저 멀리, 강 저편 하늘에 소나기구름이 점점 두텁게 형성되고 있었다. 나는 우리가 이제 이야기뿐만 아니라 넬리우의 삶의 종착역에도 점점 가까워지고 있다는 사실을 깨달았다.

나는 아무 말도 하지 않았다. 그저 넬리우를 바라보며 미소만 지었다. 무슨 할 말이 있었겠는가?

그렇게 앉아 있다가 나는 자리에서 일어나 가게로 내려갔다.

아홉째 날 밤

넬리우의 마지막 날은 태양이 아주 가까이에 있는 것처럼 말할 수 없이 더웠다. 숨을 내뱉으면 공기에 불이 붙어 검은 재가 길거리에 떨어질 것 같았다. 그날처럼 심한 더위는 그 이전에도, 그 이후에도 겪어보지 못했다. 어디에도 시원함이라곤 없었고, 심지어 바다에서 도시로 불어오는 바람도 더위에 지쳐 숨을 헐떡이는 것 같았다. 나는 불안한 마음으로 거리를 돌아다니다가 사람들이 그나마 더위를 피해 보겠다고 모여 있는, 마른 먼지가 풀풀 날리는 응달에 비집고 들어가서 수시로 나를 쓰러뜨리려는 현기증과 싸웠다. 내가 누구인지도 모르겠고, 내게 일어난 모든 일이 아무도 책임지지 않고 누구도 신경 쓰지 않는 착오 같기도 했다. 나는 처음으로 세상을 있는 그대로 보게 되었다. 아직 어른이 되지도 않은 넬리우가 이미 꿰뚫어 본 그 세상을.

내가 봤다고 믿었던 건 무엇일까? 불타버린 트랙터의 녹슨 엔진은 내 눈앞에서 무너질 위기에 놓인 세상에 대해 조롱하는 시처럼 내게 말했다. 나는 마치 자신의 불행에 대해 지구를 벌주듯 모래를 맹렬히 채찍질하고 있는 한 길거리 아이를 보았다. 독수리 한 마리가 외롭게 소리 없이 내 머리 위를 날고 있었다. 소용돌이치는 상승기류에 몸을 맡긴 채 깃털을 꿰뚫으며 내리꽂는 햇살을 향해 아무렇지도 않다는 듯 날고 있었다. 가끔 독수리 그림자가 나를 바닥에 납작하게 내리누르려는 쇠추처럼 내 머리 위로 떨어졌다. 펌프 옆에서 옷을 홀딱 벗고 씻고 있는 늙은 흑인 남자가 눈에 들어왔다. 모두를 무력하게 만드는 더위에도 아랑곳하지 않고 그 노인은 못 쓰게 된 낡은 피부를 벗겨내려는 듯 기운차게 몸을 문질러대고 있었다. 무자비한 태양 아래에서 나는 이 도시의 진짜 얼굴을 보았다. 주어진 생명을 날것 그대로 살 수밖에 없는 가난한 사람들의 모습이 보였다. 항상 생존의 맨 마지막 보루에서 하루하루 싸워나가야 하는 그들에게는 원하는 대로 삶을 영위할 시간과 여유가 없었다.

정신착란의 신전과 같은 이 도시, 아니 이 세상이 눈에 들어왔다. 내 주위에 보이는 모든 것들이 그 비이성적인 모습과 닮아 있었다. 나는 무력함이라는 어두운 성전 가운데에서 있었다. 성전의 담벼락이 부서져 내리며 앞이 보이지 않을 정도로 두꺼운 먼지를 일으켰고, 형형색색의 스테인드글라스는 이미 사라지고 없었다. 주위를 둘러보니, 나를 둘러싸고 있는 모든 사람이 가난했다. 다른 사람들, 즉 부자들은 가난한 사람들이 몰려있는 거리를 피했고, 높은 담벼락 뒤에 가려져 있는, 윙윙대는 기계들이 항상 내부의 공기를 시원하게 만들어주는 그들의 벙커에 몸을 숨겼다. 지구는 더이상 둥글지 않다. 지구는 다시 평평해졌고, 이 도시는 그 평평한 지구의 맨 끝 가장자리에 놓여 있다. 언젠가 다시 폭우가 쏟아져서 경사면에 다닥다닥 붙어 있는 집들을 쓸어버린다면 그 집들은 강물로만 처박히는 것이 아니라 지구의 가장자리 밖, 더이상 받쳐줄 바닥이 없는 곳으로 떨어져 버리고 말 것이다.

이날 도시는 갑자기 습격을 받았다. 메뚜기의 습격이 아니라, 신앙부흥운동 전도사들의 습격이었다. 그들은 담벼락, 궤짝, 받침대, 쓰레기통 할 것 없이 모든 곳에 올라서서 울먹이며 탄식하는 목소리로, 땀에 흠뻑 젖은 얼굴과 사정하듯 앞으로 뻗은 손으로 사람들을 끌어모았다. 부흥사들 주위로 몰려든 사람들은 몸을 좌우로 흔들었고, 눈을 감은 후 눈을 다시 뜨면 모든 것이 달라져 있을 것으로 생각했다.

나는 경련을 일으키며 바닥에 쓰러지는 사람들, 매 맞은 개처럼 네발로 기어 나오는 사람들, 환호하는 사람들을 봤다. 하지만 그들이 무엇에 환호하는지는 알 수 없었다. 강한 비, 무섭게 몰려드는 검은 구름, 지진 그리고 수없이 치는 번개를 배경으로 세상의 종말이 펼쳐질 것을 늘 상상했던 나는 내가 착각했을 수도 있다는 생각이 들기 시작했다. 세상은 불타는 태양 아래에서 멸망할 것이다. 우리 조상들이 모두 모여 있는 것 같았다. 수백만은 될 것이었다. 그리고 그들은 산 자들이 서로에게 가하는 고통을 더이상 봐줄 수가 없는 것 같았다. 모두 함께 멸망하면 우리는 다른 세계와 하나가 될 것이다. 내가 지금 걷고 있는 이 거리는 결국 잊는 법을 제대로 배우지 못한 자들에게 남은 하나의 추억이 되고 말 것이다.

어떤 집을 지나치는데, 그집에 사는 미친 남자가 갑자기 창밖으로 집안의 가구들을 내던지기 시작했다. 그 남자는 계속해서 자기 형 페르난두를 불러댔는데, 강도떼가 우리나라에 전쟁을 가져온 이후로 형을 다시는 만나지 못한 모양이었다. 나는 그가 막 침대를 힘껏 밖으로 던질 때 그를 발견했다. 침대가 큰 소리를 내며 보도 위로 떨어졌다. 매트리스가 터지고, 바닥 판의 나무 살들이 산산조각이 났다. 그런데 나는 왜 그에게 그만 멈추라고 소리치지 않았을까? 왜 그냥 가던 길을 갔을까?

나는 오늘까지도 그 이유를 알지 못한다. 넬리우가 살았던 마지막 날은 부분적으로만 기억나는 꿈과 같은 길고 지루한 공연이었다. 내 삶의 어떤 것이 막 끝나려 하고 있었다. 나는 갑자기 넬리우가 내게 이야기해 준 것의 진정한 의미를 이해하기 시작했다. 어쩌면 나 역시 그의 이야기가 끝날 것이고, 모든 진실이 드러나게 되고, 그가 가슴에 난 끔찍한 상처로 결국 죽게 되는 피할 수 없는 일이 두려웠던 것은 아닐까. 나는 가난한 이들, 넬리우와 나 같은 사람들에게는 우리가 살면서 공짜로 받는 유일한 것이 죽음이라는 생각을 했다.

우리는 주어진 삶을 날것 그대로 살도록 강요당했다고 생각했다. 그리고 그런 삶 다음에는 죽음이 기다리고 있었다.

우리에게는 어떤 기쁨을 준비하거나, 기억들이 빛날 때까지 매끄럽게 다듬거나, 두려움 없이 다음 날을 만날 기회가 결코 없었다.

땅거미가 질 때가 되어서야 나는 가게로 돌아왔다. 마담 이즈메랄다가 가게 앞에서 밀가루를 납품하는 남자와 격렬하게 싸우고 있었다. 이미 수천 년 전부터 계속되어 온 싸움이었고 앞으로 수천 년 동안 반복될 싸움이었다. 나는 밀가루 납품업자가 기운을 꺾고 자리를 떠나고, 마담 이즈메랄다가 극장 안으로 사라질 때까지 기다렸다. 그녀는 참을 수 없는 더위에도 불구하고 배우들에게 코끼리 코를 달고 공연 연습을 하도록 강요할 것이다. 문을 열고 막 가게 안으로 발을 들인 그 순간, 무울레느 부인에게서 약초를 사 오는 걸 잊은 것이 떠올랐다. 하지만 상관없었다. 이미 너무 늦었다는 걸 나는 알고 있었다.

나는 얇은 옷 사이로 보이는 마리아의 아름다운 몸매를 멍하니 바라보며 빵을 구웠다. 저녁이 되자 바다에서 불어온 바람이 더위를 조금 식혀주었다. 도시는 무자비한 태양이 내리쬘 내일 아침을 견디기 위해 휴식에 들어서 있었다.

잔뜩 화가 나 땅바닥을 채찍질하던 소년을 생각했다. 그리고 그 소년이 여전히 그곳에 서서 자신의 비참한 삶에 채찍을 가하고 있을지, 아니면 잠잘 곳을 찾았을지 생각해 보았다.

자정이 조금 지나자 마리아가 퇴근했다. 나는 어둠 속에 숨어서 내가 항상 사용하는 펌프 물로 그녀가 몸을 씻는 것을 몰래 관찰했다. 벌거벗은 그녀의 몸이 호기심 많은 별빛을 받아 빛나고 있었고, 나는 그녀에게로 가서 그녀를 끌어안고 싶은 유혹을 내가 뿌리칠 수 있다는 사실에 갑자기 화가 났다. 그녀의 아름다움은 아름다운 모든 것들처럼 신비로웠다. 나는 넬리우가 내 옆에 서서 그녀를 보고, 그녀와 관련된 비밀을 공유하기를 바랐다. 그 비밀은 넬리우가 그녀를 저승으로 데려갔으면 하고 바랐던 기억이었다. 왜인지 이유를 말할 수는 없지만, 나는 벌거벗은 혼령들은 절대 없다고 생각한다. 물론 내가 틀릴 수도 있다. 잘 모르겠다.

지붕에 올라가 보니 고양이가 다시 와 있었다. 매트리스 위에 올라가 넬리우의 얼굴 옆에 누워있었다. 나는 나선형 계단의 문 그림자 안에 서서 넬리우와 고양이가 대화를 나누고 있는 것처럼 보이는 모습을 가만히 바라보았다. 내 얼굴을 스치고 지나는 선선한 바람결에 살짝 소름이 돋았다. 넬리우가 곧 그들을 따라갈 것을 기대하며, 죽은 자들의 혼령이 모여들기 시작했다. 넬리우 곁에 앉아있는 고양이가 누군지는 나도 알 수 없었다. 내 존재를 눈치챘는지 고양이가 갑자기 머리를 돌리더니 차가운 눈으로 나를 응시했다. 고양이가 눈을 깜빡였고, 그 모습에 나는 그 고양이가 넬리우가 죽인 남자, 좁고 가느다란 눈을 가진 그 남자일 거라는, 그 남자가 이제 넬리우를 찾아낸 거라는 생각을 했다. 나는 지붕 바닥에 있던 작은 돌을 집어 들어 매트리스 옆으로 던졌다. 고양이가 옆으로 뛰어오르더니 옆 건물의 지붕 위로 달아났다. 매트리스로 다가가서 보니 넬리우의 얼굴이 아주 창백했다. 이마에 손을 대보니 열이 있었고, 두 눈은 내가 이미 그에게서 본 적 있는 그 공허한 표정으로 멍해 보였다. 그래도 그는 나를 보고 미소를 지었다.

– 오늘은 정말 더웠어요. 작고 거친 목소리로 넬리우가 말했다.

넬리우에게 무울레느 부인에게서 받았던 마지막 남은 약을 섞은 물을 먹였다.

그리고 우리는 매일 밤 다음 날을 준비하는 그 여자의 소리를 들었다. 절굿공이로 옥수수를 찧는 소리, 그리고 그녀의 노랫소리였다.

– 모든 것엔 끝이 있어요. 넬리우가 말했다. 모든 것엔 끝이 있고, 또 모든 것은 다시 처음부터 시작되요.

넬리우가 뼈밖에 남지 않은 그의 비쩍 마른 손을 들어 그 날따라 더욱 가까운 곳에서 더욱 밝게 빛나는 별들을 가리켰다. 넬리우가 누워있는 이 공간을 더 작고 아늑하게 만들기 위해 하늘이 지붕 가까이 내려앉은 것 같았다.

– 우리 아버지는 아주 똑똑한 사람이었어요. 넬리우가 말했다. 사는 게 힘들면 별들을 쳐다보라고 내게 가르쳐주셨어요. 별들을 향했던 시선을 다시 땅으로 내리면 방금까지 너무나 강력하고 힘들었던 것이 갑자기 작고 단순해졌죠.

넬리우에게 다시 물을 먹였다. 그런 다음 맥을 짚어보니 맥박이 빠르고 불규칙했다. 유예되었던 시간의 끝이 다가오고 있었다.

넬리우가 아무 말 없이 나를 보았다. 그 순간 그의 이야기는 지친 눈에 어리는 희미한 빛에 불과했지만 이미 다시 시작된 것이나 마찬가지였다. 보아하니 넬리우는 자신에게 닥쳐올 일에 대해 전혀 두려움을 느끼지 않는 것 같았다. 그 아이는 더할 나위 없이 침착했다.

사람이 죽음을 사랑할 수 있을까?

넬리우가 살아있는 동안에는 그에게서 그 질문에 대한 답을 듣지 못했다. 하지만 나는 여전히 외로운 밤나방 한 마리가 내 옆에 내려앉아 내가 간절히 기다리는 넬리우의 소식을 전해주기를 기다리고 있다. 그래서 나는 가끔 혼자 지붕 위에서 춤을 추고 톤톤투에 취하곤 한다.

나는 지금도 기다리고 있고 앞으로도 항상 기다릴 것이다.

넬리우가 다시 그리고 마지막으로 이야기를 시작했다. 나는 지금, 이 밤에 그 이야기가 끝을 맺으리라는 걸 알고 있었다. 넬리우는 자신과 아이들이 무대를 비추는 조명 불빛 아래에서 어떻게 텅 빈 무대에 발을 디뎠는지 이야기했다. 무대 세트의 그림자들이 웅얼대며 아이들과 동행했다. 무대는 숨 쉬고 있었다. 지나온 시간 동안 그곳에서 일어났던 모든 일들이 다시 되살아 난 것 같았다. 아이들은 작품들, 대사들, 배우들의 등장과 퇴장으로 이루어진 혼돈의 우주 속에 서 있었다. 마법과 같은 순간이었다. 넬리우는 정확히 무대 중앙에 서서 아이들을 주위로 불러 모았다. 넬리우는 아이들이 무서워하고 있다는 걸, 이전에 이 무대에서 일어났던 그리고 지금 부활한 모든 사건들의 현존을 느끼고 있다는 걸 알아챘다. 넬리우는 아이들이 죽어가는 알프레두 봄바를 위해 연극 하나를 공연할 거리의 아이들 집단으로만 이곳에 온 것이 아니라고 생각했다. 아이들은 관객으로 온 것이기도 했고, 이전에 공연되었던 극들을 긴 밤에서 깨어나게 함으로써 다시 무대 위에 되살리려는 것이었다.

아이들은 먼저 쓸 만한 소품들, 예전 무대 장치용이어서 더이상 사용되지 않는 소도구들, 의상과 가발들을 찾기 위해 극장을 샅샅이 뒤졌다. 넬리우는 자신의 허락 없이는 절대로 아무것도 만지지 말라는, 그리고 사용한 모든 것들은 후에 반드시 제자리에 돌려놓으라는 엄격한 지시를 내렸다. 이 첫날밤은 긴 연극이 되었다. 넬리우는 무대 한가운데에 앉아서 다른 아이들이 못 알아볼 정도로 변장을 하고 무대 뒤에서 등장하는 모습을 지켜보았다. 아이들은 종종 자신들이 허락 없이 극장에 들어와 있다는 사실을 잊어버렸고, 그때마다 넬리우는 그 사실을 일깨우며 아이들을 조용히 시켜야 했다. 나시멘투가 극장 밖 도로에 있는 무장한 경비들에 대해 경고했던 사실이 떠올랐기 때문이다.

넬리우는 아이들이 즐거워하며 분장하는 모습을 지켜보았다. 누군가가 새로운 의상을 입고 무대에 등장할 때마다 무대 전체가 완전히 달라졌다. 대사도 없고, 몸동작도 없고, 아이들이 자신들이 사는 세계와는 다른 어떤 세계를 함께 만들 수 있다는 사실 외에는 다른 의미가 없었지만, 그래도 하나의 극이 생겨났다. 광택이 나는 붉은 실크로 만든 연미복에 매료된 페카두가 조명 속으로 들어왔다. 발에는 흰 구두를 신고, 세트 뒤에서 기다리는 동안 이미 중력을 극복하는 법을 터득하기라도 한 것처럼 가볍게 무대 위에서 움직였다. 곧이어 나시멘투가 등장했다. 분장한 모습은 마치 신의 모습 같기도 했고 지금까지 알려지지 않은 꽃 같기도 했다. 나시멘투는 당당한 움직임으로 넬리우 주위를 원을 그리며 돌면서 아무 연관성 없는 대사를 읊어댔다. 만디오카는 다양한 동물 의상을 섞어 입고 나와 세상 그 누구도 본 적 없는 동물을 창조해냈다. 악어의 꼬리, 쥐의 다리, 곤충의 가슴. 그리고 얼룩말의 머리 형상을 쓰고 무대 바닥을 기어 다니며 넬리우가 한 번도 들어본 적 없는 소리를 냈다.

놀라운 반전과 등장이 이어지는 이 변화무쌍하고 훌륭한 퍼레이드를 지켜보는 동안 넬리우의 머릿속에서 천천히 극의 형태가 갖춰지기 시작했다. 넬리우는 아이들이 강가에서서 어슴푸레하게 보이는 섬을 발견하고, 배를 타고, 결국 그 섬에 다다르는 순간까지의 여행을 상상했다. 그러면서 그들이 만들어야 할 것이 낙원이라는 사실을 깨달았다. 현실에는 낙원이 존재하지 않았기에 넬리우는 알프레두 봄바가 그리는 세상의 낙원이 어떤 모습일지를 상상으로 머릿속에 그려야 했다. 알프레두 봄바가 집처럼 느낄 수 있는 낙원을 만들어야 했다. 극장에 들어간 이 첫 번째 밤에 넬리우는 말을 많이 하지 않았다. 사색에 잠겨, 거의 꿈꾸는 것 같은 모습으로 넬리우는 아이들이 무대에 걸치고 나온 수많은 의상과 소품을 관찰했다. 그리고 기억저장고에 자신이 본 모든 것을 기록했다. 아침이 다가오고 있음을 느꼈을 때 넬리우는 아이들을 불러 모았다. 그리고 모든 것을 있던 그대로 돌려놓으라고, 모든 흔적을 지우고 들어올 때와 마찬가지로 눈에 띄지 않게 극장 밖으로 나가야 한다고 지시했다.

– 내일 연습을 시작하자. 사흘 밤 동안 준비할 거야. 그리고 나흘째 되는 날 밤에 알프레두 봄바와 함께 우리의 여행을 하는 거야.

새벽 어스름에 극장 밖으로 나와 트리스테자가 알프레두와 함께 기다리고 있는 곳으로 돌아갔을 때 넬리우는 알프레두의 상태가 눈에 띄게 나빠졌다는 사실을 곧바로 알아챘다. 한순간 넬리우는 알프레두가 아이들의 연극을 볼 때까지 살지 못할 수도 있다는 두려움에 빠졌다. 넬리우는 아이들에게 환자에게 방해가 되지 않도록 떠들지 말고 조용히 하라고 지시를 내렸다. 그런 다음 알프레두 곁에 앉아 한참 동안 그와 이야기를 나눴다.

– 우리는 같이 여행을 떠날 거야. 넬리우가 말했다. 네가 직접 걷지 않아도 되도록 우리가 너를 업고 갈게. 여행길은 별로 길지 않을 거야.

– 난 무서워. 알프레두가 웅얼거렸다.

– 무서워할 필요 없어. 넬리우가 기운을 북돋아 주기 위해 대답했다.

– 나시멘투가 나를 업으면 겁이 나. 나를 떨어뜨릴지도 몰라. 아니면 일부러 손을 놔서 떨어뜨리거나.

– 너를 떨어뜨리면 우리가 몽둥이로 때릴 거라고 내가 나시멘투에게 겁을 줄게. 나시멘투는 몽둥이로 맞는 걸 싫어하니까.

알프레두는 넬리우의 말을 완전히 신뢰하는 것 같지는 않았다. 하지만 무슨 말로 더 따지기에는 너무 피곤했다. 넬리우는 알프레두에게 종이봉투에 들어있는 약 한 알을 꺼내 먹인 다음 페카두를 불러 알프레두의 발을 주물러 주라고 했다.

– 발 안마가 어디에 좋은데? 페카두가 의심스럽다는 듯 물었다. 알프레두는 발을 시려하지도 않아.

– 피가 발에 몰리지 않게 하기 위해서야. 시키는 대로 해.

페카두가 알프레두의 발을 문지르는 동안 넬리우는 다른 아이들에게 번갈아 가며 알프레두의 이마의 땀을 닦아주고 알프레두가 계속 시원한 물을 마실 수 있게 했다. 알프레두를 돌보는 데 필요 없는 아이들은 거리로 나가 돈을 벌어 얼음과자와 빵을 사 오게 했다. 더위는 계속되었고, 누군가는 항상 알프레두 곁에 앉아서 낡은 우산에서 잘라낸 천으로 계속 부채질을 해주었다. 자정이 조금 지난 시간, 경비들이 극장 계단에 앉아 카드놀이를 시작했고, 아이들은 다시 건물 뒤편 깨진 유리창을 통해 극장 안으로 숨어들었다.

그날 밤에 아이들은 그들의 작품 연습을 시작했다. 넬리우는 무대 위에서 아이들을 자기 주위로 불러 모았다.

– 우리 중 연극에 대해 아는 사람은 아무도 없어. 그래도 다른 사람의 도움 없이 극을 만들어야 해. 하지만 잘할 수 있어. 우리가 다른 누구보다도 더 잘하는 게 있잖아. 바로 다른 사람 도움 없이 살아남는 것.

– 난 괴물 역을 하고 싶어. 나시멘투가 말했다.

– 그래, 네가 괴물을 맡아도 좋아. 하지만 내 말이 끝날

때까지 중간에 말을 끊지 않는다는 조건이야. 우리에게 가장 중요한 일은 알프레두가 자신이 아프다는 것과 자신이 현재 있는 곳이 어디인지를 잊게 만드는 거야. 그러면 연극을 통해 우리가 원하는 곳 어디로든 그를 데려갈 수 있어. 그리고 우리는 알프레두가 잠들 때까지 기다릴 거야. 잠든 다음에 극장으로 데려오는 거지. 극장에서 눈을 뜨게 되면 아마 자기가 꿈을 꾸고 있다고 생각할 거야.

– 잠자고 있는 알프레두를 깨진 유리창으로 들여오기는 어려울 텐데. 페카두가 걱정스럽게 말했다.

– 건물 뒤에 문이 하나 있어. 넬리우가 말했다. 공연 날 밤 공연을 시작하기 전에 그 문 자물쇠를 열면 돼.

이야기를 끝낸 아이들은 알프레두 봄바가 자기 어머니에게 들었던 그 섬으로 가는 여행을 위한 연습을 시작했다. 아이들은 현실과 똑같은 힘을 갖는 그런 꿈을 만들기 위해 노력했다. 넬리우는 내내 불안했다. 마치 아무것도 보이지 않는 캄캄한 방에서 더듬더듬 앞으로 움직이는 것 같은 느낌이 들었다. 넬리우는 종종 화를 냈다. 다른 아이들이 그가 말하는 대로 하지 않거나 너무 떠들었기 때문이다. 넬리우는 연습을 시작하고 얼마 지나지 않아 나시멘투와 만디오카는 배우로서 거의 쓸모가 없다는 걸 깨달았다. 괴물머리 탈을 찾아 쓴 나시멘투는 그 탈 때문에 자기가 언제 무대에 등장하고 뭘 하거나 말해야 할지 전혀 알 수 없는데도 불구하고 탈을 벗으려 하지 않았다. 인내심이 한계에 달한 넬리우는 결국 나시멘투에게 파란 천으로 몸을 두르고 바다를 표현하라고 지시했다.

– 내가 말할 대사는 뭐야? 나시멘투가 물었다.

– 바다는 말하지 않아. 넬리우가 대답했다. 바다는 끝없이 광활하고, 요동치거나 고요하게 가만히 있어. 너는 아무 말도 할 필요 없어, 바다는 말이 없으니까.

– 너무 지루한 역할 같은데. 나시멘투가 이의를 제기했다.

– 하지만 중요한 역할이야. 계속 반대하면 아예 연극에서 빼 버릴 거야.

무대에서 가장 자신 있고 당당하게 움직이는 재능을 지닌 사람은 알고 보니 페카두였다. 게다가 넬리우가 하는 말을 모두 단숨에 기억했고, 제 때에 무대에 등장했으며, 넬리우가 듣고자 하는 대사를 했다. 넬리우는 조명을 담당할 것이다. 스포트라이트를 조종하고 필요에 따라 다양한 색을 사용할 것이다. 아이들은 모두 피곤해했지만 넬리우는 연습을 계속하도록 독려했다. 그렇게 연습을 하고 새벽녘에 창백하고 누렇게 뜬 얼굴로 극장에서 돌아오면 알프레두의 병세는 밤새 더 나빠져 있었고, 아이들 눈에도 아주 빠르게 끝이 다가오고 있는 것이 보였다. 그들에게 남은 시간이 많지 않았다.

사흘째 된 날 밤에 아이들은 자신들이 함께 만든 극을 처음부터 끝까지 연습해보았다. 나시멘투가 무대 뒤에서 괴물 머리 탈을 쓴 채 코를 골며 잠든 것 말고는 모든 게 거의 넬리우가 바라던 대로 진행되었다. 첫 번째 열에 앉아 스포트라이트를 내렸다 올렸다 하며 아래 무대 위에서 일어나는 일을 지켜보는 동안 넬리우는 때때로 자신이 지금 있는 곳이 어디인지 잊어버렸다. 섬으로의 여행이 단순히 꿈이었던 겉껍질을 벗고 그의 눈앞에서 일어나는 진짜 여행이 되었다.

연습이 마무리되고 아이들이 다시 무대 위에 모였을 때 넬리우는 나시멘투에게 다시는 무대 뒤에서 자지 말라고 경고하면서 아이들에게 이제 연습은 끝났다고, 더이상 고칠 것이 없다고 말했다.

– 오늘 밤에 극장을 나서면서 우리는 뒷문 자물쇠를 풀어놓을 거야. 내일 밤에 알프레두 봄바를 이리로 데려와서 연극에 참여시킬 거니까.

– 알프레두 봄바가 관객이 되는 게 아니고? 만디오카가 물었다.

– 관객으로 우리 연극을 보는 게 연극에 참여하는 거야. 넬리우가 대답했다. 우리가 지금까지 이곳에서 준비한 일의 진정한 의미가 바로 그거야.

– 어쩌면 걔가 아무것도 이해하지 못할 수도 있잖아. 페

카두가 말했다. 끝까지 보고 싶어 하지 않을 만큼 실망할지도 몰라. 어쩌면 잠들어 버릴지도 모르고.

넬리우는 더이상 대답할 힘이 없었다. 그래봤자 바뀔 것은 없다. 아이들이 할 수 있는 일은 이제 다음 날 밤까지 기다리는 것뿐이다. 넬리우는 날이 밝기 전에 극장을 떠나기 위해 아이들에게 서둘러 모든 것을 정리하라고 지시했다.

그날 아침 넬리우는 알프레두 봄바에게 남은 생이 이제 며칠밖에 되지 않는다는 걸 확실하게 알 수 있었다. 알프레두는 더이상 아무것도 먹지 못했고, 두피가 뻣뻣하고 팽팽하게 당겨졌으며, 두 눈은 점점 더 퀭해졌다. 아이들은 입을 꾹 다문 채 초조하고 겁에 질린 모습으로 알프레두 봄바를 둘러싸고 앉아 있었다. 모두들 죽음이 매우 가까이에 있다는 막연한 두려움을 느끼고 있었다.

해가 지기 직전 도시에 많은 비가 내렸다. 아이들은 주유소 주변에 놓여 있던 낡은 방수포로 알프레두를 덮어주었다. 그러나 알프레두는 그런 움직임조차 느끼지 못하는 것 같았고, 반복되는 불안한 꿈속에 깊이 빠져 있었다.

– 늙은이들이 죽어야지. 나시멘투가 갑자기 얼굴의 빗물을 닦아내며 말했다. 늙은이들이 죽어야지. 아이들이 아니라. 설사 알프레두 봄바처럼 거리에서 사는 아이라고 해도 아이가 죽을 게 아니라 노인들이 죽어야 한다고.

— 네 말이 맞아. 넬리우가 말했다. 그게 바로 세상이 얼른 배워야 할 부분이야.

나시멘투는 입을 다문 채 빗속에 앉아 알프레두를 바라보다가 다시 입을 열었다.

— 혼령도 죽을 수 있어? 사람이랑 같은 방식으로?

넬리우가 고개를 저었다.

— 아니. 혼령은 태어나지도 죽지도 않아. 그저 존재할 뿐이야.

— 내 생각에 알프레두는 죽으면 지금보다 오히려 더 나아질 것 같아. 나시멘투가 말했다.

— 늙은이들이 죽어야지. 넬리우가 말했다. 아이들 말고.

— 알프레두 봄바는 개로 다시 돌아올 것 같아. 나시멘투가 주저하며 말했다. 개가 개를 좋아하잖아. 개들도 개를 좋아하고.

— 네 말이 분명히 맞을 거야. 넬리우가 말했다. 이제 조용히 해.

저녁 늦게 비가 그쳤다. 알프레두 봄바는 자고 있었다. 모두들 긴장한 상태였다. 페카두는 계속 도로에 가서 극장 앞에 있는 무장한 경비들을 살폈다.

— 오늘 밤은 아르만디우와 줄리우가 당번이야. 페카두가

말했다. 뚱보 아르만디우는 벌써 잠이 들었어. 하지만 줄리우는 대부분 깨어 있는 편이야.

– 그 사람들은 아무 소리도 못 들을 거야. 넬리우가 말했다. 자, 이제 곧 출발이야.

넬리우는 오후에 시장에 가서 예전부터 알고 지내던 빗자루 만드는 노인에게 두껍고 긴 자루를 두 개 빌렸다. 돌아오는 길에 갑자기 세뇨르 카스티구를 보았다. 경찰관 두 명이 그를 양쪽에서 잡고 끌고 가고 있었다. 어디서 맞았는지 얼굴이 형편없이 망가져 피를 흘리고 있었고, 입고 있는 옷은 성난 군중이 그를 조각조각 찢어버리려고 한 것처럼 완전히 너덜너덜해져 있었다. 그도 넬리우를 봤다. 혼란스러운 짧은 순간 동안 어딘가 낯익은 넬리우를 어디서 봤는지 기억해보려는 것 같았다. 넬리우는 그가 자신을 알아보지 못했다고 확신했다.

넬리우는 세뇨르 카스티구가 어떤 전조라고 생각했다. 사람들에게 붙잡혀서 두들겨 맞은 것이 분명해. 경찰서의 어두운 감방에 들어가면 더 맞게 될 거야. 사람의 형체를 알아보기 힘들 정도네. 내가 저 사람에게서 도망치지 않았다면 아마 지금 나도 저 사람이랑 똑같이 되어 있을 거야.

아이들은 러닝셔츠 두 개를 넬리우가 가져온 자루 두 개에 씌워서 들것을 만들었다. 자정이 지나자 아이들은 열에 들뜬 알프레두 봄바를 들것에 누인 다음 들것을 들고 텅 빈 거리를 지나 극장을 향해 움직였다. 극장 뒷문을 열고 안으로 들어가기 전까지 어두운 건물 그림자 속에 몸을 숨겼다. 넬리우가 어둠 속에서 더듬더듬 조명 콘솔을 찾아가는 동안 아이들은 무대 위에서 기다렸다. 넬리우는 아직 잠들어있는 바다 위에 어른거리는 분홍빛처럼 보이는 희미한 불빛으로 어두운 무대를 비췄다. 넬리우가 아이들에게 돌아왔고, 아이들은 들것을 무대 맨 앞 가장자리에 내려놓았다. 넬리우는 알프레두 곁에 앉았고, 다른 아이들은 준비를 위해 무대 뒤로 사라졌다. 넬리우는 아직은 알프레두를 깨우고 싶지 않았다. 그의 이마는 열로 뜨거웠다.

잠시 후 나시멘투가 무대 뒤에서 자기 괴물머리 탈을 들고 나와 준비가 끝났다고 넬리우 귀에 속삭였다. 넬리우는 고개를 끄덕였고, 곧바로 바람이 불어오기 시작했다. 바람은 무대 측면 세트에서, 페카두와 만디오카와 다른 아이들의 입에서 불어왔다. 넬리우는 조심스럽게 알프레두를 깨웠다. 부드럽게 그를 깊은 잠에서 빠져나오게 했다. 알프레두가 눈을 뜨자 넬리우가 그에게 가까이 얼굴을 댔다.

–바람 소리 들리니?

알프레두가 가만히 귀를 기울였다. 그러더니 약하게 고개를 끄덕였다.

– 바다에서 불어오는 바람이야. 넬리우가 말했다. 우리는 지금 네 어머니가 이야기했던 그 섬으로 가고 있어.

– 내가 잠이 들었나 봐. 나 잔 거지? 우린 지금 어디 있는 거야?

– 배 위에. 넬리우는 대답과 함께 천천히 상체를 흔들었다. 파도가 느껴져?

알프레두가 다시 고개를 끄덕였다. 넬리우는 알프레두를 일으켜 앉히고 그가 등을 무대 앞쪽 가장자리에 기댈 수 있게 했다.

그런 다음 알프레두를 혼자 두고 조명 콘솔로 돌아갔다.

*

죽음이 이미 그의 몸에 뿌리를 내린 늙은 나이에 알프레두 봄바는 평생 꿈꾸고 준비했던 여행길에 올랐다. 어느 날 밤, 썰물이 지나 해면이 다시 높아지고 있을 때 알프레두 봄바는 세모난 돛이 달린 작은 고기잡이배가 있는 곳까지 첨벙첨벙 걸어 나갔다. 해안을 따라 어머니들에게 이야기를 들어 아는 자들만이 찾을 수 있는 그 강 하구까지 데려다줄 배였다. 고기잡이배에는 눈에 보이지 않는 조타수 한 명, 개 한 마리 그리고 쌀자루를 짊어진 남자가 한 명 타고 있었고,

뱃머리 옆에 이따금 표류한 괴물이 하나 보였다. 배는 별을 길잡이 삼아 항해했는데, 페가수스자리의 두 번째 별을 항로로 잡았다. 아침이 밝기 직전 북동쪽에서 강한 폭풍이 몰아쳐 왔다. 바람에 팽팽해진 돛은 찢겨나갈 듯했고, 천둥이 울리고 번개가 쳤다. 폭풍이 갑자기 찾아올 때만큼 갑자기 물러가자 바다는 다시 고요해졌고, 표류한 괴물은 물결에 몸을 맡기고 있었고, 쌀자루를 짊어진 남자는 뱃머리에 꼼짝 않고 서서 강 하구가 보이는지 살폈다. 개는 알프레두 봄바 옆에 누워있었다. 개에게는 발 대신 사람의 손처럼 생긴 손이 있었다. 노령의 나이만큼 지혜로운 알프레두 봄바는 미지의 해안을 따라 여행한다는 건 이전에 한 번도 보지 못한 이상한 피조물과의 동행을 의미한다는 걸 알았다. 동이 틀 무렵 배는 육지를 향해 나아가고 있었다. 해안은 가파르고 바위투성이였다. 뱃머리에 서 있던 남자가 쌀 한 움큼을 바다에 제물로 던지자, 절벽들 사이로 강이 열렸다. 배는 하구 부분이 아주 넓은 강을 따라 올라갔다. 괴물은 이제 악어의 형상이 되었다. 하지만 알프레두 봄바는 보이지 않는 조타수와 개와 쌀자루를 가진 남자가 곁에 있어서 내내 편안함을 느꼈다. 강가에는 사람들이 나와 있었고, 그들은 배에 탄 이들을 향해 손을 흔들었다. 알프레두 봄바는 계속 강가에서 손을 흔드는 사람들이 아는 사람들처럼 느껴졌다. 옆에 있는 개가 이미 예전에 만났던 개라고 느꼈던 것과 마찬가지로. 아마도 자신이 아주 어렸을 때, 어린아이일 때였을 것이다. 한참을 더 항해한 배는 강 중간의 보이지 않는 모래톱에 가 부딪혔다. 개는 사람의 손과 비슷한 두 뒷발로 일어서더니 쌀자루를 덥석 물고는 배가 좌초한 곳 바로 옆에 있는 섬으로 첨벙첨벙 걸어갔다. 항해 내내 뱃머리에 서서 앞만 살피던 남자는 이제 처음으로 고개를 돌렸다. 알프레두 봄바는 그 남자도 아는 사람이라고 느꼈다. 과거의 어느 곳에선가 떠올라 그의 눈앞으로 미끄러지듯 다가오는 얼굴이었다. 곧 그가 누구인지 기억이 났다.

– 페카두. 정말 너야?

– 페카두는 내 아버지입니다. 저는 아들이에요.

– 나는 그를 똑똑히 기억한단다. 알프레두 봄바가 꿈꾸듯 말했다. 너는 아버지를 아주 많이 닮았구나. 하지만 네 아버지는 비뚤어진 콧수염이 없었어.

– 이제 도착했어요. 배에서 내리도록 도와드릴게요.

페카두의 아들이 늙어 힘없는 알프레두 봄바가 배에서 내릴 수 있게 그를 부축했다. 파랗게 염색된 실크 같은 바다가 잠시 그들을 감쌌다. 마른 땅을 밟기까지 잠시 물 위를 걸어야 했다. 햇빛이 아주 강했다. 마치 태양이 여러 개로 번식해서 그의 머리 위에서 많은 눈을 번뜩이며 내려다보고 있는 것 같았다. 페카두의 아들은 알프레두 봄바를 누울 수 있는 야외용 접이의자에 앉히고 그의 머리 위로 파라솔을 펼쳤다. 개는 다시 알프레두 봄바의 곁에 누웠고, 배와 악어는 사라지고 없었다. 이제 사방이 고용했다.

– 네 아버지는 어떻게 됐지? 작은 모래섬의 고요가 엄청나게 빠른 속도로 자신을 과거의 시간으로 되돌려 놓고 있다는 걸 느낀 알프레두 봄바가 물었다.

– 너를 이곳으로 데려온 사람은 내 아들이야. 페카두가 말했다. 난 그의 아버지야.

놀란 알프레두 봄바가 그를 보았다. 그의 얼굴에 콧수염이 사라지고 없었다. 옆에 앉아있는 사람은 정말 페카두였다.

– 정말 시간이 많이 흘렀어. 알프레두 봄바가 말했다. 그리고 바다가 천천히 그의 몸속으로 들어오는 걸 느꼈다. 그의 피부 아래에서 물결이 일렁이기 시작했다.

– 페카두 너도 늙었구나. 알프레두 봄바가 다시 말을 이으며 여전히 놀란 얼굴로 페카두를 관찰했다.

페카두가 미소를 짓더니 손을 들어 강을 가리켰다. 알프레두 봄바는 햇빛이 너무 강해서 눈을 가늘게 뜨고 페카두가 가리키는 곳을 보았다. 바지가 젖지 않도록 바짓단을 걷어 올린 넬리우가 걸어오고 있었다. 넬리우의 곁에는 나시멘투, 만디오카, 트리스테자도 있었다. 곧 모두가 알프레두 봄바를 둘러싸고 한자리에 모였고, 모두들 그와 마찬가지로 늙어 있었다.

– 모두들 다시는 못 볼 줄 알았어. 알프레두 봄바가 말했다. 내가 대체 뭘 그리 무서워했었는지 이젠 모르겠어.

– 우리가 여기 있잖아. 넬리우가 말했다. 친구들이 함께 모여 있는 곳은 두려움이 있을 자리가 아니야.

알프레두 봄바는 그의 몸속에서 물결이 점점 강하게 부풀어 오르는 걸 느꼈다. 몸속 파도가 그를 어떤 미지의 것, 하지만 전혀 두렵지 않은 어떤 것 쪽으로 점점 더 가까이 실어갔다. 물은 따뜻했고, 알프레두 봄바는 편안한 졸음을 느꼈다. 햇빛은 눈이 부시게 밝았고, 그를 둘러싸고 있던 얼굴들이 점차 희미해지기 시작했다.

– 나를 여기로 데려온 사람이 누구야? 알프레두 봄바가 물었다. 배의 키를 잡았던 사람에게 감사를 전하고 싶은데.

– 그 사람은 네 어머니야. 얼굴은 더이상 볼 수 없었지만 넬리우의 것이 분명한 목소리가 대답했다.

– 어머니는 지금 어디 있어? 알프레두 봄바가 물었다. 어머니가 보이지 않아.

– 네 뒤에. 누군가 말했는데, 그 말을 한 건 그의 옆에 있는 개였다.

알프레두 봄바는 고개를 돌릴 힘이 없었다. 그러나 목덜미에 어머니의 따뜻한 숨결을 느낄 수 있었다. 그의 몸속에서 물결이 흔들렸다. 그는 아주 피곤했고, 이미 오랫동안 잠을 자지 못했다는 생각이 들었다. 그가 눈을 감았고, 그의 어머니는 그의 바로 뒤 모래 위에 앉아있었다. 그는 자기가 정말 괜히 두려워했다는 걸 이제 알았다. 이미 일어난 일은 앞으로도 계속 일어날 것이고, 그의 친구들은 앞으로도 계속, 영원히 그와 함께할 것이다.

그를 둘러싸고 있던 태양들이 차례차례 꺼졌다. 개의 발 대신 사람 손을 가지고 있던 이상한 개를 생각하니 그의 입가에 미소가 번졌다. 잠에서 깨면 넬리우에게 이야기를 해야겠다고 생각했다. 개의 발 대신 사람 손을 가진 개 이야기를….

*

아이들은 알프레두를 둘러싸고 그가 잠든 모습을 지켜보았다.

– 알프레두 봄바가 미소를 짓고 있어. 나시멘투가 말했다. 그런데 박수는 안 쳤어. 괴물이 무서웠나 봐.

– 조용히 해. 넬리우가 말했다. 나시멘투 넌 말이 너무 많아.

넬리우는 알프레두 봄바의 얼굴을 가만히 보았다. 그 얼굴은 넬리우가 지금껏 한 번도 보지 못한 표정을 담고 있었다.

그러다가 넬리우는 알프레두 봄바가 죽었다는 것을 알아챘고, 한 발짝 뒤로 물러섰다.

– 죽었어.

아이들은 넬리우가 무슨 말을 하는지 처음에는 이해하지 못했다. 그러다가 아이들도 알프레두가 더이상 숨을 쉬지 않는다는 걸 알아채고 기겁했다.

– 우리가 그렇게 형편없었어? 만디오카가 말했다.

– 우리는 최선을 다했어. 넬리우가 대답했다. 슬픔으로 먹먹해진 목소리였다.

누구도 말을 하지 않았다. 나시멘투는 다른 아이들에게 등을 돌린 채 괴물머리 탈 안으로 도망쳤다.

무대 바닥 밑에서 쥐 한 마리가 바스락거렸다.

그 이후로 모든 일이 순식간에 벌어졌다.

객석 뒤쪽에 있는 문들이 벌컥 열렸다. 누군가가 크게 소리를 질렀다. 무대를 비추고 있는 눈부신 조명 불빛 때문에 그 사람이 누구인지 아이들은 알아볼 수 없었다. 넬리우를 제외한 모든 아이들이 재빨리 세트 뒤로 몸을 숨겼다. 누군가가 계속 뭐라고 소리쳤고, 결국 넬리우는 그게 자신에게 손을 들라는 말이라는 걸 알았다. 넬리우는 죽은 채 무대 가장자리에 앉아있는 알프레두 봄바 앞에 서 있었고, 죽은 거리의 아이도 보호받을 권리가 있다는 생각을 했다. 그래서 아무 일도 아니라고 설명하기 위해 무대 앞으로 걸어 나갔다. 순간 잇달아 총성이 두 번 울렸다. 넬리우의 몸이 뒤로 날아갔고, 알프레두의 발 바로 앞 무대 바닥에 쓰러졌다. 눈앞이 흐릿해지고 몸이 바닥으로 가라앉기 시작하는 느낌이 들었다. 어렴풋하게 누군가 자신을 내려다보고 있는 것 같았다. 어쩌면 극장 앞에서 경비를 서는 두 경비원 중 하나인 줄리우인 것 같기도 했다. 하지만 얼굴이 정확하게 보이지 않았고, 줄리우의 목소리도 확실히 알지 못하기 때문에 확신할 수는 없었다. 어쩌면 그 얼굴이 반투명한 죽음의 얼굴인지도 모른다. 넬리우는 그 죽음의 얼굴이 알프레두 봄바를 데려가기 위해 왔다가 자신도 함께 데려가기로 한 것일 수도 있다는 생각을 했다.

몸을 굽혀 넬리우를 위에서 바라보던 얼굴이 사라졌다. 뛰어가는 발소리가 점점 멀어졌고, 그 후에는 다시 사방이 고요해졌다. 무대를 비추는 조명 불빛이 아주 강했다. 그래서 넬리우는 눈을 감고 있었다. 숨을 들이쉴 때마다 강한 통증이 느껴졌다. 몸에 구멍이 뚫린 것 같았다. 통증에도 불구하고 넬리우는 무슨 일이 일어난 건지 생각해보려고 애썼다. 넬리우는 천둥소리 때문일 거란 생각을 했다. 천둥소리를 내는 선더시트thunder sheet를 사용하면 그 소리가 극장 밖까지 들릴 수도 있다는 걸 예상했어야 했다. 경비들이 소리를 듣고 우리를 도둑이나 침입자로 여겼을 것이다. 그래서 자기들이 총에 맞을까 두려워서 먼저 쐈을 것이다. 내가 움직이지 않고 가만히 서 있었더라면 아마 내가 어린아이라는 걸 확인했을 텐데.

다시 발소리가 들려왔다. 이번에는 아는 발소리였다. 조심스럽게 무대 위를 걷는 비쩍 마른 발들의 소리였다. 아이들이 돌아온 것이다. 넬리우는 눈을 떠서 잔뜩 겁에 질린 그들의 얼굴을 보았다. 자신이 얼마나 큰 통증과 싸우고 있는지 아이들이 눈치채지 않게 하려고 넬리우는 안간힘을 썼다.

– 알프레두를 여기서 옮겨야 해. 그 애를 길가나 아무 구덩이에 눕혀둬선 안 돼. 제대로 된 장례를 치러줘. 영안실로 옮기고 너희에게 남은 돈을 영안실 야간경비에게 줘. 그러면 영안실 사람들이 내일 아침 날이 밝은 후 알프레두 시체를 묘지로 데려갈 거야. 여기서 나가기 전에 모든 걸 이전 그대로 정리하고 가는 것 잊지 말고.

– 대장은 여기 있으려고? 나시멘투가 물었다.

– 그냥 좀만 더 쉬려고. 넬리우가 대답했다. 곧 뒤따라 갈게. 이제 내가 말한 대로 얼른 움직여. 내가 지금 피를 많이 흘리긴 하지만 보는 것처럼 그렇게 심한 상태는 아니야. 어

서 서둘러. 곧 날이 밝을 거야.

아이들은 넬리우가 시킨 대로 의상을 다시 제자리에 가져다 놓고 알프레두를 들어 올려 밖으로 옮겼다.

넬리우의 주변이 다시 조용해졌다. 넬리우는 자신이 곧 죽을지, 아니면 죽기까지 시간이 좀 더 있을지 느껴보려 애썼다. 몸에 난 구멍은 더 커진 것 같지는 않았다. 구멍이 난 곳이 숨을 쉴 때마다 매우 아팠다. 그러나 넬리우는 자신이 금방 죽지는 않을 거라는 걸 알 수 있었다. 아직은 알프레두 봄바를 따라가지 않을 것이다.

넬리우는 눈을 감은 채 이야기를 했다. 그의 목소리는 가끔 그가 무슨 말을 하는지 알아듣기 위해 온 신경을 집중해야 할 정도로 약했다. 그랬던 넬리우가 이제 눈을 뜨고 나를 바라보았다.

– 이제 나머지는 형이 이야기하면 돼요. 넬리우가 말했다. 내가 어떻게 무대에 누워있었는지, 어떻게 형이 와서 나를 여기 지붕 위로 데려온 건지. 내가 여기 얼마나 있었는지, 난 모르겠어요.

– 오늘이 아흐레 째야.

– 아흐레 째이자 마지막 밤. 넬리우가 대꾸했다. 더이상은 버티지 못할 거란 느낌이 들어요. 나는 이미 나를 떠나는

중이에요.

– 내가 너를 병원으로 데려갈게. 거기 가면 너를 다시 건강하게 만들어줄 의사들이 있어.

넬리우는 내 말에 대답하기 전에 한참 동안 나를 보았다.

– 아무도 나를 다시 건강하게 만들 수는 없어요. 형도 알잖아.

나는 넬리우에게 물을 먹였다. 그것 말고는 내가 할 수 있는 일이 없었다.

어둠 속 어딘가에서 술 취한 사람 둘이 서로 싸우는 소리가 들려왔다. 넬리우의 이마에 손을 대보니 이마가 아주 뜨거웠다.

– 이제 더이상 할 이야기가 없어요. 넬리우가 말했다. 이야기를 다 하고 보니 내가 굉장히 오래 산 것 같아요. 나를 찾아내 여기 지붕 위로 데려온 사람이 형이어서 기뻐요. 한 가지만 더 부탁할게요. 내가 죽으면 여기서 내 시체를 태워줘요.

넬리우는 그 말에 내가 놀라는 모습을 지켜보았다.

– 아니면 나를 여기서 어떻게 옮길 거예요? 넬리우가 물었다. 내가 여기 지붕 위에서 죽어가고 있었다는 사실을 사람들에게 어떻게 설명할 거예요? 내 시체를 해결하려면 태워버려야 해요.

나는 넬리우 말이 옳다는 걸 깨달았다.

– 다 타서 사라지기까지 한 시간이면 충분할 거예요. 내 몸은 아주 작으니까.

그런 다음 모든 게 아주 빨리 진행되었다.

내가 마지막으로 자신을 위해 해줘야 할 일을 내게 부탁한 후, 그리고 내가 그 바람대로 해줄 것이란 걸 확인한 후 넬리우는 물을 한 번만 더 달라고 부탁했다. 그런 다음 두 눈을 감고 세상을 떠났다. 넬리우의 얼굴은 아주 평화로웠다.

넬리우의 마지막 말이 뭐였지? 무슨 다른 말을 또 했었나?

넬리우가 죽고 일 년이 지난 오늘까지도 확실히는 모르겠다. 하지만 더 한 말은 없는 것 같다.

내 몸은 아주 작으니까.

그것이 그의 마지막 말이었다.

밤은 고요했다. 나는 가만히 앉아서 깜빡거리는 등불 빛에 드러난 그의 창백한 얼굴을 보았다.

그의 얼굴이 이상하게 바다를 떠올리게 한다는 생각을 했다. 영원의 느낌이 그 안에 들어있었다.

예기치 않은 바람이 손길처럼 지붕 위를 훑고 지나가며 갑작스레 냉기를 선사했다. 바람이 지나갔을 때 넬리우는 죽었다.

그리고 아흐레 째 밤은 새벽을 향해 달려갔다.

여명

그날 아침을 나는 절대 잊지 못할 것이다.

그날 아침 빵가게를 나서면서 만난 여명은 이전에 전혀 느껴본 적 없는 것이었다. 아니면 내 눈 때문이었을까? 내 눈이 너무 달라져서 이제 정말 빛의 비밀들을, 그만의 공간에서 자유롭게 떠다니는 넬리우의 보이지 않는 혼령에 물든 아침노을을 볼 수 있게 된 것일까? 나는 거리에서 꼼짝 않고 서 있었다. 넬리우가 저 위 지붕에서 내게 알려준, 인간은 어디에 있든 항상 세상의 중심에 있는 것이라는 통찰이 이제 자명하게 느껴졌다.

망가진 하수구 뚜껑 가에 앉은 쥐 한 마리가 뚫어지게 나를 보았다.

그 순간 땅이 살짝 흔들렸다. 처음 경험해보는 것이었지만, 그래도 그게 뭔지는 알았다. 동 조아킹 시대 초기에 그것을 경험했던 노인들의 말에 따르면, 처음에는 땅이 흔들렸고, 그다음에는 땅바닥이 갈라지고 집들이 무너졌다고 했다. 어렸을 때 그것을 경험한 노인들은 그 이후로 어느 때고 지진이 다시 찾아와 땅이 갈라질 것을 기다렸다고 했다. 그래서 많은 노인들이 계단을 오르거나 도심에 있는 건물의 이층이나 삼층에 사는 걸 싫어했다는 것을 나는 알고 있었다. 노인들은 그들의 바로 발밑에서 땅이 갈라진다고 하더라도 땅 가까이에 살고 싶어 했다. 무너지는 집에 깔려 죽기보다 차라리 따뜻한 땅에 삼켜지기를 바랐던 것이다.

지진은 짧았다. 기껏해야 십 초 정도였다. 빵가게 벽에서 시멘트 조각들이 떨어져 내렸고, 유리창이 덜덜 떨렸다. 쥐는 지하세계로 사라졌다. 그것이 다였다. 그 후에는 다시 사방이 고요해졌다. 평소처럼 일찍 일어나 거리에 나와 있던 몇몇 사람들, 자다가 놀라 깬 거리의 아이들, 각자 출근길에 있던 노동자들과 종업원들이 동작을 멈춘 상태로 얼음처럼 굳어 있었다. 마치 지진을 몸으로 느끼는 흔들림이 아니라 귀로 듣는 어떤 소리로, 또는 뭔가 이상한 일이 일어나고 있다는 느낌으로 받아들인 것 같았다. 지진이 끝난 순간에는 절대적인 고요가 흘렀다. 도시 전체가 숨을 멈춘 것 같았다. 그런 다음 거대한 소동이 일어났다. 사람들이 집에서 쏟아져 나왔다. 많은 이들은 아직 잠옷을 입은 상태였다. 어떤 이들은 귀중품이 든 작은 상자를 들고 나왔고, 다른 이들은 아무 생각 없이 처음 손에 잡히는 물건을 들고 나온 모습이었다. 작은 거울을 손에 들고 있는 사람, 부채나 프라이팬을 들고 있는 사람들도 보였다. 공황 상태에 빠지기 직전인 사람들은 모두들 무너지는 건물에 깔릴까봐 도로 가운데에 작은 무리를 지어 서 있었다.

그때 나는 뭔가 매우 이상한 점을 발견했다. 지진은 땅속의 보이지 않는 움직임 때문에 아래에서 일어났는데, 사람들은 모두 고개를 들어 하늘을, 태양을 보고 있었다. 지난 일 년 동안 그것에 대해 자주 생각해봤지만 나는 아직도 왜 그런 건지 그 이유를 알지 못한다.

그 상황에서 겁을 먹지 않은 사람은 내가 유일했다.

그건 내가 용감하거나 놀라지 않아서가 아니라, 무슨 일이 일어난 건지 알았기 때문이다. 우리가 들었거나 혹은 이상한 징조로 여겼던 그 지진은 넬리우의 혼령이 움직였기 때문이었다. 그의 혼령이 그의 조상들과 불타버린 고향마을에 살았던 모든 이들이 그를 기다리고 있는 저승으로 넘어가기 위해 경계를 이루는 보이지 않는 빗장을 엄청난 힘으로 깨부수고 이승에서의 마지막 굴레에서 벗어난 것이다.

알프레두 봄바도 그곳에 있을 것이고, 그곳에서는 이제 생이 잘 기억나지 않는 꿈처럼 먼 기억이 되었을 것이다. 나는 모여 있는 사람들을 보며 자동차 지붕 위에라도 올라가 그들에게 무슨 일이 있었던 건지 설명해야 하는 건 아닌가 생각했다. 하지만 그렇게 하지 않았다. 그냥 그 자리를 떠나 해변으로 내려가서 바람에 날려 없어진 모래 때문에 뿌리가 밖으로 드러난 한 나무 아래 그늘에 앉았다. 거기 앉아서 바다를, 햇살을 배경 삼아 먼바다를 향해 나아가고 있는 세모난 돛을 단 작은 어선들을 바라보았다.

슬픔이 나를 내리눌렀다. 넬리우가 아무리 품격 있게 죽음을 맞이했다 하더라도 그것이 홀로 남겨진 나의 고통을 줄여주지는 못했다. 동시에 나는 내 몸과 마음이 온전한 상태인지도 알 수 없었다. 넬리우와 그 긴 밤들을 함께 보내며 몸도 많이 지쳤고, 지금까지 살면서 한 번도 경험하지 못한 방식으로 기력이 완전히 소진된 것 같았다.

그렇게 나는 나무 그늘 모래밭에 앉은 채 실제로 잠이 들었다. 꿈자리가 뒤숭숭했다. 꿈 속에서 넬리우는 살아 있었고, 나는 개로 변한 넬리우를 온 도시를 헤매며 찾아다녔다. 잠에서 깼을 때 내 온몸은 땀에 젖어 있었고, 갈증이 심하게 났다. 태양의 위치를 보고서야 내가 오래 잤다는 걸 알았다. 바다로 내려가 세수를 했다. 시내로 돌아와 보니 아침의 소란은 사라지고 없었다. 여기저기에 사람들이 모여 서서 땅의 이상한 흔들림에 관해 이야기하고 있었으나, 아침의 지진은 그들에게 이미 오래전 일인 것처럼 보였다. 사람들은 몇백 년 후가 될지도 모를 다음 지진을 벌써 기다리기 시작했다.

가게로 돌아와 보니 제빵사들이 오븐에서 구워진 빵들을 꺼내고 있었다. 한 오븐 옆에 마지막 밤에 넬리우의 가슴에 감겨 있었던 붕대 조각이 놓여 있는 것이 바로 눈에 들어왔다. 넬리우의 시체를 불에 넣을 때 떨어진 것이 분명했다. 주위를 재빨리 둘러보고 얼른 그 천 조각을 집어 불 속에 던져 넣었다. 그러고는 뒷마당으로 나가 정수리부터 발바닥까지 깨끗이 씻었다. 이제 형과 그 가족이 사는 집으로 돌아가야겠다고 생각했다. 내 삶은 이제 다시 예전으로, 한밤중에 빈 극장에서 울린 총소리를 듣기 전으로 돌아가리라. 넬리우는 이제 가고 없다. 하지만 마리아는 있다. 그녀의 미소, 그리고 우리 앞에 놓인 수많은 밤에 우리가 함께 굽게 될 빵들이 남아 있다.

아직은 시간이 너무 일렀다. 지붕에 다시 올라가면서 그곳에 창백하고 열 오른 얼굴의 넬리우가 누워있을 것 같은 느낌이 들었다. 하지만 매트리스는 비어 있었고, 넬리우의 마른 몸에 눌린 자국만 그 위에 남아 있었다. 나는 매트리스를 털고는 통풍을 시키려고 굴뚝에 기대어 놓았다. 야간 경비에게 돌려주어야 할 담요는 잘 접었다. 그러고 나니 더이 상 할 일이 없었다. 무울레느 부인의 약이 들었던 잔은 주머니에 넣었다. 막 내려가려는데 밤에 가끔 찾아와 넬리우의 발 옆에 웅크리고 있던 고양이가 눈에 띄었다. 가까이 오게 하려고 애써 봤지만 소용없었다. 경계심을 풀지 않은 채 내게 일정한 거리를 두고 꼼짝하지 않았다. 내가 가려고 일어섰을 때도 고양이는 계속 같은 자리에서 나를 관찰했다. 그때가 그 고양이를 본 마지막이었다. 그 이후 지붕에서 수많은 밤을 보냈으나 고양이는 다시 찾아오지 않았다.

나는 이따금 넬리우가 혹시 고양이를 저승으로 데려간 것이 아닐까 생각한다. 고양이들은 어쩌면 망자들의 세계에서도 살아 있을 수 있는 것 아닐까?

지붕에서 내려와 보니 마담 이즈메랄다가 가게에 와 있었다. 어디서 마련했는지는 모르겠으나 두툼한 돈 봉투를 들고 그녀가 즐겨 앉는 등받이 없는 의자에 앉아 가늘고 주름진 손가락으로 밀린 임금을 나눠주고 있었다. 그녀는 구두쇠는 아니었지만 그래도 임금을 줄 때면 항상 어쩔 수 없이 주는 것처럼 보였다. 왜 그런지는 알 것 같다. 극장에 돈을 써야 할 곳이 아직 너무 많기 때문이다. 자기를 위해 돈을 쓰고 싶어서가 아니다. 마담 이즈메랄다는 자신을 위해 뭔가를 사는 일이 전혀 없었다. 그녀가 쓰고 다니는 모자는 분명히 오십 년은 됐을 것이다. 그녀가 입은 옷과 신고 있는 구두도 마찬가지였다.

– 지진을 느꼈니? 그녀가 갑자기 물었다.

– 네. 땅이 흔들렸어요. 두 번이요. 마치 꿈에서 어떤 것 때문에 놀라 갑자기 몸을 움찔하는 것 같이 말이죠.

– 마지막으로 지진이 일어났던 때가 기억나는구나. 내 아버지 시대였지. 신부들은 그게 지구가 곧 망할 징조라고 믿었어.

우리는 더이상 아무 말도 하지 않았다. 나는 빵 판매대에서 일하는 아가씨들에게 빌렸던 돈을 갚은 다음 시외로 향했다. 거리의 아이들이 먹을거리를 찾기 위해 쓰레기통들을 뒤지고 있었고, 인도 상인들은 창과 문 앞의 육중한 철 격자문을 올렸고, 여기저기서 끓는 옥수수죽 냄새가 풍겼는데, 넬리우가 죽었다는 사실을 아는 사람은 아무도, 철저하게 아무도 없었다.

나는 정말 아무런 이유 없이 한 인도 상점 앞에서 갑자기 걸음을 멈추고 어두운 가게 안으로 들어갔다. 모든 게 예전과 같았다. 계산대 뒤에는 뚱뚱한 인도 여자 한 명이 앉아서 흑인 판매원들을 감시하고 있었다. 나이가 매우 많은 한 남자가 내게 뭐가 필요하냐고 물었다.

– 넬리우가 다시 돌아왔으면 좋겠어요. 그 아이가 다시

살아났으면 좋겠어요.

늙은 남자가 생각에 잠긴 얼굴로 나를 바라봤다.

– 우리 가게에는 그런 건 없는데요, 손님. 노인이 천천히 말했다. 길 건너편에 있는 상점에 가보세요. 거기엔 이상한 물건들이 많아요. 눈의 양 끝이 올라간 사람들이 사는 나라들에서 직접 수입한 물건들이죠.

나는 노인에게 감사를 표했다.

그런 다음 모자를 하나 샀다. 그 노인 뒤 벽에 모자들이 여러 개 걸려 있었고, 나는 그중 가운데에 있는 모자를 가리켰다.

– 더운 날씨엔 모자가 꼭 필요하죠. 노인이 말하며 끝에 갈고리가 달린 긴 막대기로 모자를 내렸다.

모자는 흰색이었고 챙에 검은 리본이 둘러져 있었다. 노인이 계산서를 써서 내게 건넸고, 나는 그 계산서를 계산대에 있는 여자에게 주고 돈을 냈다. 모자 가격이 내 반 달치 임금이었다. 나는 모자를 쓰고 다시 햇빛 속으로 나갔다.

카페에 들어가 뭔가 먹을 것을 주문했다. 머리가 텅 빈 것 같았다.

저녁에 빵가게로 돌아갔더니, 마리아가 이미 와 있었다.

그녀가 입은 얇은 원피스가 하늘거렸고, 그녀의 미소도 밝았다.

– 아까 지진 난 거 느꼈어? 내가 물었다.

– 아니. 그녀가 미소 지으며 대답했다. 자느라고 몰랐어.

그것으로 우리의 대화는 끝났고, 우리는 일을 시작했다. 자정이 조금 지난 시간에 그녀를 바깥 도로까지 배웅했다. 헤어지면서 나는 그녀의 팔을 가볍게 어루만졌다. 그녀는 미소를 보였다.

그날 밤, 나는 지붕에 올라가지 않았다. 맑은 공기가 필요할 때면 거리에 나가 계단에 앉아 쉬었다.

다음 날 형과 가족이 사는 집으로 돌아갔다. 모두들 기쁘게 나를 반겨주었다. 형수는 내가 혹시 어디 아픈 건 아닌지 물었다.

– 새 모자를 사는 사람이 아플 리가 없어. 형이 말했다. 남자는 자기가 하고 싶은 대로 하는 거야. 집에 오고 싶으면 오고 아니면 안 오는 거고.

나는 내 침대에 누워 오랫동안 잠들지 못한 채 얇은 벽을 뚫고 들려오는 모든 소리를 듣고 있었다.

내 안에서 뭔가 변화가 진행되고 있는 걸 느낄 수 있었다. 하지만 그게 뭔지는 알 수 없었다.

아직은.

몇 주가 지나갔다. 나는 빵을 구웠고, 마리아의 팔을 어루만졌고, 내 모자를 오븐들 옆 고리에 걸었다. 새벽에 집에 갈 기분이 나지 않을 때가 몇 번 있었는데, 그럴 때면 환풍구를 통해 극장으로 기어들어 가서 마담 이즈메랄다가 진행하는 혁명군 코끼리들에 관한 연극 연습을 몰래 지켜보았다. 배우들은 극의 내용에 대해 점점 더 혼란스러워하는 것 같았다. 배우들은 비극과 희극으로, 소극과 서민적 유흥극으로, 다양한 방식의 연기를 시도했다. 하지만 어떤 시도를 하건 늘 긴 코가 문제였다. 한번은 아름답고, 젊고, 까다로운 엘레나가 무대 위에서 울기 시작했다. 긴 코끼리 코를 매단 채 얼굴에서 눈물을 닦아내려는 그 모습이 정말 이상해 보였다. 넬리우가 죽고 난 뒤 내가 크게 웃은 건 그때 딱 한 번뿐이다. 더이상 집처럼 편안하게 느낄 수 없었던 그 공간에 경쾌하게 울리던 단 한 번의 웃음이었다.

마리아를 막 도로까지 배웅하고 그녀가 걷는 모습을 뒤에서 바라보았던 어느 날 밤이었다. 나는 가게로 돌아와 오븐에 빵 반죽을 올린 판을 밀어 넣고 오븐 뚜껑을 닫았다.

그때 나는 깨달았다. 그 밤이 내가 마담 이즈메랄다의 빵가게에서 일하는 마지막 밤이라는 것을.

평상시처럼 모든 일을 다 끝낼 것이다. 아침이 되면 빵가게 뒤쪽에서 몸과 얼굴을 깨끗이 씻은 다음 내 모자를 쓰고 가게를 떠날 것이다, 영원히.

내가 더이상 제빵사로 남아 있을 수 없다는 걸 분명하게 느꼈다. 내게는 이제 앞으로 남은 내 삶의 시간 동안 실천해야 할 다른 사명이 있다. 넬리우의 이야기를 전해야 한다. 이 세상에는 그 이야기가 꼭 필요하다. 잊혀서는 안 되는 이야기이다.

그때로부터 일 년도 더 지난 오늘까지도 나는 아주 정확하게 그 순간을 기억한다. 사실은 내가 그런 결심을 한 것이 아니다. 결심은 이미 내 안에 존재하고 있었고, 내가 무엇을 해야 할지 그 순간에야 깨달은 것일 뿐이다. 막 구운 빵의 향기가 그리울 것 같다는 생각이 들었다. 하늘하늘한 원피스를 입은 마리아도 보고 싶을 것이다. 어쩌면 마담 이즈메랄다와 그녀의 극장까지도 그리워하게 될까?

그렇지만 그 순간이 힘들지는 않았다. 더 정확히 말하자면 오히려 안도감이 들었던 것 같다.

그날 아침, 나는 몸을 씻고 모자를 쓴 후에 마담 이즈메랄다를 기다렸다. 그녀에게 내 결심을 알려야 했기 때문이다. 하지만 아무리 기다려도 그녀는 오지 않았다. 그래서 판매대 뒤에서 일하는 냉소적인 아가씨들 중 한 명에게 말했다.

– 난 이제 여기를 그만둘 거야. 그렇게 말하면서 모자를 들어 올렸다. 마담 이즈메랄다에게 조제 안토니우 마리아 바스가 더이상 여기서 일하지 않는다고 전해줘. 이곳에서

보낸 시간이 아주 좋았다는 말도 함께. 그리고 내가 사는 동안은 다른 빵집에서 일하지는 않을 거라는 말도.

내가 이야기를 나눴던 아가씨가 호자였었나? 어쨌든 지금 기억나는 건 그녀의 놀란 얼굴뿐이다. 대체 마담 이즈메랄다 가게의 일자리를 스스로 버리는 그런 멍청한 사람이 있단 말인가? 일자리, 돈, 먹을 것이 없는 사람이 수천 명이 넘는데?

– 제대로 들은 거 맞아. 나는 그렇게 말하며 다시 한 번 모자를 올렸다 내렸다. 넌 제대로 들은 거 맞고, 난 이제 갈 게, 그리고 다시는 돌아오지 않을 거야.

하지만 딱 맞는 말은 아니었다. 나는 이미 저녁에 출근하는 마리아를 기다리기로 마음을 먹은 상태였다. 그녀에게 작별인사를 하고 앞으로의 삶에 행운을 빌어주기 위해 출근하는 그녀를 마중할 것이다. 혹시 그녀가 나를 따라와 주기를 나도 모르게 바랐던 건가? 잘 모르겠다. 하지만 어디로 가는 줄 알고 그녀가 나와 동행하겠는가? 나는 대체 어디로 가려는 걸까?

내 대답은, 나도 모른다는 거였다. 내게는 절박한 사명이 있었지만, 그렇다고 어느 방향으로 가야 할지까지 알지는 못했다.

빵가게를 떠난 그 마지막 아침, 나는 큰 자유를 느꼈다.

내가 왜 넬리우를 애도해야 하는지조차 알 수 없었다.

어쩌면 차라리 알프레두 봄바를 애도해야 하는 것 아닐까 싶었다. 그 아이는 아마도 지금 자기가 있는 곳에서 편안하지 않을지도 모른다. 분명히 오랫동안 길거리에서의 생활, 무리의 아이들, 법무부 건물 앞의 쓰레기통들과 종이상자들을 그리워할 것이다.

그게 그런 법이다. 인간은 쓰레기통을 동경할 수도, 영생을 동경할 수도 있다. 형편에 따라 다른 법이다.

나는 넬리우의 기사 동상이 있는 광장으로 갔다. 그곳에 도착해보니 놀랍게도 동상이 넘어져 있었다. 광장은 사람들로 가득했고, 인도 상인들은 상점을 열지 않았고, 반대로 마누엘 올리베이라는 성당의 문들을 활짝 열어놓았다.

기사 동상이 넘어진 걸 보니, 무거운 동상의 받침대가 깨질 만큼 지진의 강도가 높았던 모양이다. 동으로 만들어진 말은 옆으로 누워있었고, 기사의 투구는 박살 나 있었다. 바닥에 쓰러진 그것들은 다른 시대의 마지막 잔재였다. 도시에 있는 모든 신문사 기자들이 현장에 나와 있었고, 사진사 한 명은 열심히 사진을 찍고 있었으며, 아이들은 그새 동 조아킹의 마지막 기념물 위에서 뛰어놀고 있었다.

마누엘의 성당은 사람들로 넘쳐났다. 사람들은 지진이 다시 일어나지 않게 해 달라고, 지진으로부터 자신들을 보호해 달라고 주문처럼 기도를 읊조렸다. 늙은 마누엘은 성당의 맨 뒤쪽 끝에 세워진 높은 검은색 십자가 밑에 서서 성당에 일어난 기적을 바라보고 있었다. 어쩌면 울고 있었는지도 모르겠다. 내가 서 있는 곳과 거리가 너무 멀어서 확신할 수는 없었다. 성당을 나서면서 나는 넬리우의 혼령이 내 머리 위에 맴돌고 있다는 생각을 했다. 넬리우의 고통은 지나갔다. 그 아이의 몸 안에 박혀 있는 총알들은 더이상 그 아이를 해칠 수 없었다. 넬리우는 마지막 인사로 자신이 그 뱃속에서 살았던 말을 바닥에 쓰러지게 했다. 나는 몇 시간 동안 도시 전체가 훤히 내려다보이는 병원 벤치에 앉아있었다. 눈을 가늘게 뜨면 심지어 저 멀리 넬리우가 아흐레 밤 동안 누워있으면서 자기 이야기를 들려주었던 그 지붕을 볼 수 있었다.

깊이 생각해야 할 것들이 많았다. 어디에서 살아야 할까? 어떻게 먹고 살아야 하지? 이야기를 전하는 사람에게 필요한 양식을 줄 사람이 있을까? 그늘이 드리운 벤치에 앉아 그런 생각을 하자니 걱정이 점점 커졌다.

그러다가 거리에서 살던 아이들, 넬리우, 알프레두 봄바, 페카두 그리고 또 다른 아이들을 생각했다. 그 아이들은 쓰레기통에서 먹을 것을 구했다. 그것이 가난한 자들의 식사였다. 그 식사는 나도 마음껏 이용할 수 있다. 그리고 나도 아무 데서나 잘 수 있다. 도마뱀처럼 어느 벽이든 내 몸을 누일 만큼의 틈을 찾아 잠자리로 이용하면 될 터였다. 아니면 종이상자들도 있고, 버려진 녹슨 자동차들도 있다. 도시는 공짜 집들로 가득했다.

나는 내가 더이상 형과 그 가족의 집에서 살 수는 없다는 걸 알았다. 그 집은 내가 이미 떠나온 삶에 속한 집이었다. 벤치에서 몸을 일으켰을 때는 이상할 정도로 모든 것이 다 정리된 느낌이었다. 괜한 걱정을 했다. 나는 부자였다. 나는 넬리우의 이야기를 전해야 한다. 그 외의 다른 것은 내게 필요하지 않다.

저녁이 되어 나는 빵가게 앞 어두운 곳에 서서 마리아를 기다렸다. 그녀의 모습이 나타났을 때 나는 갑자기 그녀에게 다가갈 엄두가 나지 않았다. 그래서 어둠 속에 몸을 숨기려 했지만, 그녀가 이미 나를 본 상태였다. 하늘거리는 원피스를 입은 마리아는 미소 짓고 있었다. 어둠을 벗어나 밝은 곳으로 발을 디디며 나는 마치 무대 뒤에서 조명이 밝게 켜진 무대로 나가는 배우처럼 느껴졌다. 내 코에 보이지 않는 긴 코끼리 코가 달린 것은 아닌지 얼른 손으로 얼굴을 만져보았다. 그러고는 모자를 벗었다.

– 마리아, 지진도 깨울 수 없을 만큼 깊은 잠을 자는 여자

를 내가 어떻게 잊을 수 있겠어? 그런데 무슨 꿈을 꿨던 거야?

그녀가 큰 소리로 웃으며 그녀의 길고 검은 머리를 흔들었다.

– 내가 무슨 꿈을 꾸든 너랑 무슨 상관이야. 하지만 네 모자는 마음에 든다. 너한테 잘 어울려.

– 네 앞에서 쓰려고 샀지.

그녀의 표정이 갑자기 진지해졌다.

– 그런데 왜 여기에 서 있어?

나는 모자를 벗어서 마치 장례식에 와 있는 듯 가슴 앞에 댔다.

그러고는 있는 그대로 이야기했다. 모든 게 끝났다고, 더 이상 가게에서 일하지 않는다고.

– 왜? 내가 말을 마치자 그녀가 물었다.

– 사람들에게 전해야 할 이야기가 하나 있어.

놀랍게도 그녀는 나를 이해하는 것처럼 보였다. 빵 판매대에서 일하는 아가씨와 달리 마리아는 전혀 놀라는 것 같지 않았다.

– 해야 할 일이 있다면 그 일을 해야지. 그녀가 말했다.

그러고 나서 우리는 헤어졌다. 그녀가 서둘러 가게에 가야 했기 때문이다. 지각할까 봐 급한 모양이었다. 그래서 그녀의 팔을 만질 기회조차 없었다. 그것이 그녀와 내가 그렇게 가까이 서 있을 수 있었던 마지막 만남이었다.

나중에 나는 거리에서 그녀를 여러 번 보았다. 그녀 곁에는 다른 남자가 있었고, 그녀의 배는 불러 있었다. 물론 그녀의 모습을 매번 멀리서만 보았다.

내가 결코 잊을 수 없는 여인인 마리아는 항상 내 가까이 남아 있다. 가끔 거리에서, 멀리서 본 마리아는 그 마리아와는 다른 사람이다.

멀어져 가는 그녀를 보았다. 그녀는 한 번 뒤돌아보며 손을 흔들고 미소를 지었다. 나는 모자를 벗어 그녀가 완전히 보이지 않을 때까지 손에 들고 있었다. 그 이후 나는 다시는 그 모자를 쓰지 않았다. 내게 그 모자는 더이상 필요하지 않았다. 나는 모자를 근처에 있는 쓰레기통 위에 올려놓았다. 나중에 집 없는 한 아이의 머리 위에서 그 모자처럼 보이는 것을 본 것 같다. 모자는 그곳을 더 마음에 들어 하는 것 같았다.

넬리우가 죽은 지 일 년이 지났다.

마리아가 내 시야에서 멀어지는 것을 보며 나는 새로운 삶에 발을 디뎠다. 나는 거지처럼 살기 시작했다. 쓰레기통을 뒤져 먹을 것을 구했고, 집들과 담들 사이 틈에서 잠을 잤으며, 이야기를 전하기 시작했다.

넬리우가 이끌던 무리는 해체되었다. 나시멘투를 본 적이 있는데, 중앙 시장 외곽에서 활동하는 가장 거친 아이들 무리에 들어간 모양이었다. 나시멘투는 예전과 똑같아 보였다. 어디를 가든 자기 종이상자를 끌고 다녔다. 나는 나시멘투가 언젠가는 자기 안에 데리고 다니는 괴물들을 때려 없앨 수 있을까 궁금했다. 비록 지금은 칼 하나를 가지고 다니며 자주 칼날을 갈고 있지만 말이다.

페카두를 본 건 부자들이 사는 지역을 돌아다닐 때였다. 페카두는 거리 모퉁이에서 꽃을 팔고 있었다. 혹시 만디오카처럼 주머니에서 꽃을 키운 걸까 궁금했다. 멀쩡하고 깨끗한 옷을 입고 있는 걸 보니 장사가 제법 되는 모양이었다.

관광객들과 코페란트들이 즐겨 찾는 큰 카페 중 한 곳 앞에서 트리스테자를 우연히 보았다. 보도 가운데에서 잠을 자고 있었고, 신고 있던 운동화는 사라지고 없었다. 그 아이는 그렇게 다시 맨발 상태였다. 트리스테자는 내가 본 거리의 아이들 중 가장 더러웠다. 그 아이 근처에만 가도 악취가 났다. 벼룩에 물려서 긁은 상처들은 곪아 터져 있었고, 자면서도 온몸을 긁어댔다. 트리스테자는 비쩍 말라 있었고, 나는 넬리우가 옳았다는 생각을 했다. 트리스테자는 생각이 느린 사람들을 필요로 하지 않는 이 세상에서 오래 살지 못할 것이다. 나는 그 아이를 깨우지 않고 그 자리를 떠났고, 그 이후로 다시는 그 아이를 보지 못했다.

만디오카는 사라져 보이지 않았다. 나는 만디오카가 사고를 당해 죽은 것 아닐까 불안했다. 한참 시간이 흐른 후 우연히 알게 된 바에 의하면, 만디오카는 제 발로 흰색 옷을 입은 수녀들이 아이들에게 먹을 것과 입을 것을 주는 큰 시설을 찾아가서 그곳에 살기로 했다. 아마 다시는 거리로 돌아가지 않았을 것이다.

데올린다도 보았다.

그 기억은 넬리우가 지붕 위에서 죽은 후 일 년의 시간 동안 내가 겪은 가장 어두운 기억 중 하나이다.

때는 늦은 저녁이었고, 노점들이 늘어서 있는 지역을 지나 코페란트들의 집이 모여 있는 부촌을 향하는 중심 도로 중 한 곳에서였다. 내가 어디를 가는 중이었는지는 기억나지 않는다. 평소 그저 발길 닿는 대로 돌아다녔기 때문이다. 교차로 주변에 소녀들이 서서 자신의 몸을 사줄 손님들을 찾고 있었다. 그곳을 지나갈 때면 나는 불편하고 어찌할 바를 몰라 대부분 도로나 다른 방향으로 고개를 돌렸다. 그 늦은 저녁 한 도로 모퉁이에서 데올린다를 보았다. 그 아이는 거의 알아보지 못할 만큼 진한 화장을 하고 선정적인 옷차림을 한 채 초조한 듯 계속 발을 구르고 있었다. 나는 그 아이를 지나친 후 발길을 멈추고 뒤를 돌아보았다. 그러면서 언젠가는 코즈무스가 긴 여행에서 돌아와 그의 여동생을 돌보기를 소망했다.

코즈무스가 돌아왔을 때 너무 늦지 않았기를 또한 바랐다.

저녁이 되어 내 지붕으로 돌아갈 때 나는 가끔 음악소리가 흘러나오는 한 식당 앞에 서 있곤 한다. 단조롭지만 아름다운 팀빌라 소리를 듣고 있으면 기억 속에서 넬리우와 함께 보낸 밤들로 돌아간다. 나는 몇 시간이고 그곳에 서서 음악에 귀를 기울일 수 있다. 음악소리는 나를 제외한 모든 사람들, 이미 잊힌 모든 사람들 각각의 목소리들로 분리된다.

넬리우가 세뇨르 카스티구가 사는 무덤 속에서 하룻밤을 보냈던 큰 공원묘지에 딱 한 번 간 적 있다. 그곳에서 일단 가난한 사람들의 무덤이 있는 영역을 찾아냈다. 거기 어딘가에 알프레두 봄바의 유골이 있다. 알프레두의 유골은 이미 땅속에 묻힌 다른 사람들의 유골과 뒤섞였다. 어떤 이의 턱은 다른 이의 손과 맞닿아 있고, 그렇게 마구 뒤섞인 많은 사람들의 유골은 극도의 절망감을 노래하는 합창단처럼 자신들의 운명을 한탄하고 있었다. 안식을 찾지 못한 모든 혼령들의 불안한 춤이 눈앞에 보이는 것 같은 느낌을 받았는데, 혼령들이 안식을 찾지 못하는 한 내전은 이 나라를 계속 황폐하게 할 것이다.

이제 내 이야기가 끝나간다. 나는 할 이야기를 다 했고, 다시 처음부터 시작할 것이다.

나는 사람들이 나를 바람의 기록자로 부른다는 걸 알고 있다. 아직은 내가 하는 말을 들을 여력이 있는 이가 아무도 없기 때문이다.

그러나 나는 안다, 그날이 올 것이라는 걸.

그날은 올 것이다. 왜냐면 올 수밖에 없으니까.

총소리가 울리고 일 년이 흘렀다.

나는 극장 지붕에서 밤을 보낸다.

그곳이 결국 내 집이 되었다.

고요한 밤시간에 근무하는, 내가 일하던 자리를 물려받은 제빵사는 내가 지붕에서 밤을 보낸다는 사실을 누구에게도 발설하지 않았다. 심지어 가끔 자기 식사를 내게 나눠주기도 한다.

불볕더위가 기승을 부리는 낮을 지낸 내게는 지붕 위의 고요가 필요하다. 넬리우가 사용했던 매트리스는 치우지 않고 간직했다. 그 위에 누우면 잠이 들 때까지 별들을 바라볼 수 있다. 그곳에서는 넬리우가 죽기 전 내게 해주었던 모든 이야기들을 생각할 수 있다. 그리고 나는 내가 그의 이야기를 다른 이들에게 전해야 한다는 걸 알고 있다. 설사 내 말을 들어주는 이가 바다에서 불어오는 바람뿐일지라도. 점점 더 깊이 무의식 상태로 빠져드는 이 땅에 대해, 사람들이 기억하며 사는 것이 아니라 망각하도록 강요하는 이 땅에 대해 나는 계속 이야기해야 한다. 꿈들이 신열 때문에 뜨거워졌다가 식고, 그래서 결국 죽어버리지 않도록 나는 계속 말해야 한다. 마치 넬리우가 그의 손을 이 땅의 이마에 얹고 무울레느 부인의 약을 이 땅의 모든 강과 바다에 섞어 넣고자 했던 것만 같다. 땅은 점점 더 깊이 가라앉고, 가장 가난한 나라들, 집 없는 아이들의 나라들에 사는 그 아이들의 무리는 점점 많아지고 점점 커진다.

내 이야기는 끝났다. 그리고 계속 다시 처음부터 시작된다. 내 이야기는 결국 영원히 속살거리며 바다에서 불어오는 바람 속에 보이지 않는 음성으로 묻어 들어갈 것이다. 내 이야기는 말라붙은 땅 위에 떨어지는 빗방울 속에 들어있을 것이고, 마침내 우리가 숨 쉬는 공기 속에 들어있을 것이다. 넬리우가 한 말이 사실이라는 걸 나는 안다. 나는 안다. 우리가 누구인지 기억하는 것이 우리의 마지막 희망이라는 것을. 우리는 바다에서 불어오는 온화한 바람을 결코 지배할 순 없지만 그래도 한번쯤은 바람이 왜 끝없이 부는지는 이해하게 되리라는 것을.

별이 빛나는 열대의 밤하늘 아래 지붕 위에 외롭게 서 있는 나, 조제 안토니우 마리아 바스, 여러분에게 들려줄 이야기가 있다.

바람의 기록자

첫판 1쇄 펴낸날 2020년 1월 22일

지은이 | 헤닝 만켈
옮긴이 | 이수연
펴낸이 | 박남희

종이 | 화인페이퍼
인쇄·제본 | 한영문화사

펴낸곳 | (주)뮤진트리
출판등록 | 2007년 11월 28일 제2015-000059호
주소 | 서울시 마포구 토정로 135 (상수동) M빌딩
전화 | (02)2676-7117 팩스 | (02)2676-5261
전자우편 | geist6@hanmail.net
홈페이지 | www.mujintree.com

ISBN 979-11-6111-050-9 03890